D1671031

Susanne Strnadl

Orinoco

Susanne Strnadl

Orinoco

Seifert Verlag

Umwelthinweis:
Dieses Buch und der Schutzumschlag wurden auf chlorfrei ge-
bleichtem Papier gedruckt. Die Einschrumpffolie – zum Schutz
vor Verschmutzung – ist aus umweltverträglichem und recycling-
fähigem PE-Material.

Der Druck dieses Buches wurde freundlicherweise unterstützt
von der Kulturabteilung der Stadt Wien (MA 7).

1. Auflage
Copyright © 2011 by Seifert Verlag GmbH, Wien

Umschlaggestaltung: Rubik Creative Supervision
Cover-Illustration: Hari Schütz
Druck und Bindung: CPI Moravia Books GmbH
ISBN: 978-3-902406-83-5
Printed in Austria

Für Christoph,
den Ko-Autor meines Lebens
und die andere Hälfte des Second Foundation Earth Chapters

Rund um mich wirft die Sonne glitzernde Reflexe auf das Wasser des Orinoco, doch ich habe keine Augen dafür. Ich starre angestrengt in das Spiel von Schatten und Licht. Da! Lautlos und nur mit der nötigsten Bewegung hebe ich meinen Speer höher, fixiere das graugrüne Schimmern unter der Oberfläche und stoße zu.

Mist. Man sollte nicht glauben, wie schwer es sein kann, ein Gurkerl in einem Glas mit dem Messer aufzuspießen. Die Neonröhre, die Joe für mich installiert hat, leuchtet mir in die Augen, und das Gurkerl lacht über mich. Ich greife mir eine Gabel aus der Bestecklade, mache dem kleinen krummen Ding den Garaus und tröste mich damit, dass Neptun wahrscheinlich mit gutem Grund einen Dreizack statt eines Speers hat. In dem Moment kommt meine Tochter in die Küche: »Weißt du eh noch, dass wir heute keine Jause brauchen?« Wusste ich natürlich nicht mehr. Das Gurkerl hat Glück: Es darf zurück in den Orinoco.

Ich sollte zum Arzt gehen. Dieses Kribbeln in den Ohrläppchen macht mich wahnsinnig. Ich weiß natürlich, woher es kommt, aber das macht es auch nicht besser. Ich kann nicht denken, wenn ich ständig an meinen Ohren reiben muss. Eines ist jetzt schon klar: Das Ganze wird ein Fiasko. Ich hätte nie vierzig werden sollen.

Melanie sieht das natürlich anders (*sie* hätte vierzig werden sollen – sie hätte das viel besser weggesteckt als ich). Sie sieht das als »einmalige Chance, etwas aus mir zu machen«. Als ob ich das nötig hätte. Ich meine, ich habe eine wirklich sehr gelungene Tochter, ich habe einen Job, wir haben ein Dach über dem Kopf, genug zu essen … Millionen von Menschen wären froh, wenn sie das hätten, was wir haben. »Du redest von Haben«, erklärt mir meine gelungene Tochter geduldig, »ich rede von Sein.«

Hunderte Gesichter sind auf die Bühne gerichtet, die Augen glänzen, die Münder sind erwartungsvoll leicht geöffnet. Die Scheinwerfer kreisen auf dem Vorhang, die Kapelle spielt einen Tusch. Tosender Applaus, als ich auf die Bühne trete in meinem paillettenbesetzten kleinen Schwarzen und einem strahlenden Lächeln. Ich lächle, was das Zeug hält: Ich blecke die Zähne, damit auch die letzte Reihe sehen kann, wie sehr ich sie alle liebe. Dann passiert etwas Furchtbares: Die Reißverschlüsse links und rechts an meinen Mundwinkeln gehen ein Stück auf. Ich lächle noch ein bisschen breiter, um das Missgeschick zu übertünchen, aber das ist genau falsch. Mit einem hässlichen Geräusch laufen die beiden Reißverschlüsse aufeinander zu, der obere Teil meines Kopfes klappt nach hinten, er hängt nur noch … So geht das nicht, findet Eva.

Sie muss es wissen, sie ist meine Therapeutin. Allerdings habe ich gleich gesagt, dass ich diese Szene für keine gute Idee halte, sie wollte es nur nicht glauben. Und jetzt behauptet sie natürlich, ich würde mir absichtlich solche Sachen ausdenken. Ehrlich, mittlerweile könnte sie doch eine Ahnung haben, wie es in meinem Kopf aussieht. Ich bin ja nicht zum ersten Mal hier.

»Du musst das als Herausforderung sehen«, erklärt sie mir. Ich kann nicht anders: »Als Chance, etwas aus mir zu machen?«, frage ich nachdenklich. Das zieht! »Ja!« Sie strahlt mich an – endlich sehe ich die Welt so wie sie –, während ich mich frage, warum ich so viel Geld ausgebe für etwas, das ich von meiner Tochter umsonst haben kann. Und ich könnte auf meiner eigenen Couch liegen dabei.

Ich fühle mich unvermittelt sehr müde und beschließe, den nächsten Termin bei Eva sausen zu lassen – und den übernächsten und den überübernächsten … Dann reiße ich mich zusammen. »Das war ein Scherz, Eva«, sage ich vorsichtig. Verständnisloser Blick. »Dasselbe hat Melanie gestern zu mir gesagt: Ich solle es als Chance sehen, etwas aus mir zu machen.« Weiterhin kein verstehender Funke in ihren Augen. Ich fange an zu wünschen, ich hätte nie davon angefangen. Doch ich habe Eva unterschätzt: Jetzt dämmert es ihr nicht nur, es wird ihr von einer Sekunde auf die nächste taghell. »Du hast mich verarscht«, stellt sie fest.

Ich zucke die Achseln und versuche, schuldbewusst drein zu sehen. Das ist gar nicht schwer, weil ich sowieso oft das Gefühl habe, Eva zu viel abzuverlangen für das Geld, das ich ihr zahle.

»Du weißt genau, dass unsere Sitzungen nichts bringen, wenn du nicht ehrlich zu mir bist – und zu dir, wohlgemerkt«, sagt sie streng. Ich unterdrücke die augenfällige Antwort, dass sie bis jetzt tatsächlich nichts gebracht haben, und bemühe mich, konstruktiv zu sein. »Ich sehe solche Dinge aber nicht als Chance – jedenfalls nicht wirklich. Ich meine, ich weiß, dass es eine ist, und wenn ich es nicht gewusst hätte, wüsste ich es jetzt, weil es mir alle ständig sagen (das musste sein), aber ich *empfinde* es nicht so.«

Ich wusste es: »Empfinden« ist ein gutes Wort. Über Empfindungen kann man nicht urteilen, aber hervorragend reden. Eva entspannt sich. »Wie empfindest du es denn?«, fragt sie.

Ich persönlich finde die Idee mit dem Reißverschluss-Unglück witzig. So witzig, dass ich sie gerne jemandem erzählen würde, um zu sehen, wie sie ankommt. Im

Idealfall könnte ich sie sogar verwenden. Ich überlege ein bisschen, komme aber zu dem Schluss, dass es wohl die Grenzen der Maskenbildnerei sprengen würde, meinen Oberkopf nach hinten zu klappen. Und wenn nicht, würde es sicher gekünstelt aussehen. So was sieht schon im Film meistens gekünstelt aus, und da machen sie das mit Computer.

Plötzlich (und im Nachhinein natürlich, wie immer) ärgere ich mich über Eva. Ich meine, wie kommt sie dazu, von mir zu verlangen, meinen Auftritt im Geiste durchzuspielen, und dann nicht zu akzeptieren, wie ich ihn durchspiele? In irgendeinem Arthouse-Film hätte sie sich wahrscheinlich schief gelacht – oder zumindest die Symbolik toll gefunden –, aber wenn ich so was mache, bin ich »nicht konstruktiv«. Es war doch schon beim ersten Bild klar, dass es eine Verarschung wird: Hunderte Gäste, Kapelle mit Tusch, tosender Applaus? Sehe ich aus wie eine Naive vom Land? Es wird irgendein muffiger Keller sein mit einem mottenzerfressenen Vorhang und sechs bis zwölf Zuschauern (ich habe zwölf Freunde, die in Frage kommen, aber es kann sein, dass einige von ihnen ihre Freundschaftspflicht darin sehen, meiner öffentlichen Demütigung nicht beizuwohnen). Paillettenbesetztes kleines Schwarzes – dass ich nicht lache! Was soll das werden? Ein Arienabend? Kabarettistinnen tragen irgendwas, aber sicher kein kleines Schwarzes!

Obwohl ... »Wie Sie sehen, meine Damen und Herren (ignorieren wir einmal kurz den Umstand, dass ich mit dem gesamten Publikum per du sein werde), habe ich mich für Sie schön gemacht« (prüfender Blick in die – ha! – Menge), »was man von Ihnen nicht gerade behaupten kann.« Garantierte Lacher, wie immer bei Publikumsbeschimpfungen, weil Leute, die ins Kabarett gehen, nie so spießig wären, nicht ungeheuer amüsiert zu sein, wenn einer billige Witze über sie reißt. Man ist ja schon froh, wenn die Gags über der Gürtellinie bleiben.

Nein, das ist unter meinem Niveau. Ich schäme mich, dass mir das überhaupt eingefallen ist. Aber die Idee mit dem kleinen Schwarzen …

»Du solltest das als Herausforderung sehen«, sagt Hugo, und ich bin hin- und hergerissen zwischen Ärger über seine Chuzpe und Erleichterung, dass er zumindest nicht von meinem Auftritt spricht. Die Polizei hat eine angebliche Sauna als Hausfrauen-Bordell entlarvt, und er will, dass ich eine der Hausfrauen oder einen der Ehemänner ans Telefon bekomme, um sie zu interviewen.

»Ich rufe dort nicht an«, erkläre ich kategorisch.

»Aus dir wird nie eine ordentliche Journalistin«, meint er gelassen, greift zum Hörer, während er einen zerknautschten Zettel konsultiert, und wählt. In ehrfurchtsvollem Horror höre ich zu, wie er offenbar den Ehemann einer Betroffenen erwischt und ihm erklärt, was er will. Als der Ehemann auflegt, hat Hugo schon den Finger auf der Wiederwahltaste. Auch ohne Laut-Schaltung kann ich deutlich hören, was ihn der Ehemann nennt, doch Hugo ist unbeeindruckt. Stattdessen erklärt er dem Ehemann bedauernd, dass er in diesem Fall mit den Nachbarn reden müsse, vielleicht wüssten die ja, was seine Frau tagsüber so getrieben habe, wenn sie nicht in der Sauna war. Das Geschrei am anderen Ende verstummt. Dann folgen Verhandlungen über ein etwaiges Entgelt für ein Interview, dann das Interview.

Schließlich legt Hugo auf. »So geht das«, sagt er. Ich bin wider Willen beeindruckt. Das ist der Biss, der mir fehlt. Deshalb schreibe ich die Basisgeschichte. Laut Polizeibericht haben ganze zwölf Hausfrauen mitgemacht. Laut Ehemann war der Großteil der Kunden aus der Umgebung. Vielleicht hätte ich das Interview doch machen sollen: Wie ist das, wenn die eigene Frau mit dem Nachbarn bumst? Keine sehr originelle Frage, aber eine, die sich irgendwie aufdrängt. Selbstverständlich hat Hugo sie gestellt, aber ich kriege erst jetzt die Antwort zu Gesicht. Ich lese sie zweimal, dann ein drittes Mal, dann gehe ich Hugos Notizen noch einmal genau durch. Vielleicht hat er die Zeilen irgendwie vermischt. Nichts zu finden. Also: zu den Quellen. »Was hat der Typ gesagt, als du ihn gefragt hast, wie es ist, wenn die Frau mit dem Nachbarn vögelt?«, frage ich Hugo. Er sieht kurz von seiner Konkurrenzbeobachtung, also von einer gegnerischen Zeitung, auf. »Sie haben Masken getragen.«

»Was?«

»Er hat gesagt, sie hätten alle Masken getragen.«

»Was ändert das?«, höre ich mich fragen, während sich meine Brust zusammenschnürt. Jetzt weiß ich definitiv, dass mein Auftritt eine Katastrophe werden wird: Mit dem natürlichen Irrsinn kann ich nicht konkurrieren. Dann beruhige ich mich. Ich werde die Geschichte ganz einfach verwenden.

Es ist nicht so, dass ich keine Texte hätte. Ich habe sogar ziemlich viele Texte, so hat die ganze Misere ja angefangen. Seit Jahren schreibe ich Nonsense und mehr oder weniger satirische Sachen, wenn mir was einfällt. Aber – und das ist der springende Punkt – nur für mich, wie man so schön sagt. Natürlich lügen die Leute, wenn sie behaupten, sie würden »nur für sich« schreiben. Die Frage ist nicht, für wen sie schreiben, sondern für wen sie lügen, wenn sie sagen, sie schreiben nur für sich: für die anderen, wenn keiner der diesbezüglich kontaktierten Verlage das Geschreibsel wollte und man also notgedrungen nur für sich schreibt, für einen selbst, wenn man sich in Wirklichkeit nicht traut, das Geschreibsel dem gnadenlosen Scheinwerfer anderer Auffassungen auszusetzen, und deshalb lieber ein Schubladen-Autor bleibt.

Ich gehöre zum letzteren Typ. Und bis kurz vor meinem vierzigsten Geburtstag war ich mit dem Zustand nicht wirklich unzufrieden. Dann ritt mich offenbar der Teufel der Vierziger-Wende – und eines Abends eröffnete ich Viktor unter dem vorsorglichen Einfluss von Alkohol meine heimliche Leidenschaft. Wie ich nicht anders erwartet hatte, verhielt sich Viktor vorbildlich: Er verlangte sofort und unnachgiebig, etwas von mir zu lesen. – Wenn ich geahnt hätte, dass er daraufhin die Idee gebären würde, mir zum Vierziger einen Kabarettauftritt zu schenken, hätte ich den Mund gehalten. Dann wären meine Ohrläppchen jetzt auch nicht feuerrot, weil ich sie ständig reibe, und ich würde nicht in der Redaktion eine Panikattacke kriegen, weil das Leben absurder ist als ich. Ich und mein großes Maul.

Trotzdem, ich habe jede Menge Texte. Das Pech ist nur, die meisten davon haben keinen Bezug zueinander. Sie sind zu verschiedenen Zeiten und Anlässen entstanden und vor allem über einen Zeitraum von mehreren Jahren (was zu lange her ist, lässt sich sowieso nicht verwenden, es ist wie Kindergewand, aus dem man rausgewachsen ist: Man fühlt sich darin wie ein Idiot, und man sieht auch so aus). Streng genommen müssen Kabarett-Texte natürlich keinen Bezug zueinander haben. Man nennt das Nummernkabarett, und es ist ungefähr so tot wie die Fransen an einem 40er-Jahre-Tanzkleid.

Heute wird so was nur noch auf Bunten Abenden, auf Schulskikursen und Seniorenkreuzfahrten gemacht (nicht dass ich je auf irgendeiner Art von Kreuzfahrt gewesen wäre, aber ich stelle mir vor, dass das Klima dort der Entstehung von Bunten Abenden zuträglich ist). Ganz abgesehen davon, dass Nummernkabarett solo sowieso nicht zu bewältigen ist.

Es mangelt mir also nicht an Texten, wohl aber an einem Roten Faden, einem Thema, Motto oder so was. Und jetzt habe ich mich zu allem Überfluss auch noch in die Idee mit dem Kleid verhakt und suche unwillkürlich nach roten Fäden, die zu einem kleinen Schwarzen führen. Edelnutte? Da würde die Geschichte mit dem Hausfrauen-Bordell gut dazupassen. Lieber nicht, dann behauptet Karl wieder, ich wäre frustriert – wie damals im Fasching, als ich als Nutte gegangen bin: Alle haben mir gratuliert, wie toll ich aussehe in den Netzstrümpfen und den hochhackigen Schuhen und dem Minirock-Gürtel, und dann sagt Karl: »Du weißt schon, dass das ein typisches Kostüm für frustrierte Frauen ist.« Ich habe ihn angelächelt (auch so eine Gelegenheit, wo mein Kopf leicht hätte nach hinten kippen können) und irgendwas Lauwarmes erwidert, wahrscheinlich in der Preislage von »Da spricht der Fachmann«, ich habe es verdrängt.

Viel später, in meinem kurz davor zur Single-Liege mutierten Ehebett, ist mir eingefallen, was ich hätte sagen sollen. Es wäre so leicht gewesen: Karl ist Bartträger, und wenn es eine sichere Anzeige für Männerfrust gibt, so ist das ein Bart (ausgenommen die seltenen Individuen, die mit Bart tatsächlich gut aussehen). Aber es ist schwer, unter Beschuss zu denken. Deshalb schreibe ich lieber im stillen Kämmerlein, wo ich unbegrenzt Zeit habe, schlagfertig zu sein.

16

Nutte – edel oder nicht – fällt also aus. Macht mir gar nichts, ich bin sowieso nicht wirklich entspannt, wenn es um das entsprechende Vokabular geht. – »Kleines Schwarzes, kleines Schwarzes«, raunt es in meinem Kopf, und meine Ohrläppchen jucken. Eine Frau auf dem Weg zu einer Abendgesellschaft, die sich aber nicht hintraut, weil ihre Ohren so geschwollen sind. Das ist mir zu nah an daheim. Aber ein Ausschlag? Was will sie überhaupt auf der Abendgesellschaft? Sie soll sich dort mit ihrem Mann treffen – oder mit ihrem Liebhaber? Oder mit beiden? Und was hat das alles mit meinen Texten zu tun?

»Was machen die Haushuren?«, fragt Hugo. Er sagt jetzt bei jeder Gelegenheit »Haushuren«, weil es doch Haus-Frauen waren … Was haben wir gelacht.

»Na, ich nehme an, dasselbe wie alle anderen Huren«, gebe ich zurück. Man muss sich seiner Umgebung anpassen.

»Ha ha. Kommt der Artikel heute noch oder musst du dafür auch erst das richtige Gefühl entwickeln?«

Auch so ein Fehler von mir, der mir ewig nachhängt. Normalerweise bin ich richtig schnell beim Schreiben, das ist reine Routine. Unfälle, Einbrüche, Konkurse – das schüttle ich nur so aus dem Ärmel. Vor ein paar Wochen habe ich dann einen Artikel über eine Vergewaltigung ausgefasst, und ich wollte, dass da auch nicht der geringste falsche Ton darin sein sollte. Das dauert natürlich ein bisschen länger, und als Hugo nachfragte, habe ich unglücklicherweise geantwortet, ich müsste erst das richtige Gefühl für die Geschichte entwickeln. Wieherndes Gelächter der männlichen Kollegenschaft, die sich bei dem Thema sowieso immer besonders lustig gebärdet (ich persönlich glaube, es ist ihnen peinlich, zu so einem Geschlecht zu gehören, und deshalb überspielen sie es, aber meine viel emanzipiertere Kollegin Helga meint, sie seien einfach Ärsche). Seitdem höre ich das mit dem »Gefühl-Entwickeln« bei jeder Gelegenheit.

»Nur kein Neid. Ich hab wenigstens Gefühle.«

Hugo grunzt angewidert.

Fred grunzt auch. Im Schlaf. Dann fängt er ernsthaft an zu schnarchen. Statt wie üblich mit den Fingern zu schnipsen, gebe ich ihm eine leichte Kopfnuss. Das wirkt genauso und befriedigt mich wesentlich mehr, auch wenn ich weiß, dass ich ungerecht bin. Fred wollte nie etwas anderes sein als eine fakultative Bettgeschichte – ein wiederkehrender One-Night-Stand sozusagen. Genau, was ich auch wollte. Immer noch will. Ich meine, ich habe Schluss gemacht mit den Männern – mit dem einzigen erkennbaren Nachteil, dass sich mein Sexualleben in Luft aufgelöst hat. Bis Fred kam. Fred mit seinen langen Armen und Beinen, dem schiefen Schulbuben-Lächeln und den braunen Hunde-Augen, die so entwaffnend dreinsehen, während er murmelt: »Ich würde dich gerne mit nach Hause nehmen – aber nur, wenn du danach nicht angerufen werden willst.«

Das klang gut, also ging ich mit. Das war vor sechs Monaten, und seitdem nimmt er mich immer wieder mit nach Hause. Wenn es unsere Tagespläne erlauben, frühstücken wir sogar gemeinsam. Dann geht jeder seine eigenen Wege, bis einer von uns wieder anruft.

Wir haben uns gleich zu Anfang darauf geeinigt, dass wir einander nicht mehr von unserem Leben erzählen als unbedingt nötig bzw. was sich zufällig so ergibt (»Ich muss gehen, ich muss ins Spital.« »Bist du krank?« »Nein, ich arbeite dort.« So ungefähr). Keinesfalls wollten wir uns gegenseitig mit Gefühlen, Ängsten, anderen Beziehungen oder sonst welchen intimen Dingen belasten.

Kein Problem, solche Dinge erzähle ich sowieso lieber Viktor. Gestern allerdings war Viktor nicht zu erreichen (ich erinnerte mich zu spät, dass er eine viel versprechende Verabredung mit irgendeinem Halbgott hatte), und da habe ich Fred die Geschichte mit dem Reißverschluss erzählt. Schwerer Fehler. Reißverschlüsse sind nicht so seins. Er war mehr an den Knöpfen meiner Bluse interessiert. Aber wirklich desaströs wurde es, als ich auch noch von meiner Angst vor dem Auftritt angefangen habe …

Eigentlich wollte ich danach nicht mehr mit ihm schlafen, aber was hätte ich als Erklärung vorbringen sollen? Kopfschmerzen? Fred ist vielleicht ein Gefühlsphobiker, aber kein Idiot. »Ich bin enttäuscht/verletzt/du hörst mir nicht zu?« An seiner Stelle hätte ich einfach »Und?« gesagt. Abmachung ist Abmachung. – Ich gebe ihm noch eine Kopfnuss, obwohl er gar nicht mehr schnarcht, dann stehe ich auf, ziehe mich an und fahre heim.

Viktor verteidigt ihn natürlich, als er endlich wieder aus seinem Halbgott aufgetaucht ist. »Was hätte er sonst sagen sollen?«, fragt er milde. Was auch immer, aber »Geh einfach nicht hin!«? Was für ein Ratschlag ist das? Glaubt er wirklich, auf das wäre ich selbst nicht gekommen?

Viktor sieht betreten drein. Wie sich herausstellt, ist er froh, dass Fred in dieses Fettnäpfchen getreten ist und nicht er. »Du wolltest mir das auch raten?«, frage ich entgeistert.

»Naja, es macht dir offenbar so viel Stress … Du redest … oft … davon.« Viktor ist eigentlich kein Stotterer, auch nicht einer, der während des Redens lange Nachdenkpausen macht. Alles rauslassen und es nachher präzisieren, entschärfen bzw. sich entschuldigen, wenn nötig – das ist eher seine Devise. Wenn er jetzt so um den heißen Brei herumredet, kann das nur eines bedeuten. Ich hole tief Luft, um gelassen, vielleicht sogar ein bisschen amüsiert zu klingen. »Wie lange redet ihr schon über mich?«, japse ich.

»Niemand redet über dich«, beeilt sich Viktor, mich zu beruhigen. »Wir haben uns nur gefragt, ob wir dir lieber etwas anderes hätten schenken sollen. Eine Reise vielleicht oder so was.« Eine Reise? Soll das bedeuten, dass der Auftritt so teuer war wie eine Reise? »Eine kurze Reise«, fügt Viktor hinzu, als er meinen Gesichtsausdruck sieht.

»Dann würde ich euch ständig über die Reise statt über den Auftritt anquatschen«, zische ich.

»Ja, aber dann wärst du wenigstens ein paar Tage weg«, zischt er zurück. Na endlich. Das ist Viktor, wie wir ihn kennen: ohne Gnade, wenn es um eine Retourkutsche geht.

Die Frau im Kleinen Schwarzen könnte unterwegs sein zu einer Abendveranstaltung, auf der sie ihren Liebhaber treffen soll. Es ist wichtig für ihn, dass er mit einer Frau dort auftaucht, und sie kommt auch – gnadenlos aufgebrezelt und wunderschön –, allerdings nur, um ihn mit ihren spitzen Schuhen vor allen Leuten in den Hintern zu treten. Jedenfalls hat sie das vor, aber jetzt ist ihr dieser Ausschlag dazwischengekommen, und da kann sie natürlich nicht hin …

»Warum nicht?«, fragt Viktor mit einem Anflug von Müdigkeit in seiner Stimme (er hat sich bereit erklärt, weiter über meinen Auftritt zu reden, wenn ich mich bereit erkläre, zumindest einigermaßen konstruktiv zu sein und nicht alle fünf Minuten hysterisch »Ich schaffe das nie!« zu kreischen).

»Bist du müde?«, frage ich.

»Nicht wirklich. Ich denke nur gerade daran, dass ich mich ursprünglich auf deinen Auftritt gefreut habe.«

»Und jetzt?«

»Jetzt werde ich nicht nur jedes Wort im Voraus wissen, ich werde auch Angst haben, dass du es vermasselst. – Also: Warum kann sie mit dem Ausschlag nicht hin?«

Manchmal frage ich mich ernsthaft, ob Viktor wirklich schwul ist. Ich meine, es heißt doch immer, Schwule wären so einfühlsam. »Wenn sie mit dem Ausschlag kommt, denken sich doch alle, er soll froh sein, dass er die hässliche Kuh los ist«, erkläre ich ihm.

Er sieht mich lange und nachdenklich an, dann klappt er sein Heft zusammen (in das er meine Ideen schreiben wollte, wie er sagt, das er aber bis jetzt nur dazu verwendet hat, Kringel und Blümchen hineinzumalen; ich meine, zugegeben, ich hatte bis jetzt keine Ideen, aber muss er deshalb gleich so offensichtlich gelangweilt agieren?) und steht auf. »Weißt du was? Du schaffst das. Jemand, der so denkt wie du, landet früher oder später unweigerlich beim Kabarett.«

Er hat mir sein Heft dagelassen, samt Kringeln und Blümchen. Jetzt sind es noch ein paar mehr, nur dass die neuen von mir sind. Leider gibt es nichts, um das sie sich ranken oder das sie verschönern könnten. Ich schätze, ich sollte mich von der Idee mit dem Kleinen Schwarzen losreißen. Das schränkt mich zu sehr ein.

Melanie kommt heim, wirft einen Blick auf mein

Gesicht, einen zweiten auf das mehr oder weniger leere Heft und meint: »Vielleicht solltest du einfach nicht hingehen.« Vielleicht ist meine Tochter doch nicht so gelungen, wie ich immer glaube.

»Waren Sie schon beim Arzt?«, fragt mich der Apotheker, als ich ihm meine Ohrläppchen zeige und um Linderung bitte. Komiker. Würde ich ihn dann mit meinen Schwellungen belästigen?

»Nein«, gebe ich zu.

»Das sieht nach etwas aus, das Cortison braucht«, meint er nachdenklich.

Wunderbar. Alles, was man draufschmieren kann, soll mir recht sein, wenn es nur das Jucken zum Verschwinden bringt. »Super«, sage ich. Die Dame neben mir wirft mir einen entgeisterten Blick zu. »Wissen Sie nicht, dass Cortison Sie ein paar Lebensjahre kostet?«, fragt sie.

»Wissen Sie, wie viele Jahre mich meine geschwollenen Ohrläppchen kosten?«, frage ich zurück. Sie dreht sich beleidigt um und murmelt irgendwas von »nur helfen wollen«.

»So«, wende ich mich erleichtert dem Apotheker zu. »Nur her damit.«

»Ohne Rezept kann ich Ihnen das nicht geben«, erklärt er. Was? Erst verspricht er mir Rettung, und dann will er sie mir nicht geben, weil ich nicht den richtigen Wisch dafür habe? Ich ärgere mich so, dass ich etwas mache, was man nie machen sollte: Statt auf zerknirschtes Häslein zu machen, das vor lauter Löffeljucken nicht mehr aus seiner Grube hüpfen kann, fauche ich ihn an: »Und was soll ich jetzt machen?«

Er mustert mich von oben herab (so distanziert er sich nicht nur von mir, sondern sieht auch meine ver-

22

schwollenen Ohren nicht so gut). »Zum Arzt gehen«, empfiehlt er und wendet sich an die Dame neben mir: »Der Nächste, bitte.«

Melanie ist ein Schatz. Mit in kaltes Wasser getauchten Taschentüchern hat sie mir Ohrläppchen-Wickel gemacht. Wenn ich jetzt meinen Blusenkragen zuknöpfe, bin ich zwar in Gefahr zu ertrinken, aber entweder ist es tatsächlich das kühle Nass oder das liebevolle Ansinnen: Jedenfalls fühle ich mich nicht mehr wie Dumbo.

Ich kann nicht einschlafen. Fetzen alter Texte schwirren mir im Kopf herum, Geschichten über Haushuren und Edelnutten, einen Moment glaube ich, ich hätte einen Ausschlag, dann stehe ich auf der Bühne und sage: »Alle meine Freunde haben mir geraten, nicht zu kommen, weil ich nichts habe, was ich Ihnen erzählen könnte …« Alle starren mich an, nicht einmal ein Schmunzeln, geschweige denn Gelächter. Plötzlich sitze ich einem fremden Mann gegenüber und sage: »Ich hab zum Vierziger einen Kabarettabend gekriegt« und warte darauf, dass er mich falsch versteht, aber er starrt mich nur an, sagt keinen Ton, zuckt mit keiner Wimper. Da fällt mir auf, dass er aus Gips ist, und im selben Moment wird er von einem anderen ersetzt, der auch aus Gips ist, aber ein bisschen anders aussieht, weil er anders bemalt ist. Dann kommt einer mit Dalí-Schnurrbart und dann einer mit Glatze … Erst jetzt sehe ich mich um und bemerke, dass ich ganz allein an einem elendslangen Tisch sitze, und mir gegenüber ein Förderband mit Gipsköpfen. Alle paar Sekunden schrillt eine Glocke, und die Gipsköpfe rücken eins weiter. Dann ist da statt des nächsten Gipsmannes plötzlich Melanies Gesicht.

»Mama, du musst aufstehen, der Wecker läutet schon die ganze Zeit.«

Meine Arbeitskollegin Helga ist unbeeindruckt. »Unterschiedlich bemalte Gipsköpfe auf einem Förderband? Das ist die beste Beschreibung von Speed-Dating, die ich je gehört habe. Bist du sicher, dass es ein Traum war?«

»Was ich eigentlich meine, ist, dass mich dieser Auftritt jetzt schon bis in meine Träume verfolgt – und sag nicht«, unterbreche ich sie, als sie den Mund aufmacht, »dass ich einfach nicht hingehen soll.«

Helga zuckt die Achseln. »Ich wollte dir nur mit deinem Text-Problem helfen.«

Endlich ein Mensch, der meine Probleme versteht. Noch dazu eine Kollegin, also jemand, der mit Worten umgehen kann. Ich meine, eigentlich wäre Helga nicht meine erste Wahl für so was gewesen, sie ist mir irgendwie zu radikal, zu respektlos, zu … jedenfalls fürchte ich mich eigentlich ein bisschen vor ihr, aber in der Not …

»Danke, Helga. Ich werde dir das nie vergessen.«

Helga glotzt verständnislos. »Keine Ursache«, murmelt sie. »Es wäre dir sicher selbst eingefallen, wenn du nicht so daneben wärst im Moment.«

Jetzt ist es an mir, verständnislos zu glotzen. »Wovon redest du?«

»Na, klau einfach irgendwas. Lies alte Sachen und schreib sie um.« Mit einem Blick auf meine herabhängende Kinnlade wendet sie sich ab. »Naja, ist ja deine Show. Ich wollte nur helfen.«

Das Glitzern der Pailletten an meinem kleinen Schwarzen spiegelt sich in den Kohlensäure-Bläschen in meinem Sektglas. Ich bin gelöst und locker, ich lächle, ohne dass der Reißverschluss aufgeht, nicke bescheiden und werde knallrot, während sich meine Freunde um mich drängen, um mir einmal mehr zu sagen, dass ich unglaublich witzig war. Es ist vorbei, und es ist gut gegangen.

Helga arbeitet sich erfolgreich zu mir durch und schlägt mir um einiges zu fest auf die Schulter. »Na, siehst du, hat kein Mensch gemerkt, dass das eine alte Grünbaum-Nummer war«, erklärt sie mit schwerem, aber deutlich vernehmbaren Zungenschlag. »Hab ich dir doch gleich gesagt, dass das keiner mehr kennt.«

Ich kann mich vor Schreck nicht bewegen. Alle starren mich an und warten, dass ich die Situation irgendwie rette, etwas Witziges sage und zeige, wie elegant und schlagfertig ich mit Angeheiterten zurechtkomme. Das geht aber nicht, weil ich weder elegant noch schlagfertig bin und kein Wort an dem ganzen Abend von mir war … Wie eine, die um ihr Leben rennt, packe ich meine Handtasche und will wegstürzen, doch jemand hält mich am Arm fest und sagt: »So geht das nicht.« Es ist Eva, meine Therapeutin, und sie sieht sehr streng drein. Dabei ist sie selber schuld. Ich habe sie jedenfalls nicht eingeladen, ich bin mir nicht einmal sicher, dass das nicht gegen irgendwelche Therapeuten-Vorschriften …

»Würdest du bitte zu dir kommen?«, verlangt Eva gereizt. Was soll das? *Ich* durchlebe hier die schlimmsten Minuten meines Lebens, und *sie* ist gereizt? Und wieso liege ich überhaupt? Haben mich meine Freunde niedergetrampelt, während sie empört aus dem Kabarett gestürmt sind, oder bin ich vor Schande in Ohnmacht gefallen und irgendeine mitfühlende Seele hat mich auf eine Couch gelegt? Ich sehe mich um: Keiner mehr da – außer Eva. Klar, die hofft noch auf Geld von mir.

Sie schnippt mit den Fingern vor meinen Augen herum und sagt scharf: »Hör auf jetzt!« Aber irgendwie klingt sie nicht mehr so böse, mehr, als ob sie Angst hätte … Eva und Angst? Irgendwas stimmt hier nicht.

Verwirrt schaue ich meine Handtasche an, die ich von Evas Couchtisch genommen haben muss, und richte mich von ihrem Sofa auf. Eva sackt erleichtert ein Stück in sich zusammen. »Ich hab schon geglaubt, du findest nicht mehr aus deiner Fantasie heraus«, schnauft sie und hört sich verdächtig an, als würde sie mit den Tränen kämpfen. »Wie konnte das passieren? Du solltest dir doch nur vorstellen, dass alles schon vorbei und super gelaufen ist.«

»Tja«, sage ich, während ich die Beine auf den Boden schwinge, »offenbar kann ich das nicht.«

»Es tut mir furchtbar Leid, aber nächstes Wochenende geht's nicht bei mir.« Joes Stimme ist sanft und entschuldigend. »Die Mädels haben ein Match, bei dem wir dabei sein sollten … Denkst du, Melanie wird sehr enttäuscht sein?«

»Nein«, sage ich locker, »sie kommt langsam in das Alter, wo mit den Eltern herumhängen sowieso nicht mehr so toll ist.« Locker, weil ich auf keinen Fall den Eindruck vermitteln möchte, dass ich weiß, was ich tue. Aber man ist nicht ein paar Jahre mit einem Menschen zusammen, ohne zu wissen, wo es weh tut, deshalb ist mir natürlich klar, dass sich mein harmlos klingender Satz in Joes Eingeweiden ausbreitet wie eine Splittergranate. Denn er besagt nicht nur, dass seine älteste Tochter keinen rasenden Wert auf seine Gesellschaft legt, sondern auch, dass sie es in Zukunft noch weniger tun wird, er aber gerade eine der letzten Gelegenheiten dazu verpasst.

26

Aber Joe ist natürlich auch ein paar Jahre mit mir zusammen gewesen, und es ist ihm nicht neu, dass ich gewöhnlich weiß, was ich rede. »Klar«, lacht er, »wenn die Mädels mich ununterbrochen anquatschen, sagt Inge immer: ›Sei froh, dass sie noch mit uns reden.‹« Pflichtschuldig lache ich auch, um mir nicht anmerken zu lassen, dass ich auf dieses Bild häuslicher Eintracht gern verzichtet hätte, und jetzt steht es 1:1. Genug für heute.

»Soll dich Melanie anrufen?«, frage ich.

Sie soll. Wir wünschen einander einen schönen Tag, wie zivilisierte Ex-Eheleute das so tun, und ich bin am Auflegen, als Joe plötzlich sagt: »Warte! Ich hab letztens Karl getroffen, der sagt, du hättest einen Auftritt in einem Kabarett. Ist das wahr?«

Wahr ist, dass ich Karl jedes Barthaar einzeln ausreißen werde, wenn ich ihn das nächste Mal sehe. »Ich weiß noch gar nicht, ob ich das wirklich mache«, murmle ich.

»Das will ich nicht gehört haben«, sagt Joe streng. »Du gehst dorthin, und wenn deine Ohren noch so jucken, ist das klar? Es wird Zeit, dass alle sehen, was du kannst – inklusive dir selbst.«

Damit legt er auf, und ich sitze neben dem Telefon und weine mir die Augen aus dem Kopf: nicht um meinen Ex-Mann, sondern um den besten Freund, der er einmal war und der er – andere Umstände vorausgesetzt – immer noch sein könnte.

Auch das Happy End ist nur ein Ende. Das hab ich irgendwo gelesen, und es ist wahr. Oder jedenfalls lief es bei Joe und mir so. Wie bei Harry und Sally: Wir waren beste Freunde und weil das so gut funktionierte, machten wir irgendwann den Fehler, Mann und Frau zu werden – nicht, weil wir plötzlich unsere Leidenschaft füreinander entdeckt hatten, sondern weil wir dachten, es ginge auch ohne. Ich meine, es war ja auch eine Weile alles okay. Wir hatten es wirklich gut miteinander – bis ich schwanger wurde. Das war nicht geplant, und ich wollte es auch nicht. Aber Joe wollte – und wie. Er bekniete mich, das Kind zu bekommen, und nach außen hin gab es keinen vernünftigen Grund, es nicht zu tun: Wir waren verheiratet, unsere Wohnung war groß genug, wir hatten genug Geld. Wir hatten nur nicht genug Nerven. Also eigentlich nur ich nicht – Joe wuchs über sich hinaus: Er wickelte, fütterte und zog Spieluhren auf, was das Zeug hielt, während ich damit beschäftigt war, meine postnatale Depression in den Griff zu kriegen.

Das Blöde daran, wenn du deinen besten Freund heiratest, ist, dass du ihm dann nicht von deinen Eheproblemen erzählen kannst. Sonst hätten wir vielleicht darüber reden können, was uns auseinander trieb. Er fühlte sich vielleicht schlecht behandelt, weil ich seine Bemühungen, ein guter Vater zu sein, nicht genug schätzte, während ich das Gefühl hatte, dass er sich vor lauter Vater-Sein nicht mehr für mich interessierte. Oder so was in der Preislage. Und weil beste Freunde einander eben alles erzählen, wir das aber nicht konnten, weil wir ja verheiratet waren, waren wir auch bald keine besten Freunde mehr (Eva sagt, das ist Schwachsinn, aber sie war nicht dabei).

Ich erinnere mich noch genau. Es war Ende November, fünf Tage nach Melanies viertem Geburtstag: Joe kam heim, schüttelte sich den Schnee vom Mantel (es hat früh geschneit in dem Jahr), aber er legte ihn nicht ab. Stattdessen sagte er: »Ich ziehe aus.«

Und ich fragte: »Zu wem?«, und ich weiß bis heute

nicht, ob ich es ernst gemeint oder versucht hatte, witzig zu sein.

Joe jedenfalls zuckte mit keiner Wimper. »Sie heißt Inge, und ich kenne sie aus der Arbeit. Es tut mir unendlich Leid.«

Die Trennung verlief gespenstisch höflich. Es gab keinen Streit: nicht über die Wohnung, nicht über das Auto, nicht über das Kind. Joe überließ mir alles völlig kampflos, inklusive Melanie. Wie sich herausstellte, würde die ominöse Inge ihm in einem halben Jahr ein neues Kind schenken (nicht, dass ich meines hergegeben hätte. So ist das mit Kindern: Sie nerven, aber du hältst sie fest, und irgendwann kannst du nicht mehr ohne sie sein). Joe hatte also allen Grund, ein schlechtes Gewissen zu haben, und ich ließ wenig Gelegenheiten aus, ihn darin zu bestärken. Insgeheim jedoch hatte ich auch ein schlechtes Gewissen, denn tief in meinem Herzen war ich erleichtert, dass es vorbei war.

Mein Unterbewusstsein hat mir eine Botschaft geschickt. Ich habe geträumt, ich würde mir ein altes Kleid umzuschneidern versuchen, aber immer, wenn es an einer Stelle gut aussah, war an einer anderen irgendwas nicht in Ordnung – und wenn ich das beheben wollte, wieder an einer anderen usw. Ich meine, für eine Schneiderin wäre das kein besonders aussagekräftiger Traum (außer dass sie vielleicht in ihrem Job doch nicht so gut ist, wie sie dachte), aber für mich schon. Als Melanie in der Schule Häkeln und Stricken lernen sollte und alle anderen Kinder mit Nadeln und diversen angefangenen Knäueln Wolle und Garn aufkreuzten, die »die Mama zu Hause hatte«, konnte ich meiner Tochter gerade einmal die einzelne Stricknadel anbieten, mit der ich Vakuumverpacktes entsiegle.

Ich hab's nicht mit Handarbeiten. Deshalb ist der Traum leicht zu deuten. Leider bedeutet er, dass man aus alten Fetzen auch mit viel Arbeit nicht mehr erzeugt als alte Fetzen, neu zusammengenäht. Ich beschließe also, mich von meinen alten Texten zu lösen und was ganz Neues für den Auftritt zu schreiben. Sofort habe ich ein Gefühl, als gleite etwas Schweres von meinen Schultern, das mich federleicht und frei hinterlässt.

Ich hätte das Gefühl mehr genießen sollen. Der Druck, einen Roten Faden für das alte Zeug zu finden, und der Druck, sich ein neues Programm einfallen zu lassen, haben sich quasi die Klinke in die Hand gedrückt, und der Moment der Erleichterung war wohl derselbe, in dem der eine sie ausgelassen und der andere sie in Empfang genommen hat. Na schön, dann kann ich vielleicht auch das kleine Schwarze mit den Pailletten einbauen. Während ich im Spiegel meine rotgeschwollenen Ohrläppchen begutachte, kommt mir die Idee, es mit Ohrenschützern zu kombinieren. Ich bin an dem Punkt, wo ich auf keinen noch so billigen Lacher verzichten kann.

»Sind deine Ohren geschwollen?«, fragt Hugo entgeistert. Blitzgneißer.

»Das hab ich manchmal«, erkläre ich so beiläufig wie möglich.

»Schaut schlimm aus. Ist das eine Stressgeschichte?« Hugo hat ein widerliches Interesse an Krankheiten, das umso widerlicher ist, weil es auf reiner Sensationsgier beruht. Krankheiten findet er toll, nur Kranke verträgt er nicht. Ich zucke die Achseln und murmle etwas Unverfängliches.

»Na, von uns kann's jedenfalls nicht sein. Ich wüsste nicht, wann du hier Stress hättest«, meint er süffisant.

30

Ich schenke ihm ein strahlendes Lächeln und einen schmelzenden Augenaufschlag. »Das überlass ich dir, mein Großer. Gemeinsam mit dem Herzinfarkt.«

Hugo beugt sich vor und flüstert vertraulich in mein geschwollenes Ohr: »Wenn ich die Wahl hätte zwischen einem Herzinfarkt und fetten, roten Ohrläppchen, würde ich den Infarkt nehmen. Der sieht besser aus.«

Als er mir den Rücken zudreht, fange ich an zu keuchen, kralle meine rechte Hand in die Brust meines T-Shirts, werfe den Kopf zurück und japse verzweifelt nach Luft. Hugo dreht sich um und betrachtet mich erst angewidert, dann, weil ich nicht aufhöre, mit zunehmender Irritation. In dem Augenblick, wo ich »Scheiße! Mein linker Arm!« hervorpresse, kommen ihm die ersten Bedenken. »Anna?«, fragt er, als würde man Herzinfarkt-Opfer nur an ihren Namen zu erinnern brauchen, um sie ins Leben zurückzuholen. In meinem Fall wirkt es. Ich setze mich auf und wische mir den Speichel vom Kinn. »Ich weiß nicht, da nehme ich doch lieber die Ohrläppchen.«

In meiner derzeitigen Verfassung gönne ich niemandem einen Clou – koste es, was es wolle.

»Sind Sie gegen irgendwas allergisch?«, fragt mich die ältliche Apothekerin. Ich bin diesmal in einer anderen Apotheke, und diesmal werde ich alles richtig machen. Richten Sie schon einmal das Cortison her, Frau Magister. Aber zuerst gibt es ein paar Präliminiarien zu absolvieren.

»Nein«, gebe ich Auskunft.

»Sind Sie schon einmal ausgetestet worden?«, forscht sie.

»Ja«, lüge ich. Sollte ich jemals einen wirklich sterbenslangweiligen Halbtag totzuschlagen haben, würde ich ihn trotzdem nicht in einem Allergieambulatorium verbringen, aber das sage ich nicht.

»Dann ist das eine Stressreaktion«, erklärt mir die Dame bedauernd.

Nein, ehrlich? Ich sehe langsam ein, wofür Pharmazeuten jahrelang die Uni-Bänke drücken. »Das kann sein«, meine ich nachdenklich. »Es ist aber sehr unangenehm. Kann man da gar nichts machen?«

»Doch, doch«, versichert mir die Apothekerin rasch. »Machen Sie kühle Kompressen, legen Sie sich eine schöne Musik auf und entspannen Sie sich einmal so richtig – am besten gleich heute Abend«, rät sie mir liebenswürdig. »Oder noch besser: Wenn Sie können, nehmen Sie ein paar Tage Urlaub. Sie werden sehen, das wirkt Wunder.«

»Das mache ich«, erkläre ich. Dann schaue ich sie mit großen Welpenaugen an. »Aber können Sie mir in der Zwischenzeit nicht irgendeine Creme …?«

»Das würde nichts bringen. Wirklich helfen würde nur Cortison, aber das schadet Ihnen mehr, als es nutzt. Außerdem kann ich Ihnen das ohne Rezept nicht geben.«

Endlich Urlaub. Endlich in der Wiese liegen und mit der Seele baumeln. An nichts denken, nur in den milchig blauen Himmel schauen und den Duft von Sonne und Heu einsaugen. Bienen summen, hinter mir schnauft die Haflingerstute leise, dann fängt sie wieder an, rhythmisch Grasbüschel auszurupfen und zu zermahlen. Ihr Fohlen stößt sie in die Seite – ungeduldig, wie Kinder sind.

Meines kommt in diesem Moment nach Hause und findet mich traumverloren am Küchentisch sitzen. »Was machst du da?«, fragt Melanie entgeistert.

»Ich versuche mich zu entspannen«, erkläre ich würdevoll.

»Mit meinem Puzzle?«, fragt sie entgeistert.

Was regt sie sich so auf? Sie hat es von einer Schulfreundin zu ihrem zehnten Geburtstag bekommen, und weil sie ein Mädchen ist, sind Pferde drauf – genauer gesagt: eine Haflingerstute mit ihrem Fohlen, auf einer Blumenwiese. Es hat 300 Teile, und wir haben es selbst mit vereinten Kräften noch nie zusammengebracht, weil mindestens 150 Teile verschiedene Töne von Semmelbraun sind.

Ich bin prinzipiell nicht gut im Entspannen. Grob gesprochen, ist das der Grund, warum ich überhaupt zu Eva gehe. Der erste gute Rat, den sie mir ganz am Anfang gegeben hat, war, mich mit Yoga zu befassen. Wie ich erst später herausgefunden habe, ist Yoga die flinke Kniebeuge, mit der sich die Schulmedizin vor dem Altar der Psychosomatik verbeugt, und hat in dieser Funktion das Autogene Training der 80er Jahre abgelöst: Egal, ob gerade Antibiotika gegen eine Eierstockentzündung oder eine Chemotherapie gegen ein Krebsgeschwür über den Rezeptblock wandern, immer lautet der wohlmeinende Rat am Ende: »Ach ja, und machen Sie Yoga. Das entspannt.«

Damals wusste ich das noch nicht, also suchte ich mir eine Yoga-Gruppe und ging hin. In bequemer Kleidung saßen wir auf unseren kuscheligen Decken und konzentrierten uns auf unsere Atmung. Atmung ist wichtig. Wie uns der Meister erklärte, hat jeder Mensch nur eine bestimmte Anzahl an Atemzügen zur Verfügung, und wenn die aufgebraucht sind, ist der Ofen aus. Die Vorstellung fand ich nicht so entspannend. Ich merkte, wie ich anfing, rascher zu atmen. Der Meister merkte es auch und kam zu mir. Er legte mir eine

Hand auf das Brustbein und forderte mich gütig auf, mit ihm mitzuatmen. Ein – aus, ein – aus, ein – Es dauerte keine dreißig Sekunden, und ich bekam keine Luft mehr. Ich japste und röchelte, dass selbst der professionell entspannte Meister in Hektik geriet. Als er die Hand wegnahm, um die Rettung zu rufen, war der Spuk vorbei. Danach bin ich nicht mehr hingegangen.

Ich starre fasziniert auf die sandgefüllte Phiole, mit der meine Gesprächspartnerin in ihrem Becher rührt. Sie lächelt sanft. »Das ist reiner Quarz. Der macht ihn rechtsdrehend.«

»Aha«, sage ich eloquent, weil ich vermeiden will, in idiotisches Grinsen auszubrechen. Konrad Lorenz hat Situationen, in denen ein Hund einfach bellen muss, obwohl er weiß, dass er dafür bestraft wird, mit der Formel »Es bellt ihn« beschrieben. Ich weiß genau, wie sich der Hund fühlt: Mich grinst es in diesem Moment.

Weil ich aber in meiner Funktion als Zeitungsfrau hier bin, soll es mich nicht grinsen, sondern ich soll einen Bericht zustande bringen über die achte Esoterik-Messe. Und weil Hugo gern »ganze Arbeit« macht, solange er sie nicht selbst machen muss, gehören dazu natürlich auch Wortspenden der Beteiligten. Bis jetzt war ich diesbezüglich allerdings nicht sehr erfolgreich. Eigentlich wollte ich ja mit dem Medium reden, das auf den Messe-Plakaten seit Wochen groß angekündigt war, aber dann war da dieses riesige, leuchtend gelbe Transparent an ihrem Stand, das – ich schwöre! – »Jetzt noch mehr Durchsagen!« versprach, und aus war's mit meiner mühsam aufrecht erhaltenen Fassung.

Erst nach einem ausgiebigen Aufenthalt auf der Toilette und manischem Grinsen vor dem dortigen Spiegel traute ich mich wieder unter die Leute. Ich war sogar imstande, ein paar Worte mit einer Dame zu wechseln, die sechseckige Feng-Shui-Spiegel feilbot, deren positive Eigenschaften sie nicht hoch genug preisen konnte. Dazu gehört in erster Linie offenbar, dass sie negative Energien »weg-spiegeln« – unliebsame Nachbarn zum Beispiel, wie mir die Dame ernsthaft versicherte. Da zuckten meine Mundwinkel bereits wieder, sodass ich die Frage, die ich gerne gestellt hätte, lieber hinunterschluckte: So werde ich nie erfahren, ob der eingeritzte Schriftzug »WC« oder »Bad« die Energielinien stört oder nicht.

Schließlich ereilte mich mein Schicksal in Form von Gerlinde, einer jungen Frau mit der trügerischen Milde beinharter Missionare und dem routinierten Lächeln der typischen Pressesprecherin. Weil sie aber nicht irgendeine Pressetussi ist, sondern die Medienverantwortliche der Esoterik-Messe, ist sie überzeugte Veganerin. Das bedeutet unter anderem, dass sie Kunststoffschuhe trägt, die zwar bei jedem Schritt erbärmlich quietschen, dafür aber keinem Tier das Leben gekostet haben. Und sie ist froh, dass es hier nur Automatenkaffee gibt – den kann sie nämlich weiß nehmen, weil der noch nie einen Tropfen Milch gesehen hat (und wenn sie mit ihrem Sandstab darin gerührt hat, wird er wahrscheinlich richtig gesund, wie ich vermute). Meine zwischen steifen Lippen hervorgepresste Frage, ob das ein Wollpullover sei, den sie da trägt, entsetzt sie: Nie würde sie ein Schaf so entwürdigen.

Unpassenderweise fällt mir dazu die Geschichte vom Sohn einer Freundin ein, der mit acht Jahren zum Vegetarier konvertierte, weil er nicht schuld sein wollte am Tod eines anderen Lebewesens. Leider hatte er eine tiefe Schwäche für Hamburger und litt so lange an deren Entzug, bis seine Mutter sich erbarmte und behauptete, McDonald's würde nur Rinder verwenden, die eines natürlichen Todes gestorben seien. Die meisten Leute lieben die Geschichte, Gerlinde jedoch mustert mich mit einem Blick, den die ersten Christen dem römischen Kaiser zugeworfen haben mögen, als er die Löwen hereinwinkte.

»Das war nicht richtig von Ihrer Freundin«, sagt sie.

»Nein, wahrscheinlich nicht.« Ich bemühe mich, betreten dreinzusehen, oder zumindest nicht zu grinsen. Ich hätte mir die Mühe sparen können. Gerlinde mustert mich erst aufmerksam, dann missbilligend und stellt dann fest: »Sie sind ein unernster Mensch.« – Na dann. Wenn die Wahrheit unbedingt ans Licht will. »Naja, es ist leichter, wenn man das Leben nicht allzu ernst nimmt«, gebe ich zu.

Ich hätte genauso gut sagen können, kleine Kinder geben hervorragende Arbeitssklaven ab. Aber Gerlinde hat Erfahrung mit meinesgleichen. Presse-Typen sind im Allgemeinen ein gottloses Pack. »Glauben Sie, dass das auch Leute so sehen, denen es schlecht geht?«, fragt sie, und es gelingt ihr nicht ganz, einen triumphierenden Unterton zu vermeiden.

Ich könnte jetzt den Galgenhumor ins Treffen führen, der viele Verfolgte und Unterdrückte davor bewahrt hat, im Sumpf ihres Elends zu versinken, ich könnte vom sprichwörtlichen jüdischen Witz reden, der wahrhaftig nie wirklich etwas zu lachen hatte, von kranken, todtraurigen und doch köstlichen Komikern, aber so viel Ernsthaftigkeit ist mir Gerlinde nicht wert. Stattdessen werde ich fies. »Ich weiß nicht …«, sage ich unsicher. »Die Dame, bei der ich mir vorher eine Reflexzonen-Massage habe machen lassen, meint, man würde sich seine Lebensumstände selbst aussuchen … Sie hat sogar gemeint, das gelte auch für Kinder, die zu Hause misshandelt und missbraucht werden.« Das ist nur halb so untergriffig, wie es klingt: Sie hat es wirklich behauptet, und immerhin gehört auch sie zur Schar von Gerlindes Schäfchen.

Das weiß auch Gerlinde. Sie triumphiert nicht mehr. Vielmehr windet sie sich ein bisschen. »Ja«, sagt sie unwillig, »es gibt Leute, die das behaupten.«

»Sie glauben das nicht?«

»Ich … Naja, ich glaube schon, dass wir uns aussuchen, wo wir hin geboren werden.«

Ich bin ganz Verständnis. »Ah.« Und weil mir jetzt wirklich nach fies zumute ist, warte ich, bis sich Gerlinde wieder etwas entspannt hat, bevor ich sage: »Da haben manche aber ein ganz schlechtes Händchen, wie's aussieht.«

Das ist zu viel der Frivolität. Offenbar darf man ernsthaft behaupten, missbrauchte Kinder seien selbst an ihrem Unglück schuld, aber man darf keine Witze machen über die Typen, die so was sagen. Jedenfalls wird Gerlinde jetzt böse, da kann ihr Kaffee noch so rechtsdrehend sein. »Was glauben Sie denn?«, faucht sie. »Dass wir nur das Zufallsprodukt aus der Verschmelzung irgendeiner Eizelle und irgendeiner Samenzelle sind?«

Kein Zweifel: Auf diese Frage hat ihr noch keiner mit Ja geantwortet. Das heißt aber nur, dass sie bis jetzt Glück gehabt hat. »Das haben Sie sehr treffend formuliert«, sage ich anerkennend. »Genau so sehe ich es. Und je nachdem, welches Erbgut diese beiden Zellen enthalten und in welcher Umgebung sie leben und wie viele Ressourcen sie uns mitgeben können, sind wir entweder arme Schlucker oder reiche Erben, oder wunderschön, oder potthässlich usw.« Gerlinde glaubt, das ist nicht mein Ernst (das ist ja immer die Gefahr mit den unernsten Menschen), also beruhige ich sie: Natürlich nicht. Die meisten Leute sind weder das eine noch das andere – sie liegen irgendwo in der Mitte. Das ist der Punkt, an dem sich Gerlinde erinnert, dass sie noch einen anderen Termin hat, und mich quietschenden Fußes verlässt.

Im Endeffekt kaufe ich einen sehr hübschen Rosenquarz für meine Mutter, der sie in Hinkunft vor den verderblichen Strahlen des Fernsehers schützen wird, sofern sie ihn alle paar Wochen unter fließendem Wasser von der angesammelten Strahlung befreit, und einen WC-Feng-Shui-Spiegel für meine Schwägerin, die solchen Krempel liebt, und trete den Heimweg an.

Die Reaktionen auf meine Esoterik-Erfahrungen sind geteilt: Hugo glaubt nicht, dass das Medium wirklich »jetzt noch mehr Durchsagen« angekündigt hat, und ist auch sonst von meinem Bericht über die Messe nicht allzu erbaut: Unsere Leserschaft enthält einen nicht zu unterschätzenden Anteil von Menschen bzw. Abonnenten, die »ihr spirituelles Bedürfnis über die Esoterik ausleben«, wie er das formuliert. Hugo und spirituelles Bedürfnis, dass ich nicht lache. Das übersetzt sich doch bestenfalls in das Verlangen nach Alkohol.

Wie alle guten Journalisten hat jedoch auch er eine verwundbare Stelle, und das ist das heimliche Bedürfnis, den Erwartungen des Durchschnittslesers ab und zu eine lange Nase zu drehen, weshalb ich nach einigem Hin und Her dann doch einen relativ persönlich gefärbten Bericht über die Messe schreiben darf.

Viktor schüttet sich aus vor Lachen über meinen Ausflug ins Mystische. Während er sich Tränen der Erheiterung abwischt, japst er den Grund seiner besonderen

Belustigung hervor: »Wie du der Tussi eingeredet hast, wir seien völlig zufällig!« Es dauert ein bisschen, bis er mein fehlendes Einstimmen in sein Gelächter bemerkt. Er ist entgeistert: »Du meinst das ernst?«

Und wie. Wenn man mich fragt, ist der Zufall unser bester Freund. Ich meine, das Universum benimmt sich nicht gerade so, als würde sich jemand um unser Wohlergehen sorgen, oder? Na also. Zufall heißt, dass es auch niemanden gibt, der sich daran delektiert, uns ins Unglück zu stürzen.

»Ich habe immer gewusst, dass du eine depressive Ader hast, aber ich hatte keine Ahnung, dass sie so fundiert ist.«

Viktor ist ein Idiot. Ich habe selbstverständlich keine depressive Ader, und wenn doch, dann sicher nicht, weil ich mich als ein Zufallsprodukt sehe. »Was glaubst du denn?«, fauche ich ihn an, wie Gerlinde mich. »Dass uns ein liebender Gott aus Schlamm gebastelt hat?«

»Reg dich nicht auf! Ich würde dir jederzeit eine Rippe spendieren.«

Aber ich bin nicht in der Stimmung, mich ablenken zu lassen. »Also was jetzt? Sind wir von einem Gott geschaffen oder nicht?«, beharre ich und ernte promptes Sich-Winden. Ob es einen Gott gibt, weiß Viktor natürlich nicht, genauso wenig wie, ob er mit der Entstehung der Menschen irgendwas zu tun hatte, aber »irgend etwas außerhalb von uns« gibt es sicher. Jetzt sind wir dort, wo solche Gespräche immer enden: bei einem »höheren Wesen«.

Wie alle Anhänger dieses Wischi-Waschi-Wesens geht auch Viktor davon aus, dass es einfach zu präpotent wäre, irgend etwas von dem verstehen zu wollen, was solch einem höheren Wesen im Kopf herumgehen mag (und – im Unterschied zu dem alten Mann mit dem weißen Bart – revanchiert es sich immerhin damit, seinen Fans keine moralischen oder sonst welche Vorschriften zu machen). Inwieweit diese »Entität«, wie Viktor sie so schön nennt, irgendeine Rolle für unser Leben, geschweige denn dessen Sinn, spielen sollte, ist mir unklar, aber das liegt wahrscheinlich daran, dass ich laut Viktor »spirituell ein Schwarzes Loch« bin.

Scheiße, es ist finster hier. Nichts als Dunkelheit, von der sich undeutlich noch dunklere Schatten abheben. Das müssen die Bäume sein. So ist das in einem Wald bei Nacht, schlimmer noch: in einem weglosen Wald. Man irrt herum und hat keine Ahnung, wo man hin soll, und ständig ist man in Gefahr, über Wurzeln zu stolpern und mit dem Kopf gegen einen Stamm zu donnern. Alles in allem eine entbehrliche Erfahrung.

Doch da! Was ist das? Dort drüben ist die Dunkelheit nicht so komplett. Zögernd steuere ich darauf zu, und im Näherkommen wird es immer heller – nicht strahlend oder so, aber doch so sehr, dass man endlich die Hand vor Augen sieht. Mit neuem Mut stapfe ich voran. Schließlich sehe ich es: Es ist ein Kerzlein, das mitten im Wald sein Licht versendet. Wer es wohl angezündet hat? Und hätte er es nicht woanders tun können als mitten zwischen diesen gottverlassenen Bäumen? Ich meine, wenn es seinen sanften Schein auf einen Wegweiser würfe, das wäre schon was. Aber nein, es brennt einfach so vor sich hin und *ist*.

Jetzt reicht's. Mein entnervtes Auge entdeckt einen Lichtschalter am nächsten Baum. Na also. Alles strahlend hell. Ah, und dort ist der Ausgang.

Ich schwinge die Beine von der Couch und setze mich auf. Eva seufzt. »Ich glaube trotzdem, dass für viele

Menschen die bloße Existenz eines höheren Wesens etwas Tröstliches hat«, meint sie. Und leicht trotzig setzt sie nach: »Wie ein Licht in der Finsternis eben.«

Seien wir doch einen Moment realistisch. Auch Halsabschneider und Menschenfresser entfachen helle Feuer, und das Licht am Ende des Tunnels kann durchaus auch ein entgegenkommender Zug sein. Von den Millionen Motten, die der Geschichte schon auf den Leim gegangen sind, ganz zu schweigen.

»Hm«, macht der Apotheker. Er ist in meinem Alter und sieht nett aus. Hoffen wir einmal, dass der Eindruck nicht täuscht. »Tut das weh?«

»Nicht wirklich. Aber die Ohrläppchen fühlen sich heiß an und jucken, und wenn ich anfange, mich darauf zu konzentrieren, treibt es mich in den Wahnsinn.«

»Das Beste wäre ... Sie konzentrieren sich nicht darauf.«

Das ist jetzt nicht sein Ernst. Ich hole tief Luft, um endlich einem von diesen Halbgöttern in Weiß die Meinung zu sagen, als ich sein Grinsen bemerke. Es ist tatsächlich nicht sein Ernst. »Sehr lustig«, grummle ich, während ich möglichst unauffällig den Überschuss an heißer Luft veratme.

»Tut mir Leid«, sagt er, aber er meint es nicht so, das höre ich. Dann: »Sind Sie gegen irgendwas allergisch?« Super. Jetzt fängt das wieder an.

»Nein, und ich bin von Alfalfa-Sprossen bis Zebrastreifen ausgetestet«, behaupte ich rüde.

Er grinst schon wieder – oder noch immer? Keine Ahnung, die meiste Zeit vermeide ich es, ihn anzusehen, damit er nicht merkt, wie nah ich daran bin, die Fassung zu verlieren. Aus dem Augenwinkel sehe ich ihn nicken. »Sehr vernünftig«, versichert er ernsthaft.

»Zebrastreifen werden gerne unterschätzt, dabei sind sie hoch allergen.«

Jetzt schaue ich ihn doch an. Grinse sogar zurück. »Ich nehme an, Sie können mir auch keine Cortison-Creme ohne Rezept geben?«, frage ich ergeben.

»Hat Ihnen Ihr Arzt schon einmal eine Cortison-Creme für die Ohrläppchen verschrieben?«, fragt er, und sein Ton ist plötzlich ganz komisch, als wollte er mir etwas mitteilen, darf aber nicht. Wenn ich »ja« sage, kriege ich dann keine mehr, weil ich sonst über die zulässige Maximaldosis käme? Oder besiegle ich mein Schicksal eher mit einem Nein? Ich mustere ihn hilfesuchend und meine, eine ganz leichte Auf-und-ab-Bewegung seines Kopfes wahrzunehmen. Also nicke ich vorsichtig. »Ja«, sage ich gedehnt.

Mein Gegenüber entspannt sich schlagartig. »Na, dann kann ich Sie Ihnen schon wieder geben«, erklärt er erleichtert, dreht sich um und fördert aus einer der zahllosen Laden eine schmale weiß-blaue Packung zu Tage, die er mir strahlend auf den Tisch legt. »Aber wirklich nur im Bedarfsfall«, sagt er ernsthaft dazu.

Was glaubt er? Ich verwende das Zeug als Make-up-Ersatz? Aber das zu sagen, bin ich nicht in Gefahr. Dafür bin ich viel zu dankbar. Ich bedanke mich ungefähr zwölf Mal, wünsche ihm noch einen wunderschönen Tag und schwebe hinaus.

Die Tür geht auf, jemand sagt »Guten Morgen«, ich schaue auf und begegne dem Blick des Mannes, mit dem ich mein restliches Leben verbringen möchte. Dunkle, unordentliche Locken, graugrüne Augen, ein leicht amüsiertes Lächeln. Er überreicht mir eine Einladung (»Darf ich Ihnen das geben?«). Ein Ball? Ich sehe mich an seinem Arm einen Saal voller Menschen und

Kristallluster betreten und lächle so huldvoll wie möglich, nicke.

»Ich weiß, es ist kurzfristig, aber denken Sie, dass Sie vielleicht kommen können?«

Ich versuche, meine Stimme dunkel und rauchig klingen zu lassen, höre aber nur ein jämmerliches Piepsen: »Sicher. Mit dem größten Vergnügen.« Immerhin, der Inhalt stimmt.

Er legt einen Zettel auf meinen Tisch und lächelt mir noch einmal zu, dann ist er verschwunden. Hugo glotzt, ich ignoriere ihn.

Wie sich 30 Sekunden später, als meine Umnachtung vorbei war, herausstellte, hatte Hugo allen Grund zum Glotzen. Seit er mich am Anfang meiner Karriere auf ein paar klassische Konzerte geschickt hat, deren Besprechung meinerseits sich immer auf das Wiedergeben des Programms beschränkte, weiß jeder in der Redaktion, dass ich mit Klassik nichts am Hut habe. Um Hugo zu zitieren: »Du hättest doch sagen können, dass der durchschnittliche Straßenkater mehr davon versteht als du.« Vielleicht nicht nett formuliert, aber inhaltlich voll zutreffend. Und dann hatte ich plötzlich versprochen, »mit dem größten Vergnügen« zu einem Klavierabend zu kommen. Tja, wie gesagt, umnachtet. Und es hätte ja auch überhaupt nichts dagegen gesprochen, trotzdem nicht hinzugehen, außer dass Hugo sich plötzlich aufplustern musste und den »guten Ruf unseres Blattes gefährdet« sehen wollte, wenn ich nicht erschiene. Schwein. Im Innersten hat er sich halb tot gelacht, das weiß ich. Zugegebenermaßen war mein Widerstand aber nicht überwältigend, dafür war der Überbringer der Ankündigung einfach zu knackig.

Also sitze ich jetzt hier auf einem golden gestrichenen Rokoko-Stuhl, dessen Schnörksel sich bei jeder falschen Bewegung in meinen Hintern bohren, und halte Ausschau nach dem Märchenprinzen. Bislang vergeblich, aber der Abend ist ja noch jung, ich bin eine der Ersten. Er wird doch nicht etwa der Pianist sein? Und seine Handzettel selbst austragen? Unwahrscheinlich. Ich blättere in dem kopierten Programm – sinnlos, weil ich nicht einmal weiß, wie der Typ heißt (nicht der Klavierheini, der Zettelausträger).

Da beugt sich jemand über meine Schulter. Rasch drehe ich mich um. Und glotze in Joes Gesicht. »Anna?«, fragt er – auch er fassungslos. Inge neben ihm, wie immer perfekt angezogen, frisiert und geschminkt, macht ein Gesicht, als hätte ich mich aus dem nächsten Obdachlosenheim hierher verkrochen, um es für ein paar Stunden warm und trocken zu haben. »Ich wusste gar nicht, dass du dich für Klassik interessierst«, sagt sie. Haha. Als wüsste mittlerweile nicht jeder, der es hören will oder nicht, dass ihr gemeinsamer Musikgeschmack einer der Gründe ist, dass Joe mit ihr soviel glücklicher ist als mit mir.

»Tu ich auch nicht. Ich bin beruflich hier«, erkläre ich so locker wie möglich.

»Ja, aber kannst du denn über etwas schreiben, von dem du gar nichts verstehst?«

Aber warum denn nicht? Sie redet doch auch in einer Tour und versteht von gar nichts was. »Ach, wenn man den Job lang genug macht, geht das ganz leicht«, verkünde ich. Soll sie doch darauf was finden, diese Kuh, die gerade lange genug gearbeitet hat, um Karenzgeld zu kassieren, und dann jedem erklärt, wie wichtig es für Kinder ist, dass ihre Mutter »ganz für sie da« ist. Bis vor kurzem. Da wurde sie nämlich »entdeckt«. Seitdem macht sie ab und zu Werbeaufnahmen für irgendeinen

Billigsdorfer-Katalog, aber wenn man den Erzählungen meiner Tochter trauen darf, kommen ihr Worte wie »Fashion-Model« und »Foto-Shooting« so geläufig über die Lippen wie Naomi Campbell persönlich. Und zu allem Überfluss hat sie auch noch einen starken Mann (nämlich meinen), der für sie gegen die böse Ex in die Bresche springt.

»Tu doch nicht so, Anna«, meint er freundlich, »du wirst einfach das Programm abschreiben, stimmt's?«

»Na und? Man muss sich nur zu helfen wissen«, erkläre ich pikiert.

»Ist hier noch frei?«, fragt in dem Moment jemand zu meiner Linken. Ich nicke, ohne mich umzudrehen. »Schön, dass Sie kommen konnten.« Ich fahre heftig auf meinem Rokoko-Stuhl herum. »Au!«, entfährt es mir. Super, Anna, toller Einstieg. Doch er ist nicht nur der Märchenprinz, er ist ein Engel. »Die Stühle?«, fragt er mitfühlend, dann stellt er sich vor: Daniel Sommer. Ich kichere. »Anna Winter.« Wir lachen beide, doch da bricht die böse Stiefmutter in Form von Inge in die Wonne ein. Von hinten sagt sie mit Nachdruck: »Hallo, Daniel, schön, dich zu sehen!«

Unwillig drehe ich mich um. Das ist jetzt nicht wahr! Ist es doch: Die kennen sich! Daniel entschuldigt sich, sie nicht früher bemerkt zu haben (warum sagt er nicht einfach, dass er nur Augen für mich hatte?), wendet sich kurz mir zu und erklärt: »Wir kennen uns über Robert.« Robert? Ich kenne keinen Robert. Wer soll das sein?

Joe mustert mich unauffällig, während Daniel und Inge irgendwelchen Smalltalk machen. »Der Pianist«, flüstert er mir zu. Und als ich noch immer blöde blicke, setzt er hinzu: »Robert. Steinhauser. Der Pianist.«

Endlich fällt der Groschen. Verdammt. Inge spielt

selbst Klavier, angeblich gar nicht schlecht. Die werden sich doch nicht aus irgendeinem Klavierkurs kennen? Gibt es überhaupt Klavierkurse? Ist das nicht mehr ein Instrument für Einzelgänger? Ich meine, Klavierabende sind meistens einsame Sachen, was die Instrumente angeht, oder? Also nicht wie Orchester oder so. Kommen Klaviere in Orchestern überhaupt vor? Ich bin nahe dran, die Frage aufzuwerfen, um zu zeigen, dass ich nicht völlig desinteressiert an solchen Dingen bin, doch Daniel kommt mir zuvor: »Und Sie?«, fragt er. »Spielen Sie auch?« Inge schnaubt verächtlich.

»Nur CDs«, sage ich, »aber das mit Drive.«

Während des Geklimpers meditiere ich über die Wahrscheinlichkeit, dass sich zwei Menschen treffen, die »Sommer« und »Winter« heißen. Zugegeben, keine Wahnsinnssache, wenn man die relative Häufigkeit der beiden Nachnamen in Betracht zieht. Ich meine, »Herbst« und »Frühling«, das wäre wirklich auffällig, aber so … Was soll's? Man wird sich doch noch so was wie Schicksal zusammenreimen dürfen, auch wenn man nicht daran glaubt. Zwischendurch werfe ich verstohlene Blicke auf meinen Sitznachbarn, bis er mich dabei erwischt. Damit hatte ich nicht gerechnet. Wo ist seine Absorption mit der Musik? Er grinst, und es kommt noch schlimmer: Er beugt sich dicht zu meinem Ohr und flüstert hinein: »Ist Ihnen auch langweilig?« Soll das ein Witz sein? In der Zeit, die ich mich nicht getraut habe, ihn anzukälbern, habe ich alles gezählt, was ich sehen kann, ohne mich umzudrehen: die Stühle, die Leute, die Wandleuchten, alles.

»In 20 Minuten ist Pause«, flüstere ich zurück und ernte ein promptes »Pscht!« aus Inges Richtung. Er nickt, schaut starr nach vorne und bewegt demonstrativ seine Augen von Wandleuchte zu Wandleuchte. Ich pruste beinahe laut heraus. Das hier ist vielleicht kein Ball, aber das neben mir sieht immer mehr nach Prinz aus.

Kaum hat die Pause begonnen, drängelt er wild nach draußen und ist weg. Ich stehe verwirrt im Foyer herum – ein gefundenes Fressen für Inge. »Wo ist Daniel denn hin?«, fragt sie, als hätte er versprochen, den nächsten Walzer mit ihr zu tanzen.

Bevor ich wahrheitsgemäß »Keine Ahnung« sagen kann, taucht er neben meinem Ellbogen auf – zwei Glas Sekt in der Hand. »Tut mir Leid, dass ich so schnell weg war, aber ich wollte vor der Masse am Buffet sein«, erklärt er. »Ich hoffe, Sie mögen Sekt.« Und wie, obwohl ich im Moment Mundwasser mit derselben Begeisterung in Empfang genommen hätte. »Ich finde, wir sollten du sagen«, meint er, und ich kann ihm nur Recht geben. Allerdings möchte ich nicht vor Inge und Joe mit ihm Bruderschaft trinken, aber er macht auch keine Anstalten dazu. Züchtig berühren sich unsere Gläser. »Möchtest du auch was trinken?«, fragt Joe seine Angetraute, doch mittlerweile staut es sich am Buffet. »Das dauert doch ewig«, meckert sie. »Aber wir könnten doch nachher alle gemeinsam was trinken gehen.«

Was sind denn das für Anwandlungen? Ich gehe doch nicht mit meinem Ex und seiner Frau was trinken – schon gar nicht, wenn die Chance besteht, dass ich das mit einem attraktiven Mann tun könnte. Joe schaut auch verdutzt drein, aber wenn Ingelein möchte ... »Ich weiß nicht ... Hättet ihr Lust?«, fragt er Daniel und mich. Danke, Joe. Wenn ich jetzt nein sage, geht Daniel vielleicht allein mit ihnen weg, aber wenn ich ja sage – und er wäre gerne mit mir allein weggegangen …

»Leider«, sagt Daniel. »Ich muss morgen früh raus.« Er lächelt entwaffnend, und jetzt ist es Inge, die unangenehm berührt dreinschaut. Offensichtlich hat sie nicht bedacht, dass sie mit mir überbleiben könnte. Aber übertriebene Feinfühligkeit war ja noch nie ihr Problem: »Na gut, vielleicht ein anderes Mal«, sagt sie, schaut auf die Uhr und drängelt Joe wieder in den Saal.

Daniel und ich bleiben allein. »Und? Wo gehen wir jetzt hin?«, fragt er mich. »Es sei denn, du möchtest unbedingt den zweiten Teil hören.« Ich überlege einen Augenblick. Zugegeben, ich schreibe nur das Programm ab, aber was, wenn es sich der Pianist spontan überlegt und etwas anderes zum Besten gibt? Dann habe ich die rettende Idee: Ich werde Joe anrufen. Der kann mir dann auch gleich sagen, wie's war. Wenn ich ein bisschen drüber nachdenke, ist er mir das schuldig, nachdem sich seine Inge so aufgeführt hat. Und außerdem bin ich jetzt vierzig – das einzig wahre Alter für jugendliche Blödheit. »Naa, das muss ja wirklich nicht sein«, sage ich spritzig.

Ein Sonnenstrahl kitzelt mich im Gesicht, ich schlage die Augen auf und lasse sie liebevoll über den nackten Körper neben mir wandern. Diese kräftigen Oberarme, der knackige Hintern … Lustvoll kuschle ich mich an die ganze Pracht.

»Du musst aufstehen, ich muss gehen.« Fred ist schon angezogen und starrt ungeduldig auf mich und den Polster, den ich innig umarmt halte. Diesmal mache ich die Augen wirklich auf – ein schwerer Fehler. Die Sonne sticht durch meine Pupillen hindurch mitten in mein umnebeltes Gehirn.

Fred mustert mich – angewidert? Amüsiert? Ich weiß nicht. Egal. »Was macht der Restalkohol?«, fragt er. »Hm«, sage ich. Ich wälze mich aus dem Bett und schleppe mich ins Bad, wo ich mir alle Mühe gebe, dem Blick des Spiegels auszuweichen.

»Beeil dich, es ist spät!«, ruft es von draußen. In wessen Köpfen werden eigentlich diese Filmszenen geboren, in denen es mega-locker und -freundlich heißt »Ich muss gehen, aber kein Grund für dich aufzustehen. Lass einfach die Tür ins Schloss fallen!« Ich meine, meistens kennen sich die Betroffenen gerade seit dem Abend davor, und er könnte ein Serienmörder sein und sie eine pathologische Klette, oder beide sind vielleicht ausgefuchste Diebe, die nach dem Sex gerne den Fernseher mitnehmen, aber was macht das schon? Lassen wir sie einmal ein paar Stunden allein in unserer Wohnung und sehen, was noch da ist, wenn wir zurückkommen. Im Film meistens eine rote Rose und eine kurze, liebevolle Botschaft. In der Praxis wahrscheinlich nur, was nicht angenagelt war.

Nicht, dass Fred oder ich einander kriminelle Tendenzen unterstellen würden. Nichtsdestoweniger haben wir in der Wohnung des jeweils anderen außer im Schlafzimmer nichts verloren.

»Du hast also vom Märchenprinzen zwanglos zum Frosch gewechselt?«, fragt Eva. Sie ist dabei nicht halb so originell, wie sie sich vorkommt: Sie nennt Fred nämlich oft einen Frosch, weil sie meint, er könnte durchaus ein Prinz werden, wenn ich ihm nur eine Chance gäbe.

»Ha, ha, ha«, sage ich sauer. »Wir waren im ›Kuku‹, und es war wirklich lustig, dann nimmt er meine Hand, beugt sich ganz nah zu mir und sagt, er muss morgen wirklich früh raus, und deshalb geht er jetzt. Ich meine, was hättest du gemacht?«

»Hm …« Eva denkt ostentativ nach. »Du hast Recht. Mir fällt auch nichts anderes ein, als mit dem nächstbesten Typen ins Bett zu gehen.«

»Fred ist nicht der nächstbeste Typ. Außerdem hat er mich angerufen. Ich war gerade im Taxi nach Hause, und er hat mich angerufen und gefragt, ob ich nicht Lust hätte vorbeizukommen. – Wer weiß, vielleicht hat ihn ja auch gerade eine versetzt«, sage ich giftig, bevor Eva auf die Idee kommt. Ich meine, ist sie schockiert, oder was? Dann hätte ich es auch meiner Mutter erzählen können.

Eva seufzt. »Du tust, als würde ich dich verurteilen.« Ehrlich? Wie komme ich nur auf die Idee? »Aber in Wirklichkeit verurteilst du dich selbst.«

Blödsinn. Was gibt es da zu verurteilen? Ich bin eine erwachsene Frau mit entsprechenden Bedürfnissen. Die wird man doch noch befriedigen dürfen. Und wenn ich mich dabei wie eine Nutte benehme, ist das meine Sache, oder nicht?

Offenbar nicht. Oder schon, außer wenn ich mich dafür verurteile, wie aus meiner Wortwahl ersichtlich, wie mir Eva erklärt. Ich habe genug vom Therapiert-Werden. Ich werde es Viktor erzählen. Der versteht mich.

»Oho«, meint Viktor. »Wer hätte gedacht, dass so eine Nutte in dir steckt?«

Nutte hin oder her, eines ist mir jedenfalls durch Fred eine Weile erspart geblieben: im Geiste die Gründe durchzuhecheln, warum mein Traummann nach anfänglichem Interesse plötzlich den Schwanz eingezogen hat. Noch dazu so schamlos. Ich meine, »Ich muss morgen früh raus«? Das kann doch nur ein Scherz sein. So was mag vielleicht im Altersheim als Grund durchgehen, aber Leute unter hundert brechen ein heißes Date doch nicht wegen ihres Schönheitsschlafes ab. Sehen wir den Tatsachen ins Auge: Es muss an mir liegen. Die Frage ist nur: War es etwas, das ich gesagt oder getan habe, oder sehe ich einfach doch nicht so gut aus, wie er am Anfang dachte?

»Wie war das Konzert?«, fragt Hugo mitten in meine Überlegungen. Was für ein Konzert? Ah, das Konzert. Stimmt. Ich muss Joe anrufen.

Joe ist nicht begeistert. Er ist und bleibt ein seelischer Kleinkrämer. Er tut, als würde ich ihn nur anrufen, wenn ich etwas brauche. Da hat er natürlich Recht, aber was hat er erwartet? Dass ich mich plötzlich für Inges Gesundheitszustand interessiere? Wie sich herausstellt, ist es aber gar nicht meine Chuzpe, die ihn unleidlich macht.

»Nach allem, was ich so höre, ist dieser Daniel kein netter Typ«, erklärt er mir ungefragt. Was immer er damit sagen will – für mich übersetzt es sich in: »Inge hat mit ihm geschlafen und er hat sie danach nicht mehr angerufen« oder »Inge wollte mit ihm schlafen und er hat sie nicht gewollt«. Vor ihrer Ehe, versteht sich. Ich sehe Inge im roten Kleid sich auf dem Klavier rekeln …

»Rot steht ihr gar nicht«, sage ich abwesend ins Telefon.

»Was? Hörst du mir überhaupt zu? Ich mache mir Sorgen um dich.« Was? Was für Sorgen? Um mich? Warum um alles in der Welt?

»Mir geht's gut«, erkläre ich kategorisch. »Alles, was mir fehlt, ist ein Bericht über den zweiten Teil des verdammten Klavierabends.«

»Ich schick dir eine Mail«, schnappt Joe beleidigt und legt auf.

Kein netter Typ? Was heißt das? Nutzt er Frauen finanziell aus? Das könnte ein Grund sein, warum er vorgestern plötzlich weg war: Vielleicht habe ich ihm in meinem Dusel meinen Kontostand verraten. Schlägt er sie? Das hätte Joe sicher geradeheraus gesagt. Und nicht einmal Inge wäre blöde genug, ihn unter diesen Umständen so anzuschwärmen, wie sie's getan hat. Gott, ich hoffe, Inge kommt nie dahinter, wie der Abend geendet hat. Das gönne ich ihr nicht.

Joe klingt irgendwie, als hätte er mit meinem neuerlichen Anruf gerechnet. »Was meinst du mit ›kein netter Typ‹?«, frage ich ihn. Er seufzt, und ich ärgere mich. Was gibt es da zu seufzen? Erst macht er Andeutungen, dann fühlt er sich verfolgt, weil er sie erklären soll? »Und warum machst du dir Sorgen um mich? Was ist er: ein Heiratsschwindler? Ein Serienmörder?«

Joe fragt sich laut, warum ich immer so übertreiben muss. Und meint, er würde sich nicht wegen Daniel Sorgen um mich machen, sondern allgemein. Allgemein? Was heißt das jetzt wieder? »Du machst dir allgemein Sorgen um mich, weil ich vielleicht mit einem Serienkiller ausgehe? Korrigier mich, wenn ich da was falsch verstanden habe.«

Doch Joe hat genug. »Nein, ich glaube, das hast du jetzt ganz richtig hingekriegt. Besser hätte ich es nicht formulieren können. Schönen Tag noch, Anna.« Und legt auf. Idiot.

Woher nehme ich jetzt was zu dem Klavierabend? Noch dazu, wo ich Hugos breitem Grinsen erklärt habe, das wäre gar kein Problem. Vorsichtshalber checke ich meinen Account. Vielleicht hat Joe das ja ernst gemeint mit der Mail. Tatsächlich! Da steht »Klavierabend« unter »Betreff«. Allerdings ist der Absender nicht Joe, sondern Daniel. Mit klopfendem Herzen öffne ich die Botschaft und finde eine Entschuldigung für sein »unverzeihliches Benehmen«, eine Einladung zum Abendessen in den nächsten Tagen und ein Attachment mit den wichtigsten musikalischen Anmerkungen zum Konzert. Vor allem Letzteres überzeugt mich: Ein Serienkiller vielleicht, aber ein netter Typ auf jeden Fall.

Warmes Kerzenlicht bricht sich in meinem Sektglas und legt sich schmeichelnd auf mein weinrotes Kleid, mein perfektes Makeup, mein schmelzendes Lächeln. Daniel, lässig-elegant in weißem Stehkragenhemd und schwarzem Leinensakko, hebt seine Sektflöte. »Auf uns«, sagt er, und ich lächle verheißungsvoll. Als sich unsere Gläser berühren, schießt die Flüssigkeit aus meinem wie eine Fontäne, während ich mit der freien Hand meine gleichzeitig explodierende Nase halte, doch die ist nicht zu halten. Eine wahre Sprengreihe ungeheurer Nieser erschüttert mich, mein Glas, den Tisch, das ganze Lokal. Erschrockene Augen rundum: ein Erdbeben? Nein, nur die Nies-Attacke irgendeiner Tussi, aber was für eine.

Was ist mit Eva los? Warum sagt sie nicht endlich »So geht das nicht«? Ich öffne die Augen und sehe geradewegs in Daniels besorgt-amüsiertes Gesicht (und aus den Augenwinkeln in die angewidert-amüsierten Gesichter aller anderen Gäste). Scheiße. »Tut mit leid. Eine Allergie«, murmle ich, als es endlich vorbei ist.

»Auf den Sekt oder auf mich?«, fragt er, doch ich kann nicht antworten. Ein Kitzeln am Ende meines Gaumens scheint mir die nächste Salve anzukündigen, und ich mache das unmöglich noch einmal vor aller Augen durch. »Entschuldige«, presse ich hervor und galoppiere in Richtung Toilette, so schnell das in meinen hochhackigen Schuhen geht.

Unnötig zu erwähnen, dass dort gar nichts passiert, aber ich bin so erschöpft und habe solche Angst, dass die Nieserei wieder losgeht, wenn ich das Klo verlasse, dass ich erst einmal eine Weile bleibe, wo ich bin.

»Anna? Kannst du bitte rauskommen? Ich habe gezahlt. Wir können gehen.« Ich könnte ihn küssen, aber ich gehe davon aus, dass er diesbezüglich mittlerweile Bedenken hat. Mit gesenktem Kopf schleiche ich aus der Kabine. Er hat sogar meinen Mantel mitgebracht und hält ihn fragend hoch. »War das richtig so oder wolltest du eigentlich schnellen Sex auf dem Klo?« Drollig, wirklich, aber ich bin nicht in der Stimmung. Ich ordne gerade mein Weltbild neu: Offenbar gibt es doch einen Gott, und er hasst mich.

Ich tue, was ich schon gestern hätte tun sollen: Ich liege im Bett und schone mich, wie man das eben so tut, wenn man krank ist. Von wegen Allergie. Einen mordsmäßigen Schnupfen hatte – und habe – ich, für das Rendezvous mühsam übertüncht mit Nasenspray, Makeup und einem eisernen Willen, aber nicht eisern genug. »Was raus will, kommt auch raus«, erklärt mir Eva immer. Ich hoffe, sie erfährt nie, wie Recht sie hatte. Sie würde in meiner Niesattacke sicher irgendwas Psychisches sehen – wahrscheinlich alles von simpler Bindungsunfähigkeit bis zur Angst, dass Daniel doch ein Massenmörder sein könnte.

Ach, Daniel. Er war süß. Hat mich und meine abscheuliche Nase nach Hause gebracht und mich zum Abschied auf die Stirn geküsst. Serienmörder sollen ja im Allgemeinen sehr angenehme Leute sein, solange man nicht zu ihren Opfern zählt. Die Nachbarn erzählen jedenfalls hinterher immer nur Gutes über sie. Ha, nur ein Scherz! Ich bin sicher, dass er wirklich ein netter Typ ist. Nicht jeder Mann hätte die Szene so locker weggesteckt. Er hat sogar gesagt, ich solle ihn anrufen, wenn ich was brauche. Ob er weiß, dass ich seine Nummer nicht habe?

Melanie steckt den Kopf zur Tür herein. »Ich gehe jetzt. Brauchst du noch was vorher?« Nur das Handy ans Bett. Man weiß ja nie. Und die Hoffnung, wie jeder weiß, stirbt zuletzt. Also garantiert eine Weile nach mir, so wie ich mich derzeit fühle.

Wer tatsächlich anruft, ist Viktor. Guter, alter Viktor. Sicher hat er Melanie getroffen, und sie hat ihm erzählt, dass ich krank bin. Doch er meldet sich nicht, um mich zu unterhalten, wie ich dachte, sondern sich. »Ich höre, du warst der Star im Stella di Mare gestern«, gluckst er statt einer Begrüßung. Das auch noch. Zum Teufel mit Viktor und seinem riesigen Bekanntenkreis.

»Ja, Viktor, danke der Nachfrage, ich weiß deine Fürsorge zu schätzen. Nein, es geht mir noch nicht besser. Ich liege im Bett und fühle mich elend«, erkläre ich ungefragt, aber gepflegter Sarkasmus hat noch nie Eindruck auf ihn gemacht.

»Na, das würde ich auch, wenn ich so einen Auftritt hingelegt hätte. Hast du wirklich die Leute am Nachbartisch mit deinem Sekt angeschüttet?«

»Dir auch einen schönen Tag, Viktor«, sage ich kalt und lege auf. Kann es sein, dass ich tatsächlich eine Fontäne bis zum Nachbartisch erzeugt habe? Bei dem Gedanken wird mir ganz heiß. Vor meinem geistigen Auge ersteht das »Stella di Mare« mit seinem präpotenten Oberkellner, der angeödet Schirme an die Gäste verteilt. Das bringt mich zum Kichern und das wiederum zum Husten. Wer von Viktors Bande hat mich wohl gesehen? Aber vielleicht war es gar keiner von Viktors Bekannten, sondern einer von meinen eigenen? Ich meine, erstens hatte ich alle Hände voll damit zu tun, mich aufrecht und strahlend zu halten, und zweitens hatte ich nur Augen für Daniel. Meine Mutter hätte am Nebentisch sitzen können, und ich hätte sie nicht bemerkt.

Mein Handy läutet. Diesmal ist es Hugo, der wissen will, wo ich stecke. Ich habe in aller Herrgottsfrüh auf den Anrufbeantworter der Redaktion gesprochen, aber er hat ihn natürlich nicht abgehört, weil das immer ich mache. »Gestern einen anstrengenden Abend gehabt?«, fragt er süffisant. Panik durchflutet mich. Woher um alles in der Welt weiß Hugo davon? Dann beruhige ich mich. Er unterstellt lediglich, ich hätte einen Kater und würde deswegen blau machen. Ich knurre, dass ich tatsächlich krank bin, und meine Stimme klingt so entsetzlich, dass er sofort auflegt. Was glaubt er? Dass die Bazillen durch die Telefonleitung kriechen und ihn befallen? Angewidert ziehe ich mir die Decke über den Kopf.

Das Iglu ist ziemlich geräumig, aber schweinekalt. Ich glaube mich zu erinnern, dass es in den Dingern um die null Grad haben soll, was wahrscheinlich als gemütlich gilt, wenn es draußen minus 40 hat, aber für mich als Mitteleuropäerin mit einer Zentralheizung ist das nicht überwältigend. Deshalb haben die anderen wahrscheinlich alle Pelzmäntel an. Sie sitzen an durchsichtigen Tischen aus Eis und trinken heißen Sekt aus Punschgläsern. Und ich mittendrin im Bett, mit meiner geblümten Decke statt einem Pelz. Ist mir das peinlich.

Bei näherem Hinsehen kenne ich alle Leute: Da ist Viktor, der mir mit einer leichten Verneigung zuprostet.

56

Hugo, hinter einem transparenten Schutzschild, wie sie die Polizei bei Straßenschlachten verwendet, wirft verstohlene Blicke auf mich. »Sie kann kilometerweit niesen«, höre ich ihn seiner Tischdame zuflüstern, die daraufhin in hysterisches Kichern ausbricht. Joe schaut traurig zwischen ihr und mir hin und her, kann aber ein Grinsen nicht unterdrücken, als sie sich zu ihm beugt und ihm etwas ins Ohr flüstert. Dann wird er wieder ernst. »Kein netter Mensch«, erklärt er mir, während er langsam den Kopf schüttelt.

Erst jetzt merke ich, dass alle die neueste Zeitung in der Hand halten. Das Aufmacher-Foto zeigt mich, explodierend, umgeben von herumfliegenden Sektgläsern und Regenschirmen. Da fährt ein eisiger Wind in das Iglu und wirbelt die Seiten durcheinander, reißt alles Papier an sich. Leider fährt er auch in meine Knochen. Meine Zähne schlagen hilflos aufeinander.

»Mama? Mama! Du glühst!«

Gott sei Dank. Ich dachte schon, Hugo hätte die Geschichte wirklich in die Zeitung gebracht.

Eine Woche später bin ich wieder auf den – allerdings noch wackeligen – Beinen. Der nette Apotheker, der mir seinerzeit das Cortison zugesteckt hat, mustert mich eingehend und einen Moment bin ich überzeugt, dass er sich an mich erinnert, aber dann sagt er nur: »Was kann ich für Sie tun?«

»Ich hätte gern ein Kopfwehpulver.«

»Leicht – mittel – stark?«

»Das Kopfweh oder das Pulver?«

Er legt den Kopf schief. »Beides«, meint er in einem Ton, als hätte er mehr von mir erwartet.

»Ich war krank«, sage ich zu meiner Entschuldigung. »Mittel, schätze ich.«

Er sucht mir etwas heraus, ich zahle und schleppe mich zum Ausgang. »Das Gesündeste an Ihnen dürften im Moment Ihre Ohrläppchen sein«, teilt er meinem Rücken mit.

Hugo mustert mich misstrauisch. »Bist du sicher, dass du nicht mehr ansteckend bist? Du siehst scheußlich aus.«

»Danke, Hugo. Du mich auch.« Ich schleppe mich zu meinem Schreibtisch und drehe den Computer auf. Und während er rasselnd und pfeifend hochkommt, blättere ich in der Ausgabe, die ich verpasst habe. »War irgendwas, während ich weg war?«, frage ich nebenbei.

»Nein«, sagt Hugo automatisch. Dann fällt ihm etwas ein. »Doch. Es hat einer angerufen, der hat sich nach dir erkundigt. Heißt so ähnlich wie du … Herbst, nein …«

»Sommer?«, frage ich ungläubig.

»Genau.«

Er hat sich nach mir erkundigt! Sechs Tage lang habe ich zu Hause darauf gewartet, dass er anruft und fragt, wie's mir geht, dabei hatte er meine Privatnummer nicht. Stattdessen hat er in der Redaktion angerufen und die Heinis haben es natürlich nicht weitergeleitet. »Was wollte er?«, frage ich so cool wie möglich.

Hugo zuckt die Achseln. »Wollte wissen, ob du da bist, und wie er gehört hat, dass du krank bist, hat er angeboten, den Artikel über den Klavierabend zu schreiben.«

Was? »Was?«

Hugo wedelt mit der Hand in Richtung der Zeitung, die ich auf dem Schoß liegen habe. »Kultur«, verweist er mich überflüssigerweise. »Wir hatten sonst nichts Gescheites dafür. Außerdem: Viel schlechter als deine

Konzertkritiken konnte es ja nicht werden. Ist aber gar nicht so übel.«

»Steinhauer in Hochform«, lese ich fassungslos. In 36er-Schrift und mit einem mordslangen Artikel darunter. Und ganz am Ende »Daniel Sommer«, wo eigentlich »Anna Winter« stehen sollte. Sie hätten seinen Namen in Rot drucken sollen. Scharlachrot. Die Farbe der Verräter.

Viktor, der nichts mehr geschrieben hat, seit die Lehrerin das Aufsatzthema »Da habe ich mich erschrocken« auf die Tafel gemalt hat, versteht meine Aufregung nicht, als ich ihm mein empörtes Herz ausschütte. »Es ist ja nicht so, als hätte er dich mit Grippe infiziert, um deinen Platz in der Redaktion zu usurpieren. Das mit der Krankheit war ein Pech. Und der Pianist scheint ein Freund von ihm zu sein – wahrscheinlich wollte er sicherstellen, dass etwas über den Klavierabend erscheint. Und wenn er den Artikel geschrieben hat, warum soll dann nicht auch sein Name drunter stehen?«

Wenn ich etwas hasse, ist es die Stimme der Vernunft, wenn ich mich gerade so richtig schön aufrege. »So würdest du nicht reden, wenn du die leiseste Ahnung vom Schreiben hättest«, fauche ich.

»Was wird das? Machst du jetzt auf Künstlerin, weil du die Polizeiberichte für dein Käseblatt auf Deutsch übersetzt?«, faucht Viktor zurück. »Du bist doch nur beleidigt, weil er dich nicht angerufen hat!«

Erstaunlicherweise ist das nicht wahr, aber ich kann mich nicht verteidigen. Sonst müsste ich mich nämlich als Schlimmeres outen als eine enttäuschte Frau: als Platzhirsch. Ich meine, ich bin die Erste, wenn es darum geht, unser Blatt intern schlecht zu machen. Es ist eine Provinzzeitung. Die lesen die Leute, um zu erfahren, was der große Knall letzte Nacht vor ihrem Haus zu bedeuten hatte, oder wer die Kleintierschau gewonnen hat. Deswegen kaufen sie uns – alles andere bringen die Tageszeitungen aktueller und die Zeitschriften in bunteren Bildern. Ich brauche also keine Angst zu haben, dass mir jemand den Pulitzerpreis wegschnappt.

Nichtsdestoweniger wache ich über meine Stellung in der Redaktion wie Cerberus über die armen Seelen, und jeder neue Mitarbeiter wird mir erst dann sympathisch, wenn klar ist, dass er oder sie keine Konkurrenz für mich darstellt. Also selbst wenn Daniel die vergangene Woche an meinem Krankenbett verbracht und mich aufopfernd gepflegt hätte: Sein Versuch, in meine Redaktion einzudringen, hätte mich deswegen nicht weniger in Rage gebracht – bestenfalls wäre es mir angesichts meiner Dankesschuld peinlich gewesen.

All das kann ich Viktor natürlich nicht sagen. Er erklärt mir auch so schon immer, ich soll mir einen ordentlichen Job bei einer »richtigen Zeitung« suchen. Herauszufinden, wie sehr ich an meiner Arbeit hänge, würde ihn entweder in Lachkrämpfe oder in Fassungslosigkeit stürzen, und beides halte ich nicht aus.

»Joe hatte Recht«, erkläre ich stattdessen. »Daniel ist ein Arsch.«

Viktor macht große Augen. Jeder weiß, dass Joe keine Kraftausdrücke verwendet. »Das hat Joe gesagt?«, fragt er ungläubig.

»Naja, vielleicht nicht wörtlich.«

»Ah. Und was hat er wörtlich gesagt?«

»Dass er kein netter Typ ist.« Das stürzt Viktor jetzt doch in enorme Heiterkeit, aber das halte ich aus.

Allem Gemeckere zum Trotz sind die meisten meiner Freunde – Viktor eingeschlossen – sehr wohl nette Typen. Alle haben während meiner Krankheit angerufen, manche sogar etwas zu essen gebracht oder Besorgungen gemacht. Das gehört belohnt, deshalb beschließe ich, eine Dankesparty zu geben. Abgesehen davon habe ich eine leichte Post-Krankheits- (und Post-Daniel-) Depression, die ich auf diese Weise zu bekämpfen hoffe. Melanie hat die Wahl, dabei zu sein oder auf meine Kosten mit einer Freundin ins Kino zu gehen. Immerhin hat sie eingekauft und sich und mich mit dem Lebensnotwendigen versorgt, solange ich dazu außerstande war. Nach angestrengtem Nachdenken will sie hier bleiben, aber nur, wenn sie jemand mitbringen kann.

»Äh«, sage ich.

»Es ist nur ein guter Freund«, erklärt sie beschwichtigend.

»Na dann … jaa … klar …« Nicht, dass ich keine liberale Mutter sein möchte, ich hatte nur gehofft, erst später damit anfangen zu müssen.

Melanie küsst mich begeistert. »Danke. – Was gibt's zur Jause?« Gestern hat sie sich noch um die Jause gekümmert, aber heute bin ich ja wieder gesund. Gott sei Dank, könnte man sagen.

Viktor hat Blumen mitgebracht und seinen neuesten Schwarm, Melanie ihren »guten Freund«, der sich als Joe entpuppt. Mit einem schiefen Grinsen meint er: »Melanie wollte das unbedingt.«

Melanie will das seit Ewigkeiten. Melanie will, dass wir wieder zusammenkommen. Das hat sie immer gewollt, und das ist nur natürlich, wenn man zwölf ist. Diese Ausrede hat Joe schon seit langem nicht mehr.

»Sind deine Frauen nicht da?«, zische ich leise, damit Melanie es nicht hört. Doch in dem Moment dreht sie sich um und sagt strahlend: »Inge und die Mädels sind nicht da. Da dachte ich mir, das wäre doch eine Super-Gelegenheit.«

»Wozu?«, frage ich, bevor ich mich stoppen kann. Doch meine sonst so hellhörige Tochter hat an der Frage nichts auszusetzen. »Um Papa mein neues Zimmer zu zeigen. Und dass er wieder einmal ein paar alte Freunde trifft«, erklärt sie sonnig. Was soll das heißen? Trifft er seine alten Freunde nur, wenn er in eine Party bei mir platzt? Vorerst hat er auch hier keine Chance dazu, denn Melanie hat ihn bereits am Ärmel in ihr neues Jugendzimmer gezerrt. Ich frage mich, ob irgend jemand heute noch »Jugendzimmer« sagt. Ich meine, auf dem Schild im Einrichtungshaus stand »Jugendzimmer«, aber die reden natürlich meiner Generation nach dem Mund, schließlich hat die Jugend, die in dem Zimmer wohnen soll, kein Geld dafür.

»Sagt man heute noch Jugendzimmer?«, frage ich Gabi und Siegfried, als ich ihnen die Tür aufmache. Siegfried prustet los. »Du bist wirklich witzig!«, erklärt er. »Dein Auftritt wird super!«

Mein Auftritt. Scheiße. Den hatte ich über der ganzen Daniel- und Grippegeschichte für eine Weile erfolgreich verdrängt. Es ist eindeutig zu viel zu hoffen, dass das ganze Publikum so leicht zu erheitern ist wie Siegfried, den ich nur Gabi zuliebe ertrage (wem zuliebe sie ihn erträgt, weiß kein Mensch). »Freu dich nicht zu früh«, sage ich, »ich habe vor, in der Pause zu gehen.« Er kommt kaum aus dem Mantel vor Lachen. Gabi lächelte entschuldigend – ob für ihn oder für mich, kann ich nicht sagen.

Werner und Christine rufen an, dass die Babysitterin sich verspätet und sie deshalb auch, Helmut ruft nicht an, kommt also wahrscheinlich im Lauf des Abends noch. Wie die meisten Singles wartet er gewöhnlich bis zuletzt, ob ihm nicht doch noch etwas Attraktiveres angeboten wird, und erst wenn diese Chance sicher vorbei ist (gewöhnlich gegen 22 Uhr), entschließt er sich aufzukreuzen – sofern er bis dahin nicht zu müde ist. Meistens ärgert sich niemand mehr über ihn.

Dafür kommt Angelika allein. »Karl hat überraschend für die Firma nach Deutschland fliegen müssen. Er lässt sich entschuldigen.« Karl und sich entschuldigen, dass ich nicht lache. Wenn die Firma ruft, springt Karl wie ein Känguru, nie würde er das Gefühl haben, sich für so etwas entschuldigen zu müssen. Macht aber gar nichts. Siegfried ist ein harmloser Idiot, aber Karl ist ein Giftzwerg, und die Erwägung, dass ich ihn auch einladen muss, wenn ich Angelika einlade, hätte mich fast dazu bewogen, die Party doch nicht zu machen.

»Sehr hübsches Jugendzimmer«, bemerkt Joe, als er die Stiegen herunterkommt. »Sagt man das heute eigentlich noch: Jugendzimmer?« Ich zucke wortlos die Achseln, weil ich meiner Stimme nicht über den Weg traue. »Wann wird übrigens dein Auftritt sein?«, fragt Joe dann. »Wehe, du sagst es mir nicht rechtzeitig.« »Aber nie doch«, grinse ich noch tapfer, dann heule ich ihm auch schon das Hemd nass. Zum Glück sind alle anderen im Wohnzimmer oder in der Küche. »Tut mir Leid«, schniefe ich, »ich war krank.« Mehr muss ich nicht sagen. Joe weiß, dass ich nach Krankheiten immer nah am Wasser gebaut bin.

»Kommt Daniel noch?«, fragt Joe, während er beruhigend über meinen Rücken streicht.

So was würde Eva eine Intervention nennen. Sehr erfolgreich, wenn er wollte, dass ich mit der Plärrerei aufhöre. Von einer Sekunde zur anderen ist Schluss damit und auch mit dem Gekuschle. »Warum fragst du?«, fauche ich.

Joe grinst entwaffnend. »Ich dachte, es wäre eine gute Gelegenheit. Wo du doch schon am Weinen warst.« Sehr witzig. Und alles nur, weil ich mich in einem Augenblick der Schwäche seiner Schulter bedient habe. Was glaubt er? Dass ich ihm deswegen gleich mein Herz ausschütte? Und riskiere, dass meine Niederlagen irgendwann den Weg in Inges Ohr finden? Träum weiter, mein Lieber. »Er kommt später«, sage ich deshalb. »Viel später.« Was ich nicht sagen muss, weil Joe es heraushört: Wenn alle gegangen sind, wenn nur noch ich da bin, wenn er mich ungestört auf die Couch werfen kann … Für einen Moment habe ich vergessen, dass Daniel ein hinterhältiger Verräter ist – abgesehen davon, dass er ganz sicher nicht kommt, weder jetzt noch später, weil er nämlich keine Ahnung hat, dass ich eine Party gebe.

Joes Grinsen erstirbt. »Schön für dich«, murmelt er. Doch er hat noch einen Pfeil im Köcher. Einen mit Widerhaken. »Was sagt er zu deinen Texten?«, fragt er wie nebenbei.

»Nichts«, antworte ich verdutzt. »Was soll er dazu sagen?« Zu spät geht mir auf, dass Joe von meinen Kabarett-Texten spricht, während ich im Zusammenhang mit Daniel nur an Zeitungsartikel denke. »Ich habe sie ihm noch nicht gezeigt«, setze ich hastig nach.

»Noch zu intim?«, vermutet Joe süffisant.

»Wir sind noch nicht dazu gekommen«, sage ich. Das ist inhaltlich keine Lüge, und wenn Joe jetzt an durchwachte Nächte voll schweißtreibendem Sex denkt, ist das nicht mein Problem.

»Wie gesagt: Schön für dich«, meint Joe und macht sich davon in Richtung Wohnzimmer. Ich werfe einen flüchtigen Blick in den Vorzimmerspiegel, kriege einen Mordsschreck und stürze ins Bad, um meinen Panda-Look zu reparieren.

Einen Haufen Salate, Chips und Käse, sowie etliche Flaschen Bier und Wein später hängen alle im Wohnzimmer herum und erzählen Anekdoten von früher. Die meisten von uns kennen einander so lange, dass das fast schon historischen Wert hat, und Melanie ist begeistert: Sie liebt Schwänke aus dem Leben von Leuten, die sie kennt. Und dass ihr Vater mitten drin ist, begeistert sie umso mehr. Joe sieht tatsächlich aus, als wäre er hier nie ausgezogen.

Melanie sitzt neben ihm, kuschelt sich zwischendurch an ihn und hängt an seinen Lippen, wenn er mit einer Geschichte dran ist. Gut, dass Karl nicht da ist. Er hätte sicher längst irgendwas Peinliches erzählt, aber der Rest der Belegschaft ist aus taktvollerem Holz geschnitzt, und so ist Melanies Vergnügen – und meines – ungetrübt.

Jedenfalls bis es klingelt. Gegenseitige fragende Blicke, bis es mir dämmert: »Helmut!«, rufe ich. Und prinzipiell ist das richtig, aber Helmut hat noch jemanden mitgebracht.

»Ich war vorher bei Gudrun, und da habe ich Daniel getroffen, und er hat gesagt, ihr kennt euch. Da habe ich ihn mitgenommen«, erklärt Helmut, während er mir eine leblose Rose in die Hand drückt. »Ich hab vergessen, sie bei Gudrun ins Wasser zu stellen.« Daniel steht noch draußen. »Mach einfach die Tür zu, wenn du nicht willst«, meint er.

Ich lasse die terminale Rose in den Schirmständer fallen. Ich hatte völlig verdrängt, was für einen Effekt er auf mich hat. Auch ohne das fragende Lächeln. Mit einer Handbewegung bedeute ich ihm einzutreten und ernte als Dank einen kurzen Begrüßungskuss auf die Lippen. »Joe!«, schreit Helmut hinter mir und wirft sich meinem Ex-Mann in die Arme. »Wir haben uns

Ewigkeiten nicht gesehen!« Dann ein misstrauischer Blick. »Was ist los? Seid ihr wieder zusammen?«

Joe lacht ein bisschen gezwungen, doch als Daniel hereinkommt, verfinstert sich sein Gesicht merklich. Dieser winkt zurückhaltend in die Runde, stellt sich kollektiv vor und hofft, dass er nicht stört. Gemurmelte Proteste: Natürlich nicht. Dann das erste Fettnäpfchen – zu Joe: »Ist Inge in der Küche?« Mein Ex läuft allen Ernstes rot an, Melanie springt augenfunkelnd für ihren Vater in die Bresche: »Inge ist nicht da – und Papa ist mein Gast!«

Gott sei Dank sind die Chips und der Wein aus, und ich muss in die Küche. Viktor begleitet mich. »Das ist also der Käseblatt-Usurpator«, stellt er fest. »Kein rauschender Start als prospektiver Stiefvater.«

»Du bist ein Idiot.«

»Was meinst du: Wird er Joe bei Inge verpfeifen?«

Auf die Idee, dass Inge nichts von Joes Besuch wissen könnte, bin ich noch gar nicht gekommen, aber Viktor hat natürlich Recht. Ich weiß nicht, ob sie nach acht Jahren und zwei Kindern noch misstrauisch mir gegenüber ist. Ich weiß nur, dass sie mich nicht leiden kann, so wie ich sie nicht leiden kann. Wie auch immer: Joes Aufkreuzen bei mir würde ihr sicher nicht gefallen. Vielleicht, wenn er ihr erzählt, dass Melanie es unbedingt wollte? – Habe ich sie noch alle? Wer bin ich? Seine Mutter, seine Therapeutin, seine beste Freundin? Ist doch nicht mein Problem, wie er seiner Zweitfrau die Geschichte erklärt. Mit deutlicher Verspätung zucke ich die Achseln. »Nicht mein Problem.«

Viktor wirft einen beeindruckten Blick auf seine überteuerte Armbanduhr. »Wow! Schon nach wenigen Minuten ein spontanes Ergebnis!«

Ich versuche, das Gespräch auf seinen Begleiter zu

lenken, aber da ist nichts zu machen. Mit einer nachlässigen Handbewegung fegt Viktor ihn vom Tisch (»Er ist nicht zum Reden da – schon gar nicht, um über ihn zu reden«). Unter diesen Umständen frage ich mich, warum er ihn zu meinem Fest mitschleppt, aber ich komme nicht dazu, es laut zu sagen. Viktor kann sich nämlich nicht länger mit mir abgeben – er muss zurück ins Wohnzimmer: »Ich nehme an, dass mittlerweile die Hacken ganz schön tief fliegen. Das will ich mir nicht entgehen lassen!«

Ich habe frische Chips in die Schüsseln gefüllt und eine neue Flasche Wein entkorkt. Jetzt habe ich keine Ausrede mehr, noch länger in der Küche zu bleiben. Widerwillig folge ich Viktor. Daniels erleichterter Blick, als ich hereinkomme, lässt mich nichts Gutes ahnen. Im selben Moment fällt mir ein, dass ich ihm ein Bier versprochen hatte. »Ah, dein Bier hab ich jetzt vergessen. Tut mir Leid«, sage ich, doch ehe er etwas erwidern kann, ist Joe schon aufgestanden. »Lass nur, ich hole ihm eins«, erklärt er liebenswürdig und walzt in die Küche, als wäre er hier zu Hause.

Mit einem aufmunternden Lächeln drücke ich Daniel den Wein und die Chips in die Hand und rausche wieder hinaus. »Was fällt dir ein«, fauche ich Joe an, der gerade dabei ist, eine Bierflasche zu öffnen. »Das kannst du bei dir zu Hause machen, aber nicht hier.«

»Ich bitte um Entschuldigung. Als ich mir vorher selbst ein Bier geholt habe, war deine Küche noch nicht Sperrzone«, versetzt Joe. »Und Viktor und Siegfried durften auch herein, ohne angepflaumt zu werden.«

»Komm mir nicht so. Du weißt genau, was ich meine. Ich rede davon, dass du Daniel gegenüber den Hausherrn spielst.«

Joe zuckt die Achseln. »Ich wollte dich nur entlasten,

nachdem er keine Anstalten gemacht hat, sich selbst sein blödes Bier zu holen.« Was soll ich jetzt sagen? Dass Daniel sich in meiner Wohnung ein bisschen unsicher bewegt, weil er noch nie hier war? Nie im Leben. Allerdings … Ich könnte behaupten, er kennt nur das Schlafzimmer. Pfui, Anna, das ist nicht nett. Joe, der offenbar auf eine Reaktion von mir gewartet hat, ist beleidigt: »Bitte. Wenn du gerne wie ein Jo-Jo zwischen Küche und Wohnzimmer hin und her pendelst, soll's mir recht sein.« Stellt die Flasche auf die Abwasch und geht wieder zurück. »Anna besteht darauf, dir das Bier persönlich zu bringen«, höre ich ihn sagen. Fiesling.

Als ich Daniel die umstrittene Flasche reiche, lächelt er entschuldigend und sagt: »Ich hätte es mir selbst geholt, aber ich war nicht sicher, ob ich den Kühlschrank auf Anhieb finde. Oder auch nur die Küche.« Die anderen lachen, aber Joe ist sehr interessiert: »Du warst noch nie hier?«, fragt er. Doch bevor Daniel antworten kann, versucht sich Siegfried als Witzbold: »Doch«, lacht er, »aber er kennt nur das Schlafzimmer!«

Ganz ehrlich: Musste ich nach diesem Abend damit rechnen, allein aufzuwachen? Schuld ist meine Tochter. Während sie Joe heftig davon abzuhalten versuchte zu gehen (was er bald nach Siegfrieds Bonmot tat) und sogar auf die Idee kam, er könnte bei uns übernachten, schaffte sie es ohne großen Aufwand, Daniel auf die Straße zu setzen. Dabei war sie kurz nach Joes Abgang ins Bett verschwunden – hinterhältig, wie sich zeigte, denn als alle außer Daniel gegangen waren und ich in der Küche war, um Kaffee zu kochen, fand ich ihn bei meiner Rückkehr statt auf dem Sofa im Vorzimmer.

Ich verdächtigte ihn sofort, wieder die »Ich-muss-morgen-früh-raus«-Nummer zu inszenieren, doch das war es diesmal nicht: Offenbar war Melanie während meiner kurzen Abwesenheit auf den Stufen erschienen und hatte treuherzig gebeten, wir mögen uns leiser unterhalten, weil sie nicht schlafen könne. Tatsächlich hatten wir uns weit unter Zimmerlautstärke bewegt, und gewöhnlich braucht es Alarmgeklingel und Fanfaren, um sie am Schlafen zu hindern. Sie muss die ganze Zeit gelauscht und ihren Auftritt perfekt getimt haben. Die Botschaft jedoch war unmissverständlich – und die Reaktion unausweichlich: Silent Sex ist etwas für Eltern, aber nicht für erste Nächte oder One-Night-Stands.

Das Ärgerliche ist, dass ich bei Fred noch nie ein Problem mit Melanie hatte: Er übernachtet nur bei mir, wenn Melanie bei Joe oder bei einer Freundin ist, und sonst treffen wir uns bei ihm. Melanie bleibt dann die paar Stunden allein, wobei sie – und das ist der Clou – genau weiß, was ich dort mache. Ich habe ihr ganz am Anfang erklärt, dass Fred und ich Spaß miteinander haben und sonst nichts, und sie hat sich nie im Geringsten für ihn interessiert, geschweige denn versucht, ihn irgendwie aus dem Bild zu kriegen.

»Er ist ja überhaupt nicht drin«, erklärt Eva, als ich ihr die Geschichte erzähle. »Kinder sind sehr feinfühlig, und Melanie besonders. Sie spürt genau, dass Fred in deinem Leben keine Rolle spielt.«

Ich halte dagegen, dass Daniel auch keine Rolle spielt – jedenfalls nicht, solange meine Tochter auf hellhöriges Häschen macht. Eva ist unbeeindruckt: Egal, was passiert oder eher nicht passiert ist, ich bin an Daniel in einer anderen Weise interessiert als an Fred, und das merkt mein Kind offenbar, erklärt sie mir. Na super. Heißt das, ich habe jetzt einen Wachhund, der mich zwar nicht daran hindert, im Garten spazieren zu gehen, aber zu knurren anfängt, wenn ich ernsthaft das Haus verlassen will? Eva zuckt die Achseln. In ihrem Herzen sieht Melanie sich nicht als Tochter, sondern als Lebenspartner – klar verteidigt sie ihre Besitzansprüche.

Ich erwäge laut, ihr damit zu drohen, mich umgekehrt genauso aufzuführen, wenn es so weit ist, aber das findet Eva nicht gut (sie nimmt alles ernst, was ich sage). Ich bin die Mutter, und Mütter verhalten sich tolerant und liebevoll. Ich erinnere mich an das, was mir alle Welt ständig vorgekaut hat, als Melanie im Trotzalter und ich nahe am Nervenzusammenbruch war. »Was ist eigentlich aus Grenzen-Setzen geworden?«, trumpfe ich auf, doch Eva schüttelt nur geduldig den Kopf. Offenbar war »Grenzen setzen« gestern. Heute ist liebevolle Toleranz angesagt, weil der pubertierende Mensch die Gewissheit braucht, geliebt zu werden, auch wenn er sich alle Mühe gibt, widerlich zu sein.

Nicht dass Melanie widerlich wäre, aber wenn doch, würde es auch keinen Unterschied machen: Als Mutter spielt man gefälligst die Rolle, die einem zur Stunde gerade zugedacht wird – und das kann alles sein vom Punchingball bis zum emotionalen Airbag. Na wunderbar, das kann ja heiter werden. Dabei pubertiert Melanie eigentlich noch gar nicht richtig. Ich meine, körperlich ja, aber psychisch ist sie nach wie vor sehr stabil, viel verantwortungsbewusster, als für ihr Alter zu erwarten wäre, und nur sehr selten rebellisch. Na also, meint Eva, was rege ich mich auf? Weil sie einmal etwas tut, was mir nicht recht ist. Schon, schon, aber hätte es nicht der heimliche Besuch irgendeiner Party sein können? Muss es wirklich etwas sein, was meinen Traummann aus dem Haus treibt?

»Es kann sehr verwirrend für Kinder sein, wenn die Rollen wechseln«, meint Eva in dem extra-vorsichtigen

Ton, den sie immer anschlägt, wenn sie mir etwas Unangenehmes vermitteln will. Rollenwechsel? Was denn für ein Rollenwechsel? Bin ich die Pubertierende hier? Eva schweigt. Das ist jetzt nicht wahr! Melanie hat meinen potenziellen Freund vertrieben, weil sie nicht wollte, dass ich Sex mit ihm habe, aus Angst, es könnte was Ernstes werden! »Hörst du dir eigentlich selbst zu?«, fragt Eva. – Nicht, wenn es nicht sein muss.

Als Melanie heimkommt, liege ich mit Schuhen auf dem Bett und lese in meiner Illustrierten. Auf ihr freundliches »Hallo« werfe ich einen kurzen Blick auf sie und grunze, ignoriere sie sonst aber. »Wir müssen reden«, sagt sie und setzt sich an meinen Bettrand. Ich rutsche nachdrücklich von ihr weg und glotze weiter in meine Zeitschrift. »Das geht so nicht«, sagt sie und nimmt sie mir vorsichtig aus den Händen. »Es ist wichtig, dass wir uns verstehen. Ich kann nicht mein ganzes Leben ausschließlich mit dir verbringen. Das würdest du auch gar nicht wollen, glaub mir. Du wirst mich irgendwann verlassen und was dann?«

»Ich werde dich nie verlassen«, sage ich böse. »Mit wem auch, wenn du wie der Cerberus über mich wachst? Männer wollen Sex, und wenn sie den bei der einen nicht kriegen, suchen sie ihn bei einer anderen. So einfach ist das.«

Diesmal muss Eva gar nichts sagen, um mich zurückzuholen. Mein Herz klopft wie verrückt, und ich bin schlagartig wieder in der Realität. Eva zieht es vor, taktvoll wegzusehen. »Meine ich das ernst?«, frage ich sie. Sie zuckt die Achseln. »Ich fürchte.« Ich muss ein bisschen nachdenken, bis ich meine fünf Sinne wieder beisammen habe, aber dann geht's wieder. »Naja, so falsch ist es nicht«, meine ich dann.

Jetzt schaut Eva mich doch an, und zwar ziemlich scharf. »Bist du dabei, das, was du grade gelernt hast, wieder zu verdrängen, oder schaut das nur so aus?«

Was regt sie sich so auf? Nur weil sie seit tausend Jahren verheiratet ist und wahrscheinlich nur noch alle hundert mit ihrem Mann schläft, heißt das nicht, dass Sex für Paare in der Kennenlern-Phase auch keine Rolle spielen darf. So sage ich das nicht, aber die Idee kommt rüber. »Kennenlern-Phase?«, wiederholt sie. »Was macht Daniel beruflich?«

Äh. Zugegeben, da hat sie mich kalt erwischt.

»Ist er verheiratet?« Was? Natürlich nicht! Jedenfalls nicht, dass ich wüsste. Ich meine …

»Hat er Kinder?« Schon gut, ich hab's kapiert. Vielleicht sollte ich einen Fragebogen entwerfen, den ich die Typen ausfüllen lasse, während ich schon mal eine Präservativ-Farbe aussuche. Dann könnte ich am nächsten Tag meiner Therapeutin glaubhaft versichern, dass wir uns vorher sehr wohl »kennengelernt« haben.

So was in der Art sage ich laut, und Eva seufzt. »Manchmal frage ich mich, warum du herkommst«, gibt sie zu. Sieh an: Es gibt ja doch Dinge, über die wir uns einig sind. »Du kannst mich nicht leiden …« So würde ich das nicht sagen, ich meine, manchmal geht sie mir schon auf die Nerven, und ich ärgere sie gern ein bisschen, aber … – »… und ich finde keinen Zugang zu dir.« Ist das jetzt meine Schuld, oder was? Wer ist hier die Therapeutin? Muss ich die Tür aufmachen und sagen »Hier entlang zu meinem Inneren«, damit sie's findet? Ich hätte doch gedacht, dass sie sich in den dunklen Gängen meines Unterbewusstseins auch ohne das zurechtfindet. »Weil du dir wirklich Mühe gibst, mich draußen zu halten.«

»Ist das nicht das, wofür du bezahlt wirst: Trotzdem durchzudringen?«, frage ich und überrasche mich selbst. Ich bin gewöhnlich nicht so direkt.

Entgegen meiner Erwartung reagiert Eva nicht beleidigt, sondern eher, als hätte ich sie in irgendwas bestätigt. »Ich habe seit einiger Zeit den Eindruck, dass du nur herkommst, um dich über mich – oder zumindest mein Gewerbe – lustig zu machen. Unter normalen Umständen würdest du das nicht tun, weil du dazu zu empathisch bist, aber weil du ja zahlst dafür, redest du dir ein, dass es in Ordnung ist. Genauer gesagt: Seit dieser Auftritt bevorsteht. Kann es sein, dass du hier Material dafür sammelst?«

Auf die Idee bin ich noch gar nicht gekommen, aber die ist gar nicht so schlecht. Ich könnte eine Frau in einer Therapiestunde sein, die immer Ausschlag kriegt, wenn sie Stress hat. Und die Therapeutin spiele ich einfach auch.

Im Endeffekt bespreche ich das Problem »Daniel, Sex, und was Männer sonst noch wollen« mit Angelika. Sie hat ziemlichen Durchblick, was die Beziehungen anderer Leute angeht (bei ihrer eigenen spricht ein bisschen dagegen, dass sie mit Karl, dem Giftzwerg, verheiratet ist). »Spielt es denn eine Rolle, was er will?«, fragt sie, als ich fertig bin mit meiner Geschichte. »Mir kommt vor, es geht ausschließlich darum, was du möchtest. Wenn du nur mit ihm ins Bett willst, gibt es keinen Grund, dass Melanie mehr von ihm sieht als von Fred. Und wenn du mehr willst, ist es sowieso keine gute Idee, sofort mit ihm in die Federn zu springen.«

Warum nicht? Im Grunde meines Herzens habe ich das »Möglichst lange nicht« nie verstanden. Ich meine, unerfahrenen jungen Mädchen gibt es eine goldene Verhaltensregel in die Hand, die sie befolgen können, wenn die Hormone ihres Gegenübers überzukochen drohen und sie sich sonst nicht »nein« sagen trauen würden (und die meisten würden lieber »nein« sagen, wenn sie das Kuscheln auch so haben könnten – noch nicht wissend, dass sie es so auch nicht kriegen). Aber warum sollten erwachsene, sexuell erfahrene Frauen möglichst lange nicht mit einem Mann ins Bett gehen, nur weil sie sich vorstellen könnten, es die nächsten fünfzig Jahre zu tun?

Klar, wenn man Familie gründen möchte, tut man gut daran, sich die häusliche Eignung eines Mannes vorführen zu lassen, vornehmlich: Kann er warten? (Im Ernst, die meisten Eigenschaften, die Familientauglichkeit ausmachen, lassen sich auf Warten-Können reduzieren: Man wartet, bis er/sie aus der Arbeit kommt, bis sie nach der Geburt wieder Sex will, bis der Kredit auf die Eigentumswohnung abbezahlt ist, bis man wieder außerhalb der Ferien auf Urlaub fahren kann …) Aber ich habe meine Familiengründung bereits hinter mir.

Spielt es also eine Rolle, ob Daniel ein arbeitsloser Werbetexter oder Maler und Anstreicher ist? Ob er lieber Schnitzel als Gulasch isst? Ob er gerne ins Kino geht oder Golf spielt? »Nicht, wenn du nur mit ihm ins Bett willst«, gibt Angelika zu. »Aber hast du nicht irgendwas von ›Traummann‹ und ›miteinander alt werden‹ erzählt?« Ja, schon, aber warum sollten wir seine Hobbys und Vorlieben nicht postkoital besprechen?

Und wäre das nicht was für mein Programm? Er und Sie im Bett, mit der berüchtigten Zigarette danach, einen Fragebogen zückend: Name, Familienstand, Beruf …? Wahnsinnig originell. Das passiert wahrscheinlich jeden Tag in jeder zweiten Wohnung in Wien.

Das Schlimme daran, vierzig und Single zu sein, ist,

dass man Situationen ausgesetzt ist, in denen man unweigerlich zum Teenager regrediert. Ich meine, das ernsthafte (und wiederholte) Erwägen der Frage »Soll ich ihn anrufen oder lieber warten, dass er anruft?« ist schon mit 17 entwürdigend – mit vierzig ist es viel schlimmer: nämlich lächerlich. Ich gehe jede Wette ein, dass viele Leute heiraten, um genau diese Niederungen hinter sich lassen zu können. Wenn Verheiratete sich solche Fragen stellen, dann vor dem Hintergrund des Verbotenen, was vielleicht banal, aber zumindest altersadäquat ist.

Damit nicht genug, kann ich meine pubertären Probleme nicht einmal in Ruhe ausleben. Ich habe nämlich etwas, das mich vor Gott und der Welt als Erwachsene auszeichnet, ob ich will oder nicht: ein Kind. Noch dazu eines, das altersmäßig mehr Anspruch auf meine Sorgen hat als ich. Deshalb habe ich von meiner Therapeutin einen Auftrag erhalten: »Sprich mit ihr« hat Eva gesagt.

Ist das nicht ein Almodóvar-Film? Ich kenne die Titel, auch wenn ich nie einen gesehen habe. Kino ist ein Hobby von mir, nur sage ich das nie laut, weil dann immer alle glauben, man kennt – und liebt – alle diese künstlerischen Sachen und Minderheiten-Programme, die sie um 10 Uhr Vormittag im Votivkino geben. Tatsächlich habe ich nicht nur nichts gegen James Bond und Indiana Jones, es ist mir nicht einmal peinlich, es zuzugeben. Ich vertrage sogar ein gerüttelt Maß an Kitsch, wenn er herzerwärmend präsentiert wird. Alles sichere Anzeichen, dass man kein Cineast ist. Folglich auch Kino nicht als Hobby anführen darf, sondern nur als (seichte) Unterhaltung.

Almodóvar ist einer von denen, die ich mir seit Jahren vornehme, aber nie durchziehe, und schuld ist der

Titel seines ersten Filmes, der hierzulande aufgefallen ist: »Frauen am Rande des Nervenzusammenbruchs«. Ich erinnere mich dunkel, dass ich zu der Zeit das Gefühl hatte, ich sollte eher mitspielen als im Publikum sitzen, und seitdem habe ich irgendwie den Anschluss verpasst: Wann immer ein neuer Film von ihm herauskommt, denke ich »Das ist der, von dem ich mir den ersten schon nicht anschauen konnte«, und gehe nicht hin.

Zugegeben, ich schweife ab. Ich will nicht mit meiner Tochter reden. Jedenfalls nicht über meine Männer, oder, genauer gesagt, über Daniel. Ich meine, ja, auf den ersten Blick wollte ich mit ihm alt werden, aber zahlt es sich wirklich aus, dafür den Stress mit Melanie auf sich zu nehmen? Richtig schlimm ist es nur, wenn ich ihn vor mir habe, sonst kann ich mir ohne weiteres vorstellen, ihn nie wiederzusehen. Schließlich habe ich ihn vor ein paar Tagen überhaupt nicht gekannt, und da war die Welt auch ganz in Ordnung. Und dank meiner Tochter ist ja noch nicht einmal irgendwas passiert zwischen uns. Außerdem hat Joe gesagt, er sei kein netter Typ. Na gut. Rufen wir ihn nicht an, dann hört sich mit einem Schlag auch das Hin- und Herüberlegen auf.

Ganz klar, dass er in diesem Augenblick anruft. Ich bin schon die längste Zeit überzeugt, dass Männer einen Sensor für den letzten Moment haben, in dem sie ihren Hintern bewegen müssen, um im Rennen zu bleiben. Irgendwas in meiner Stimme ist ihm suspekt. »Bist du böse?«, fragt er.

Was soll ich sagen? Ich bin ein bisschen gereizt, weil ich gerade beschlossen hatte, dich nicht wieder zu treffen, und jetzt die ganze Misere von vorne anfängt? Das schaffe ich denn doch nicht. Jedenfalls jetzt noch nicht.

Vielleicht mit fünfzig. »Nein, warum?«, frage ich kurz angebunden zurück.

»Du klingst irgendwie ... extra dry.«

Scheiße. Ich werde doch mit Melanie reden müssen. Gegen einen Mann, der meine Stimmung am Telefon nicht nur heraushört, sondern auch noch so punktgenau beschreiben kann, ist kein Kraut gewachsen.

Sechs Augenpaare sind auf mich gerichtet: Von erwartungsvoll bis ostentativ gelangweilt ist alles vertreten – nur eines ist randvoll mit stummem Gelächter. Ich lege den Kopf in den Nacken und mein Gesicht in nachdenkliche Falten. Dann kreißen meine geistigen Berge: »Humor ist, wenn man trotzdem lacht?«, meine ich schüchtern. Daniel gibt ein Geräusch von sich wie ein verunglückter Druckkochtopf, kann sich aber sonst beherrschen. »Das ist halt schon sehr abgegriffen«, bemerkt Josef milde, und ich bemühe mich um die richtige Mischung aus Niedergeschlagenheit, weil ich getadelt wurde, und Zuversicht, dass ich es beim nächsten Mal besser machen werde. Nach Daniels puterrotem Gesicht und seinem verzweifelten Husten zu schließen, bin ich damit erfolgreich. Josef wendet sich ihm zu. »Du musst das Lachen nicht unterdrücken, äh ... Daniel. Im Gegenteil, dazu sind wir ja hier: Um zu lernen, wie wir Humor in unseren Alltag bringen können. Und zu Humor gehört Lachen schließlich dazu.«

Das ist die seltsamste Verabredung, die ich je hatte: Daniel hat mich zu einem Seminar eingeladen, das den Titel »Erfolgreich mit Humor« trägt. Geleitet wird es von Josef, seines Zeichens »Humor-Coach«, und seiner Frau Ivana, die sich, wie sie uns zu Anfang erklärt hat, »dem Lachen verschrieben hat«. Während Daniel fast erstickt, bricht sie wie auf Knopfdruck in glockenhelles Gelächter aus. Sie kann das. Deshalb leitet sie auch Lach-Workshops, in denen, wie sie uns versichert, stundenlang und pausenlos sinnloser Heiterkeit gefrönt wird. Die Leute sollen wie befreit sein nachher. Ich kann's mir vorstellen. Ich persönlich halte ihr Gekirre schon jetzt nicht mehr aus, und wir sind noch gar nicht so lange da.

»Versuch es noch einmal«, rät mir Josef gütig. Wir befinden uns mitten in einer Übung, bei der wir versuchen sollen, eine angespannte Gruppensituation durch eine »lustige Bemerkung« zu entspannen. Um uns für diese Aufgabe zu rüsten, hat uns Josef allerhand Sprüche zuteil werden lassen, die zugegebenermaßen in den 80er Jahren wirklich lustig waren. Preisklasse: Gestern standen wir noch vor dem Abgrund – heute sind wir einen gewaltigen Schritt weiter. Oder: Alle wollen unser Bestes, aber das kriegen sie nicht. Ich erinnere mich sogar, dass es die gesammelt in kleinen Büchern um wenig Geld zu kaufen gab. Wahrscheinlich hat Josef die letzten Bestände aufgekauft und tut jetzt so, als hätte er sie erfunden.

Während ich in sein mittlerweile recht bemüht geduldiges Gesicht starre, werde ich von einem Bild heimgesucht, wie er und Ivana Sex haben. Er sagt beschwingt »Bin gut drauf – suche eine, die gut drunter ist« und sie wiegt ihre Hüften einladend zu glockenhellem Gelächter. »Ah, es ist dir etwas eingefallen«, bemerkt Josef erleichtert, als er das breite Grinsen auf meinem Gesicht sieht – das prompt rot anläuft. Da springt Daniel in die Bresche: »Darf ich was sagen?«, fragt er wie ein Erstklässler, und Josef nickt aufmunternd. »Könnte man nicht sagen: Gestern standen wir noch vor dem Abgrund, aber heute sind wir schon einen gewaltigen Schritt weiter?« Derselbe Spruch, den uns Josef vor einer halben Stunde als Beispiel genannt hat. Ich erstarre innerlich. Jetzt wird auch Josef nicht mehr darüber hinwegsehen können, dass er hier verarscht wird. Doch Josef nickt weiter. »Sehr gut. Das ist sehr gut«, erklärt er. Und mit einem gespielt strengen Blick auf mich: »Ihr müsst mir schon auch zuhören, Kinder.« Einsatz Ivana.

Daniel und ich spritzen das Mittagessen und retten uns in einen nahe gelegenen Park. »Wie bist du denn auf die Veranstaltung gekommen?«, will ich endlich wissen, nachdem er mir am Telefon keine Auskunft dazu geben wollte.

»Ich hab ein Inserat dazu gesehen.«

»Und? Es gibt Seminare zu jedem Schwachsinn – Wie kommst du ausgerechnet auf das?«

Er sieht betreten drein und druckst herum, bis er endlich damit herausrückt: »Naja, Helmut hat mir von deinem Auftritt erzählt, und ich dachte, es könnte Material dafür geben.«

Offensichtlich hat Helmut ihm auch erzählt, dass ich Probleme mit dem Inhalt habe, aber das lasse ich hingehen. »Ist so was nicht furchtbar teuer?«, frage ich stattdessen.

»Na ja, offen gestanden hatte ich einen Gutschein für das Seminar. Hat mir mal irgendeine Freundin geschenkt – ich weiß nicht, ob im Ernst oder als Gag. Jedenfalls dachte ich, das könnte was für dich sein.«

Das ist es. Und jetzt noch mehr, wo ich nicht mehr befürchte, dass er jede Menge Geld dafür auf den Tisch blättern musste. Da fällt mir ein, dass ich noch immer nicht weiß, wie er seine Brötchen verdient.

»Aber das habe ich dir doch schon am ersten Abend erzählt: Ich bin Schriftsteller.«

Jetzt, wo er's sagt, erinnere ich mich daran, es gleich wieder vergessen zu haben. Meiner Erfahrung nach ist – mit Ausnahme einiger bekannter Namen – kein Mensch wirklich Schriftsteller. »Wirklich« in dem Sinne, dass er davon leben kann – und alles andere zählt nicht für mich. Genauso gut könnte ich sagen, ich sei Kabarettistin. »Und wovon lebst du?«, frage ich deshalb.

Daniel lacht. »Derzeit von meinen Ersparnissen.« Wie er ausführt, hat er die letzten Jahre als Lektor gearbeitet. Seit sein Verlag vor fünf Monaten dicht gemacht hat, widmet er sich ganz dem Schreiben. Veröffentlicht hat er bis jetzt noch nichts (wusste ich's doch), aber das wird sich ändern, davon ist er überzeugt. Ich bin hin und her gerissen zwischen Bewunderung für sein Selbstvertrauen und einer leichten Abscheu vor soviel Naivität. Andererseits kennt er den Markt als Lektor besser als ich – ganz abgesehen davon, dass er wahrscheinlich die richtigen Leute kennt. Zu Bewunderung und Abscheu mischt sich eine dritte Empfindung: die alte Schlange Neid. Ich bekämpfe sie mit der nächstliegenden Frage: »Und worüber schreibst du?« Doch das will er nicht sagen.

Nach der Mittagspause ist endgültig die Luft raus aus dem Lustigsein-Seminar. Die Teilnehmer hängen zwar nach wie vor an Josefs Lippen, aber mit merklich schlaffen Augenlidern. Kein Wunder, der Raum ist heiß, und was ich so höre, war das Essen recht üppig. Selbst Ivanas Lachen, das sie nach wie vor regelmäßig ausstößt, klingt ein bisschen forciert. Der Nachmittag schleppt sich entsprechend dahin. Ich schaue gerade zum ungefähr fünfhundertsten Mal auf die Uhr, als Josef ganz ohne scherzenden Ton meint: »Wir sind gleich fertig, Anna.« Ich lächle ihn dankbar an und ernte einen bösen

Blick von Ivana. Doch unser Trainer hat noch ein Ass im Ärmel: Zum Zeichen, dass wir etwas gelernt haben, sollen wir uns von ihm »mit einem lustigen Spruch« verabschieden.

Ich trommle innerlich mit den Fingern, während ich darauf warte, dass jedem Teilnehmer einer von Josefs Sprüchen wieder »einfällt«. Was meine Laune aber endgültig mörderisch macht, ist die Begeisterung, die jede dieser Spiegelungen bei Josef auslöst. Daran ändert sich auch nichts, als Daniel an der Reihe ist und sich mit dem altkaiserlichen »Es war sehr schön, es hat mich sehr gefreut« verabschiedet. Jetzt warten alle nur noch auf mich. Das nahe Ende gibt Josef Kraft, wieder geduldig und gütig dreinzusehen, während er aufmunternd meint: »Na, Anna, und was nimmst du von unserem Seminar mit?«

»Wer kriecht, kann nicht stolpern«, sage ich und mache schleunigst einen Abgang.

»Das war hart«, meint Daniel, als wir bei einem Glas Wein in einem Gastgarten sitzen. Das brauche ich jetzt: jemanden, der mir ein schlechtes Gewissen macht. Als ob ich das nicht von selbst hätte. Böse sein ist für mich wie Schokolade während einer Diät: Sobald das Verlangen gestillt ist, wünsche ich, ich hätte mich nie dazu hinreißen lassen. Ich schiebe die Schuld dafür meiner Erziehung in die Schuhe: Zeit meiner Kindheit bin ich angehalten worden, nur ja keinen Streit anzufangen und nur ja niemandem auf die Füße zu treten. Das war das Glaubensbekenntnis meiner Mutter, das sie auch wirklich die meiste Zeit durchhielt – abgesehen von den Zeiten, wo ihr der Kragen platzte.

Das Pech ist, dass man als Kind die Verhaltensregeln der Eltern eingetrichtert bekommt, nicht aber die Entscheidungsfreiheit darüber, wann es Zeit für eine Ausnahme ist. Deshalb habe ich bis heute ein schlechtes Gewissen, wenn ich mich nicht friedfertig benehme. Das Einzige, was sich geändert hat, ist, dass ich mittlerweile schon vorher weiß, dass ich mich nachher mies fühlen werde. Oft hält mich das sogar von Ausbrüchen ab, aber Leute wie Josef setzen meine Beißhemmung außer Kraft.

Daniel grinst. »Hart, aber gut«, meint er. Stimmt auch wieder. Auch im weiteren Verlauf des Abends herrscht Einigkeit. Melanie schläft bei einer Freundin, und wir miteinander.

Ich weiß nicht, was ich mir vorgestellt habe. Jedenfalls nicht das. Ich meine, mit Fred war es vom ersten Mal an richtig gut. Obwohl wir nie etwas anderes voneinander wollten als Sex – oder vielleicht genau deswegen. Nicht, dass Daniel sich nicht mächtig ins Zeug gelegt hätte. Für meinen Geschmack sogar zu sehr. Ich hätte ohne weiteres mit weniger Action leben können, wenn ich dafür weniger das Gefühl gehabt hätte, in einem Bumswettbewerb mitzumachen. Denn mitmachen musste ich natürlich – ich meine, wenn er sich gebärdet wie Casanova persönlich, kann ich ja wohl nicht auf Nähmaschine schalten, oder?

Im Endeffekt sind wir jedenfalls beide verschwitzt und erschöpft und dafür, wie ich vermute, nur leidlich gesättigt (auch wenn wir uns beide redlich abmühen, mega-befriedigte Seufzer von uns zu geben). Na, was soll's. Das erste Mal mit einem neuen Partner kann schon stressig sein – besonders wenn man will, dass es etwas Besonderes wird. Ich kuschle mich an seinen Knack-Hintern und schlafe eine Runde. Beim nächsten Mal wird's sicher besser.

Noch so ein Spruch, der Josef gefallen könnte: Mit jemandem schlafen ist leicht, das Schwierige ist das Aufwachen mit ihm.

Daniel erweist sich als rühmliches Gegenbeispiel. Seine Haare sind reizend verwuschelt, er selbst eine angenehme Mischung aus Bettschwere und Munterkeit, und auch beim Frühstück gibt es keine Faxen à la »Ich möchte nur ein Glas warmes Wasser« oder »Hast du keinen Speck zu den Eiern?« Er nimmt, was ich habe, also im konkreten Fall Tee und Guglhupf. Während ich herumwusle und mich anziehe, blättert er in der gestrigen Zeitung. »Was machst du heute Abend?«, fragt er, ohne davon aufzusehen.

Einfach so. Kein Herumgezicke, kein »Auf-Abstand-Halten«, keine billigen Demonstrationen von Unabhängigkeit. Unglaublich, aber wahr. Na, wenn das so ist, muss ich auch nicht auf vorsichtig machen. »Ich würde gern ins Kino«, erkläre ich forsch.

»Gute Idee. Und was willst du dir anschauen?« Etwas an seinem Ton lässt ein winzig kleines Alarmglöckchen in meinem Hinterkopf bimmeln. »Ich weiß nicht so recht«, meine ich schon weniger forsch. »Den neuen James Bond vielleicht …?«

Mein unkomplizierter Lover nickt. »Den will ich mir auch anschauen. Sag mir nachher, wie er war.«

»Ah. Und wäre das nicht der perfekte Moment für einen Fußtritt in den nackten Hintern gewesen?«, fragt Angelika. Superschlau, danke. Jedenfalls bin ich – im Unterschied zu ihr – nicht mit dem Widerling verheiratet. Das sage ich aber nicht, weil das 1. unserer Freundschaft abträglich sein könnte und ich mir 2. bewusst bin, dass sie Recht hat. Außerdem weiß sie das alles selbst. »Ich weiß, ich weiß«, sagt sie deshalb.

»Ich meine, habe ich irgendwas versäumt oder bin ich wirklich ganz kalt abserviert worden?«, frage ich sicherheitshalber nach.

»Eher Letzteres«, tippt Angelika, und da muss ich ihr schon wieder Recht geben. »Hast du ihm wenigstens in den Tee gespuckt?«

Nein, habe ich nicht, hauptsächlich, weil mir buchstäblich die Spucke weggeblieben ist. Stattdessen habe ich ihn gefragt, warum er sich so angelegentlich nach meinen Plänen für den Abend erkundigt. »Ich mache nur Konversation«, war die lapidare Antwort.

Ich wünschte, ich könnte sagen, dass ich ihm daraufhin den Tee über den Kopf geschüttet oder seine Sachen aus dem Fenster geworfen hätte. Ersteres ging nicht, weil er ihn schon ausgetrunken hatte, Letzteres nicht, weil er bereits angezogen war und sonst keine Sachen bei mir hat. Allerdings ist mir in letzter Minute dann doch noch meine Ehrenrettung gelungen. »Nur für andere Gelegenheiten«, flüstere ich ihm vertraulich zu, als er schon auf dem Gang vor meiner Wohnungstür ist, »es ist wirklich toll, wie du dich bemühst, aber weniger wäre mehr.« Vierzig zu sein hat auch Vorteile. In diesem Alter weiß man eines sicher: Der männliche Unterleib ist so verletzlich, dass schon Worte genügen, um ihn schrumpfen zu lassen.

»Bist du sicher, dass es nicht nur ein Scherz war?«, fragt Viktor.

»Glaub mir, Scherze sehen anders aus«, sage ich, und er nickt bekümmert. Es ist ihm immer peinlich, wenn Männer sich unmöglich benehmen, wobei ich nicht weiß, warum. Als Homosexueller gehört er für die meisten Frauen sowieso nicht zu derselben Spezies. Ich habe mich allerdings noch nie getraut, ihn darauf anzusprechen, weil ich befürchte, er sieht sich und seinesgleichen als das, was Männer sein sollten.

Prinzipiell wäre das alles halb so schlimm, wenn ich es über mich brächte, Eva nichts davon zu erzählen, aber das schaffe ich nicht. Ich meine, sie ist meine Therapeutin. Wenn ich anfange, vor ihr Geheimnisse zu haben, könnte ich genauso gut Mama zu ihr sagen.

Es ist ja auch nur, weil mir die ganze Sache so peinlich ist. Vielleicht wäre es ja doch eine gute Idee gewesen, sich etwas mehr Zeit zu lassen. Ich überlege mir das selber immer wieder, wenn auch nicht so oft wie, ob mein Busen zu klein, mein Hintern zu fett oder mein Engagement im Bett zu gering ist. Eigentlich glaube ich nicht, dass eine Kennenlern-Phase etwas geändert hätte. Auch geistige Ärsche kann man am besten beurteilen, wenn man sie hüllenlos sieht. Trotzdem bin ich nicht in einer Position, diese Haltung überzeugend zu vertreten – immerhin hätte es ja sein können, dass ich mir bei näherem Hinsehen die ganze Sache erspart hätte.

Eva jedoch wächst über sich hinaus. Sie ist professionell kühl und verständig und legt mit keinem Wort nahe, dass sie mich gewarnt hat. Quasi die totale Anti-Mutter. Ich bin ihr ehrlich dankbar, auch wenn ich den Verdacht hege, dass ihre Nachsicht daher stammt, dass sie froh ist, endlich mal was Interessantes von mir zu hören.

Nichtsdestoweniger hoffe ich bei jedem Läuten des Telefons, dass es Daniel ist. Nicht, weil ich gerne mit ihm reden möchte, sondern weil es meinem gekränkten Ego so gut tun würde, ostentativ nicht mit ihm zu reden. Am Abend des dritten Tages ist es wieder nicht er, sondern mein Ex-Mann. Ich bin erst überrascht, dann misstrauisch. Joe und ich telefonieren gewöhnlich nur, wenn es etwas über Melanie zu besprechen gibt, und im Moment liegt nichts an. Sollte irgend jemand ihm von meinem kleinen Debakel erzählt haben? Meine Ohrläppchen fangen schlagartig zu jucken an.

»Was ist los?«, frage ich deshalb brüsk.

»Dir auch einen schönen Abend«, entgegnet er milde. »Wie geht's?« Gott sei Dank wartet er nicht auf meine Antwort. »Was machst du gerade?«

Ich unterdrücke die kindische Antwort, dass ich gerade telefoniere. »Ich war gerade beim Lesen. Warum?«

»Was Spannendes?«

»Was ist los?«, frage ich noch einmal, diesmal mit mehr Nachdruck.

»Was soll los sein? Ich versuche, Konversation zu machen, das ist alles.«

Keine gute Wortwahl derzeit. Ich reibe wie verrückt meine rot geschwollenen Ohrläppchen. Dabei fällt mir fast der Hörer aus der Hand.

»Jucken deine Ohren?«, fragt Joe teilnahmsvoll. »Bist du noch immer nicht weiter mit deinen Texten?«

Was soll ich darauf sagen? Dass ich in den letzten drei Tagen, seit mein Hirn wieder zu mir zurückgekehrt ist, ausschließlich so bitterböse Einfälle über Männer hatte, dass selbst gestandene Emanzen blass werden dürften? Stattdessen grunze ich etwas Unverbindliches.

»Glaubst du, ich … ich meine … also … soll ich dir vielleicht ein bisschen helfen?«, bringt Joe schließlich heraus.

Jetzt bin ich wirklich neugierig, was hier los ist, aber ein drittes Mal frage ich nicht, weil ich Angst habe, ihn zu vertreiben. Joe und mir helfen? Das wäre super, aber was ist mit Inge? »Was ist mit Inge?«, frage ich laut.

»Was soll mit ihr sein?«, schnappt Joe. »Das ist kein unmoralisches Angebot.«

Das nicht, aber wenn wir kein gemeinsames Kind hätten, hätte Inge ihm in den letzten acht Jahren garantiert verboten, mich auf der Straße zu grüßen, und jetzt auf einmal soll sie nichts daran finden, dass er mich bei meinem Auftritt unterstützt? Andererseits: Bin ich der Hüter meines Ex-Mannes? Und kann ich es mir leisten, so moralisch zu sein?

»Ich kann um neun im ›Salzberg‹ sein«, sage ich und fühle mich plötzlich sehr beschwingt.

Eine Menge Leute haben anlässlich unserer Scheidung gemeint, ich hätte um Joe »kämpfen« sollen. Was immer das heißt. In den einschlägigen Gazetten raten sie den – meist mittelalterlichen – Frauen immer, die – meist viel jüngere – Konkurrentin auszustechen zu versuchen, indem sie a) ungeheuer unkompliziert, b) maßlos verständnisvoll, c) so sexy wie möglich sind. Lauter Dinge, die die Andere nicht nötig hat, weil sie so viel besser in c) ist, sonst hätte sie der umstrittene Mann in 90 Prozent der Fälle erst gar nicht genommen. Ehrlich: Wenn ich mich im Nuttenkostüm auf den Bauch werfen muss, um erotisch seine Füße zu lecken, damit er sieht, was er an mir hat, verzichte ich lieber.

Nicht dass ich glaube, Joe wäre durch solches Verhalten zu beeindrucken gewesen (und immer vorausgesetzt, ich hätte ihn wirklich halten wollen). Ich ziehe es vor zu denken, dass zivilisierte Menschen wie er und ich nicht möchten, dass jemand, den sie schätzen, sich für sie herabwürdigt. Jedenfalls war ich diesbezüglich nie in Gefahr. Wenn ich etwas nicht tue, dann mich vor jemandem bücken, der mir gerade einen Tritt in den Hintern gegeben hat.

Uncharakteristischerweise ist Joe noch nicht da, als ich ein paar Minuten nach neun im »Salzberg« einreite. Es ist ein modernes Beisl, das heißt, es gibt neben ein paar klassischen Wiener Sachen wie Erdäpfelsuppe mit Steinpilzen (mit der Lupe zu suchen, aber die Suppe ist gut) und Gulasch auch zeitgemäßere Dinge wie Mozzarella-Paradeis-Salat oder asiatisch marinierte Hühnerspieße auf kreolischem Reis. Dazu gibt es ein paar interessante Biere und durchaus erträgliche Weine, das Personal ist freundlich und die Klientel durchschnittlich in meinem Alter. Außerdem kann man hier auch einen Laptop auspacken, ohne schick zu wirken. Von all dem abgesehen, ist es bei mir um die Ecke.

Der Laptop wäre eine gute Idee gewesen. Dann hätte ich etwas zu tun (oder jedenfalls vorzuschützen), während ich auf Joe warte. Also bietet sich nur das übliche Ausweichprogramm an: das angelegentliche Studium der Speisekarte, als könnte ich sie nicht längst auswendig. Als ich meine ganze Aufmerksamkeit gerade den Herkunftswinzern auf der Weinkarte zuteil werden lasse, kommt Joe endlich. Abgehetzt, wie ich zufrieden feststelle. »Tut mir Leid«, erklärt er, noch bevor er einen Kuss auf meine Wange haucht und sich auf einen Stuhl fallen lässt, »ich bin zu spät weggekommen.«

Na, so was. Auf die Erklärung wäre ich nie gekommen. Aber ich werde mich hüten nachzufragen – die Wahrscheinlichkeit, dass seine Verspätung mit Inge zu tun hat, ist mir zu hoch. »Nett von dir, dich mit mir zu treffen«, sage ich stattdessen und ernte ein ebenso überraschtes wie erfreutes Grinsen. »Es muss dir wirklich dreckig gehen«, stellt Joe schließlich fest. Wie kommt er darauf? Hat er etwa doch von der Sache mit Daniel gehört? Aber nein: »Das ist das erste Mal in den letzten acht Jahren, dass du etwas Nettes zu mir sagst«,

erklärt mir mein Ex-Mann. Ah, das meint er. Gott sei
Dank.

»Das ist auch das erste Mal, dass wir uns treffen – ich
meine, zu zweit«, sage ich und bereue es sofort. Doch
glücklicherweise ist das ein Pflaster, das uns beiden zu
heiß ist. Das merke ich an der betont aufgekratzten Art,
in der Joe vorschlägt, gleich mit der »Arbeit« zu begin-
nen.

Ich bin ihm wirklich dankbar. Es ist mir immer
schwer gefallen, meine Gedanken zu ordnen, ohne sie
jemandem zu erzählen. Dass ich nicht zu den Typen
gehöre, die Wildfremden in der U-Bahn ihre Probleme aufnötigen, liegt nur daran, dass es nicht irgendwer
sein darf. Es muss jemand sein, der einen ähnlichen
Humor hat wie ich, mir ernsthaft zuhört und dann
auch noch die richtigen Fragen stellt bzw. Bemerkungen macht, und die findet man nicht in öffentlichen
Verkehrsmitteln. Die findet man nicht einmal im
Freundeskreis so mir nichts, dir nichts. Bis heute ist
Joe der Einzige, der all diese Voraussetzungen erfüllt
(und ich werde Inge nie verzeihen, dass er sie an sie
verschwendet).

Eine Stunde lang hört er sich Ideen, Skizzen und
allerhand Verschrobenes von mir an, nickt, runzelt
die Stirn, fragt nach und macht Anmerkungen. Etwas
Konkretes kommt dabei nicht heraus, aber ich habe
zum ersten Mal kein Gefühl von anstehendem Desas-
ter, wenn ich an den Auftritt denke. Dann muss ich gehen, das habe ich Melanie versprochen (sie weiß nicht,
dass ich mit ihrem Vater hier sitze, sonst hätte ich sicher Ausgang bis zum Wochenende). Joe nickt sofort.
»Klar«, sagt er, »weiß sie, dass wir uns treffen?« Er klingt
nicht halb so sorglos, wie er gern möchte. »Nein«, sage
ich, »ich wollte nicht, dass sie sich irgendwas einbildet.«

»Gute Idee«, meint Joe mit mehr Erleichterung, als das Wunschdenken seiner Tochter verdient hat. Wenn er hingegen sicher gehen möchte, dass sie bei ihrem nächsten Besuch nichts ausplaudert, wäre sie schon angemessen. Ich überlege ein bisschen, dann gebe ich meinem Herzen einen Stoß. »Sollen wir es halten wie in den Spionagefilmen: Dieses Treffen hat nie stattgefunden?«, frage ich.

Bevor wir uns endgültig trennen, sagt er: »Wann soll denn das nächste Treffen nicht stattfinden?« Ich muss mich verhört haben. Er will sich noch einmal mit mir treffen? Hier ist wirklich etwas im Busch, aber ich sage nichts, ziehe nur fragend die Augenbrauen hoch.

»Außer du hast jetzt alles, was du brauchst für deinen Auftritt«, meint Joe.

»Naja, noch eine Session wäre sicher hilfreich«, gebe ich großzügig zu, und er verspricht, mich anzurufen. ›Versuchen Sie nicht, uns zu kontaktieren, wir kontaktieren Sie‹ geht mir durch den Kopf, aber das sage ich nicht. Gut, dass ich mir keine Notizen gemacht habe, die würden auf dem Heimweg sicher in Flammen aufgehen. »Was kicherst du?«, fragt Joe. »Nichts«, beruhige ich ihn. »Nur eine Idee. Ich erzähle dir beim nächsten Mal davon.«

Ein leises Klicken, und die Tür geht auf. Wow! Nie hätte ich gedacht, dass das wirklich funktioniert. Befriedigt schiebe ich die Kreditkarte zurück in eine Beintasche meiner schwarzen Hose und schlüpfe ins Haus. Die Taschenlampe brauche ich nicht – die hereinscheinende Straßenbeleuchtung genügt völlig, um mich das Telefon finden zu lassen. Der kleine Schraubenzieher, den ich in einer anderen Beintasche mitgebracht habe, rutscht mir aus den behandschuhten Fingern und fällt geräuschlos auf den Spannteppich. Naja, es ist das erste Mal, dass ich so was mache, da darf man schon ein bisschen aufgeregt sein. Ich atme tief durch und hebe ihn entschlossen wieder auf. Als ich gerade dabei bin, den Apparat aufzuschrauben, höre ich die Eingangstür gehen. Verdammt!

Wenn das hier nicht der peinlichste Moment meines Lebens werden soll, muss ich mich verstecken. Panisch sehe ich mich um, doch zu spät. »Was ist los?«, fragt Melanie angewidert, als sie mich sieht.

»Nichts«, behaupte ich.

»Und warum sitzt du im Finstern hinterm Schreibtisch und glotzt herum, als würdest du den Notausgang suchen?«

Was soll ich sagen? Dass ich in meiner Fantasie gerade dabei war, eine Wanze ins Telefon ihrer Stiefmutter einzubauen? Schwerlich. Ich meine, ein Mensch wird doch noch Träume haben dürfen. »Ich hab mir gerade eine Szene für mein Programm ausgedacht«, lasse ich mir einfallen, weil ich hoffe, dass sie das ablenkt.

»Echt? Wie soll es denn heißen: Paranoia?«

»Sehr lustig.« Im Geiste packe ich Kreditkarte, Schraubenzieher und Wanze in die zahllosen Taschen meines Emma-Peel-Kampfanzuges und gehe zur Straßenbahn.

Richtig belogen habe ich Melanie gar nicht. Ich war eigentlich wirklich wieder einmal am Durchspielen möglicher Kabarett-Szenen. Da muss ich irgendwie bei dem Geheimagentinnen-Szenario hängen geblieben sein. Schuld ist Joe. Seit wir uns zusammengesetzt und über meinen Auftritt geredet haben, habe ich wieder das Gefühl, dringend daran arbeiten zu müssen. Leider vergeblich. Woher nehmen, wenn nicht stehlen, wie

Helga vorgeschlagen hat? Was ich brauche, sind Anregungen von außen – mehr Input, sozusagen.

In der Redaktion blättere ich meinen Stapel an Veranstaltungsankündigungen mit neuen Augen durch: Kleintierschau? Das wäre eine Möglichkeit. Ich könnte eine Billigjournalistin sein (lassen wir für einen Moment beiseite, dass ich eine bin), die sich tödlich gelangweilt zwischen Tauben und Meerschweinchen herumdrückt, bis sie von einem Belgischen Riesen angefallen wird. So was wie das Kaninchen-Monster bei den »Rittern der Kokosnuss«. Das ist schlecht, das klingt nach Plagiat. Andererseits, wenn der Belgische Riese tatsächlich ein zwei Meter großer Belgier wäre? Das ist noch schlechter, das klingt nach Blödheit.

Feuerwehrfest. Na, das wäre doch was. Sich über die Sitten angeheiterter Menschen im Allgemeinen und volltrunkener Landbewohner im Besonderen auszulassen, hat schon vielen Spaßmachern Freude bereitet. Aber irgendwie ist das nicht meins. Und abgegriffen ist es außerdem.

Im antiken Hof eines Vierstern-Hotels geben sie »Romeo und Julia«. Das wäre prinzipiell interessant, aber da muss ich mir die Karten sicher selber zahlen, weil sich garantiert Hugo die Pressekarten krallt.

Dann werde ich fündig: Ein Kabarett-Abend in einem Jugendzentrum. Laut Presseaussendung (wenn man den schlecht kopierten Wisch so nennen will) ein junger Mann, der schon in anderen Orten »für Lachstürme gesorgt« hat. Der Name – Oliver Hortner – sagt mir nichts, und ich vermute, dass die »anderen Orte« die elterliche Garage und der Turnsaal seiner Schule waren, aber in der Not …

»Kann ich zu diesem Hortner gehen?«, frage ich Hugo.

»Du bist erwachsen. Du musst mich nicht fragen, ob du zu fremden Männern gehen darfst«, erklärt mir mein Chef großzügig.

»Ein Nachwuchs-Kabarettist«, setze ich ihn ins Bild.

»Kenn ich nicht.«

»Und? Kann ich hingehen?«

»Sicher. Ich geh jedenfalls nicht hin. – Was ist jetzt mit dem Unfall?«, wendet sich Hugo an den eben hereinschneienden Fotografen.

»Sagenhaft – drei Schwerverletzte, zwei Autos völlig zu Schrott. Super-Fotos.« Begeisterung in den Augen. »Leider zwei Kilometer über der Grenze.« Die Rede ist von der Bezirksgrenze, ab welcher der Unfall in das Ressort der Nachbarredaktion fällt. »Scheiße«, sagt Hugo mit Gefühl.

Die Dame hinter dem Tischchen im Foyer ist mindestens fünfzig, aber offenbar hatte noch niemand das Herz, es ihr zu sagen. Schon das bauchfreie Batik-T-Shirt und die tief sitzende Hüfthose zeigen eine gewisse Panik vor dem Älterwerden an, aber der echte Killer ist das lustige Flechtwerk links und rechts ihres Gesichts. Ich kann mir nicht helfen: Ich unterstelle Frauen über 15, die Zöpfe tragen, automatisch ein ernstzunehmendes Problem. In diesem Fall ist es auch noch hennarot. Etwaiges aufkeimendes Mitgefühl meinerseits erstickt sie jedoch im Keim. Nachdem ich ihr erklärt habe, dass ich von der Presse bin, fragt sie: »Und wo ist deine Karte?«

Letztens habe ich von einem Anwalt gelesen, der sich mittels einer Klage dagegen verwehrt hat, von Fremden mit Du angesprochen zu werden. Am liebsten hätte ich mich seiner Sache angeschlossen. Ich weiß nicht, aber ich kann nichts Anheimelndes daran finden, mich verbal mit Menschen zu verbrüdern, mit denen ich nicht mehr gemeinsam habe als den Umstand, dass wir in derselben Kinoschlange stehen oder ein Kind in derselben Klasse haben. Und schon gar nicht von Möchtegern-Avantgardistinnen mit Alterszöpfen. »Kennen wir uns?«, frage ich deshalb einigermaßen scharf zurück.

Sie missversteht mich. »Nein«, erklärt sie mir von oben herab. »Und selbst wenn, würde ich dich nicht umsonst reinlassen.«

»Ich bin von der Zeitung«, erkläre ich ihr zum zweiten Mal. »Ich habe vor, einen Artikel über den Auftritt Ihres Sohnes zu schreiben.« Ein Schuss ins Blaue, aber wie er trifft!

»Oliver ist nicht mein Sohn!«, erklärt sie mir entrüstet.

»Was? Der Enkel? Das hätte ich nicht geglaubt.«

Eine junge Frau galoppiert heran, bevor es zu Handgreiflichkeiten kommen kann. »Kann ich helfen?«, fragt sie atemlos, aber liebenswürdig. Also setze ich zum dritten Mal auseinander, in welcher Funktion ich hier bin. Und siehe da, der Sesam öffnet sich ohne weitere Probleme.

Wie's aussieht, war Ali Baba schon da – jedenfalls scheint er den größten Teil des Publikums mitgenommen zu haben. Die Drachenfrau kaut an einem Zopf und beobachtet mich, als müsste sie sicherstellen, dass ich nicht einen der Stahlrohrsessel mitgehen lasse (etwas anderes gibt es hier nicht zu stehlen). Ich beuge mich vertraulich zu ihr: »Ich hoffe, ich finde noch ein Plätzchen«, murmle ich.

»Heute ist ein Fußballspiel«, zischt sie zurück.

Ach ja? Ich tippe auf Simmering gegen Kapfenberg, sage aber nichts. Man soll seine Triumphe nicht übertreiben. Außerdem ist sie sowieso dabei, sich die Haare einer Kopfhälfte abzubeißen.

Der Künstler selbst hofft offenbar, dass das angebliche

Fußballmatch demnächst vorbei ist und sein Publikum freigibt – jedenfalls tritt er mit zehnminütiger Verspätung auf. Sein Anblick löst kindisches Gekicher bei mir aus. Kein Wunder, dass die Zopf-Tussi so empört war über die Unterstellung, er sei ihr Sohn. Der Typ ist sicher vierzig! Zu alt jedenfalls für einen Nachwuchs-Kabarettisten.

Das Gekicher bleibt mir im Hals stecken. Der Typ ist so alt wie ich. Ich meine, ich habe keinen Schmerbauch und keine beginnende Glatze, aber sonst unterscheiden wir uns nur unwesentlich. Ich brauche mir keine Gedanken darüber zu machen, was ich den Leuten bei meinem Auftritt erzählen soll, weil es völlig egal sein wird – sie werden einen Blick auf mich werfen und sich denken: Ist die nicht zu alt für eine Kabarett-Anfängerin (oder jede andere Art von Anfängerin)?

»He! So schlecht bin ich wieder auch nicht!«, ruft mir der Typ auf der Bühne im Halbscherz nach, als ich, meine Handtasche schützend an die Brust gedrückt, fluchtartig den Saal verlasse. Ganz hinten fängt mich die freundliche Dame vom Eingang ab (der Drache hat sich Gott sei Dank in der ersten Reihe niedergelassen). Ich muss so aussehen, wie ich mich fühle. »Ist Ihnen nicht gut?«, fragt sie besorgt. Wortlos schüttle ich den Kopf und stürze nach draußen.

Eva ist ein Schatz. Irgendwas in meiner Stimme muss ihr verraten haben, dass es sich um einen Notfall handelt. Eigentlich wollte sie gerade Schluss machen für heute, aber ich darf noch vorbeikommen. Sie macht mir persönlich die Tür auf – ihre Sprechstundenhilfe ist schon gegangen. Ich bedanke mich, dass sie für mich da ist. »Du hast geklungen, als würdest du demnächst von der Autobahnbrücke springen«, erklärt sie mir. Ehrlich?

Dabei hatte ich mich für das Telefonat zusammengerissen. Ich spüre, wie ich rot werde.

»Kein Grund, sich zu schämen«, kommentiert Eva. »Die meisten Leute kommen zum Therapeuten, weil sie Probleme haben.« Was sie nicht sagt, aber was wir beide genau hören, ist, dass ich bislang nur zum Spaß gekommen bin. »Und *fühlst* du dich alt?«, fragt sie, nachdem ich ihr den Anlass meiner Panikattacke erklärt habe.

»Ich? Natürlich nicht! Ich bin erst vierzig!« Dann dämmert mir, worauf sie hinauswill. »Kein Mensch fühlt sich alt, nicht einmal Hundertjährige«, behaupte ich. Mein 90-jähriger Großvater weigert sich, mit den »alten Idioten« seines Bekanntenkreises Karten zu spielen, obwohl sie alle jünger sind als er. Das heißt nicht, dass er für die nicht auch ein alter Idiot ist. »Die anderen sehen einen doch viel besser, als man sich selber sieht«, beschwöre ich Evas unbeeindrucktes Gesicht. »Ich werde mich bis auf die Knochen blamieren, bevor ich auch nur den Mund aufgemacht habe. Und nein, es ist nicht egal, was die anderen von mir denken«, komme ich ihrem imaginären Einwurf entgegen.

Doch Eva scheint gar nicht richtig zuzuhören. Wenn mich nicht alles täuscht, mustert sie heimlich ein Bild von George Clooney in einer aufgeschlagenen Zeitschrift. »Was denkst du, wer zu deinem Auftritt kommen wird?«, fragt sie nebenher.

»Du meinst, wie viele Leute meiner Hinrichtung beiwohnen werden?«

»Nein, ich meine exakt das, was ich dich gefragt habe: Wie viele Leute schätzt du, dass zu deinem Auftritt kommen?«

Das ist ein Szenario, das ich so oft durchgespielt habe, dass die Antwort wie von selbst aus mir herausschießt. »Höchstens zwölf.«

»Freunde von dir?«, fragt Eva desinteressiert. Ich nicke genervt. Das haben wir doch x-mal durchgekaut. »Die dich schon lange kennen?«, fragt meine Therapeutin weiter und sieht mich plötzlich voll an. Verdammt, ich werde schon wieder rot.

Na schön, ich bin ihr ins offene Messer gerannt. Sie muss nicht weiter ausführen, dass meine Freunde genau wissen, wie alt ich bin, weil sie mir den Auftritt zu meinem vierzigsten Geburtstag geschenkt haben. Und? Soll ich mich jetzt besser fühlen, oder was? Ich muss mich also entscheiden, ob ich lieber eine Panikattacke habe, weil keiner zu meinem Auftritt kommt, oder weil ich mich vor einem Riesenpublikum blamieren werde – will sie mir das damit sagen?

Eva seufzt. »Ist dir je die Idee gekommen, dass es auch ein netter Abend sein könnte, zu dem deine Freunde und ein paar Freunde deiner Freunde kommen könnten und bei dem sich alle gut amüsieren?«

»Auf meine Kosten?«, frage ich.

Eva lächelt. Sie lächelt, während sie mir ein Rezept für ein mildes Beruhigungsmittel aufschreibt, sie lächelt, während sie mich zur Tür begleitet, und sie lächelt, während sie mir die Hand schüttelt und mir alles Gute wünscht. Ich kenne dieses Lächeln. Es ist dasselbe wie meines, kurz bevor der Reißverschluss aufging.

Viktor mustert mich aufmerksam von oben bis unten. »Für dein Alter siehst du ganz gut aus«, befindet er dann. »Du ziehst dich nur altmodisch an.« Vielleicht zieht das bei Männern. Mir beschert es einen mittleren Weinkrampf und das ausgeprägte Bedürfnis, ihn sonst wohin zu treten.

»Ja, bitte?«

Scheiße. Was macht Karl an Angelikas Handy? Noch dazu um diese Tageszeit? Stammelnd melde ich mich. Jetzt ist es an Karl, »Scheiße« zu sagen. Er hat aus Versehen das Handy seiner Frau mitgenommen. Angewidert grummelt er mir ins Ohr, dass ihn jetzt seine Kunden nicht erreichen können, stattdessen aber all die Tussis versuchen werden, ihm ihr Herz auszuschütten – offenbar bin ich nur die Spitze des Eisberges, den er auf sich zukommen sieht.

»Nimm's leicht, Karl«, rate ich ihm, »wie würdest du sonst mit so vielen Frauen ins Gespräch kommen?« Doch bevor ich auflegen kann, schreit er »Warte!« ins Telefon. Also warte ich – was sich als Fehler herausstellt. »Hast du schon einen Titel für deinen Auftritt?«, fragt er. Ohne meine Antwort abzuwarten, weiht er mich in seine Idee ein: »Hilfe, ich bin 40 – bitte helfen Sie mir über die Straße!« Er lacht noch, als ich auf den Aus-Knopf drücke.

Mein Cortison-Ritter ist nicht glücklich, das merke ich an seiner gerunzelten Stirn. »Sie wissen schon, dass das Psychopharmaka sind?«

Ich nicke, während ich angestrengt überlege, wie ich reagieren soll, wenn er nach dem Anlass fragt: hochfahrend (»Das geht Sie gar nichts an!«) oder verbindlich (»Ich war kürzlich vierzig«)? Ist aber ganz unnötig, weil er eh nicht fragt. Mit finsterem Gesicht sucht er die Sachen zusammen. »Nehmen Sie das eine nicht ohne das andere«, weist er mich an. »Dieses Medikament«, er hebt eine Schachtel hoch, »kann die Panikattacken intensiver machen, deshalb haben Sie hier« – er wedelt mit der anderen Schachtel – »ein Anxiolytikum. Nach den ersten paar Tagen können Sie das weglassen, aber am Anfang ist es wichtig, dass Sie es nehmen.«

Ich glotze ihn fassungslos an. »Heißt das, ich brauche ein Medikament gegen ein Medikament?«

Er hebt die Schultern und lässt sie fallen, als wäre es ihm peinlich, zu einer Zunft zu gehören, die ihr Geld mit solchen Sachen verdient.

»Was ist, wenn ich das Zeug nicht nehme?«

»Das müssen schon Sie wissen. Zum Spaß wird sie Ihnen Ihr Arzt ja nicht verschrieben haben.«

Zum Spaß nicht, aber um mich ruhig zu stellen vielleicht schon. Immerhin war es deutlich nach Ordinationsschluss. Aber das sage ich nicht, sonst hält er mich noch für paranoid. Schlimm genug, dass er mich für hysterisch halten muss. »Ich bin nicht wirklich hysterisch«, höre ich mich sagen. »Oder jedenfalls nicht sehr.«

Das bringt ihn zum Lächeln. »Nur weil man einmal Probleme hat, ist man noch lange nicht hysterisch«, versichert er mir. Ich versuche, so nett wie er zurückzulächeln, aber das versetzt meine Tränendrüsen in Alarmbereitschaft, also zahle ich und trete so schnell wie möglich den Rückzug an.

Letztendlich ist es meine gelungene Tochter, die mich aus der Krise holt, ohne es zu wissen, und mir die Einnahme meiner Apothekeneinkäufe erspart: einfach indem sie aus der Schule kommt und mir ihre Schularbeit vorlegt. Es ist eine Personenbeschreibung und die beschriebene Person bin ich. »Meine Mutter ist vor kurzem vierzig geworden«, steht da. »Das hat sie ein bisschen aus dem Konzept gebracht, obwohl sie gar nicht alt aussieht und sich auch nicht benimmt wie die meisten anderen alten Leute.« Nur die Besinnung auf die basalsten Erziehungsgrundlagen halten mich davon ab, ihr einen Teil des Geldes zu geben, das ich Eva pro

Stunde hinblättere. Stattdessen drücke ich ihr wortlos, aber dankbar einen Kuss ins Haar und gebe ihr einen Euro wie für jeden anderen Einser, den sie heimbringt.

Anfang Juni, und eine Hitzewelle, dass es eine Freude wäre. Wenn man statt in der Redaktion im Bad sitzen würde. »Jetzt wäre ein Eiswürferl gut, was?« Die Frage kommt von Thomas, der in der Redaktion Mädchen für alles spielt und hofft, dass ihn die richtigen Mädchen deswegen für einen Journalisten halten. Ich könnte ihn vielleicht gern haben, wenn er nur 18 wäre und babyspeckig, aber leider sind das nicht seine einzigen Fehler. Die Eiswürferl-Bemerkung ist nicht an mich gerichtet, sondern an Hugo, ist aber mit so viel Bezug vorgetragen, dass ich unwillkürlich zu den beiden hinschaue. Hugo lächelt müde, sagt aber nichts.

»Was für ein Eiswürferl?«, frage ich.

Thomas läuft rot an, ist aber doch froh, dass irgendwer auf seine Eröffnung einsteigt. »Ach nichts«, wehrt er scheinbar ab. »Da war gestern nur so ein Film im Fernsehen …«

Während ich versuche, mich an das gestrige Programm zu erinnern, macht Hugo der Agonie ein Ende: »9 ½ Wochen«, klärt er mich auf. Ah, die Szene, in der Mickey Rourke Kim Basingers Rundungen mit einem Eiswürfel nachfährt. Neben den ohnehin schon beträchtlichen Schauwerten der Hauptdarsteller war auch die Optik neu. Bis dahin kannte man diese Form der visuellen Präsentation bestenfalls aus der Werbung. Das war vor rund zwanzig Jahren, wohlgemerkt, als die Videoclip-Ästhetik sich noch nicht auf Schusskanäle und verstopfte Herzkranzgefäße ausgedehnt hatte.

Jedenfalls war es vor Thomas' Zeit. Alles kehrt wieder. Auch die Eiswürferl. »Jedenfalls werde ich das in mein

100

Repertoire aufnehmen«, erklärt unser Möchtegern-Reporter verzweifelt nonchalant. Ich bemühe mich ebenso verzweifelt, mir seinen wohlgenährten Körper nicht nackt vorstellen zu müssen, aber vergeblich. Schlimmer noch, ich sehe ihn vor mir, wie er sich wiederholt nach dem kalten Objekt der Begierde bückt, das ihm ständig aus den Fingern flutscht. Mit dem Ellbogen schubse ich meinen Bleistift vom Tisch und tauche ihm nach, damit ich Thomas nicht ins gerötete Gesicht pruste. Dort unten begegne ich Hugo, der ebenfalls seinen Stift sucht. Ein Blick genügt. Ich könnte schwören, dass er dasselbe Bild vor seinem geistigen Auge hat wie ich. Quietschrot vor unterdrücktem Gelächter tauchen wir wieder auf und knallen dabei prompt gegen die Tischplatte unserer Schreibtische.

Es wird schon so sein, wie meine Großmutter immer gesagt hat: »Kleine Sünden straft Gott sofort.« Auch gut. Das war's wert.

Endlich. Raus aus der Redaktion, rein ins Bad. Und weil Redaktionsschluss schon um drei war, die meisten ehrlichen Leute aber bis mindestens vier arbeiten, bin ich noch für ein Weilchen relativ allein. Genügend Muße jedenfalls, um das »Magazin für Männer von heute«, das sie jedem und jeder am Eingang gratis in die Hand drücken, durchzublättern. Ich liebe Männermagazine. Die sind immer so lustig. Ich meine, allein die Auswahl der Themen erlaubt entlarvende Rückschlüsse.

Mein Blick gleitet über eine á la Helmut Newton geschminkte Frau, die spärlich bekleidet an einer Leine hängt, an deren anderem Ende ein schwarzer Panter ganz ohne Schminke viel cooler aussieht. Da bleibt mein amüsiertes Auge unvermutet an dem Satz »Ich möchte ins Kino« hängen. Bei näherem Hinsehen ist es weniger ein Satz, als der Untertitel einer Kolumne, die den »One-Night-Stand des Monats« verspricht.

Der Autor geht offenbar davon aus, dass seine Leserschaft ihn bereits kennt, sonst würde er nicht so selbstsicher mitten ins Geschehen stürmen. »Diesmal wollte ich es mir ein bisschen schwer machen. Schon Shakespeare wusste, dass Musik die Nahrung der Liebe ist, das heißt aber nicht unbedingt, dass Musikveranstaltungen auch brauchbare Aufreißzonen abgeben. Aber ich hatte Glück: Meine Sitznachbarin sah passabel aus.« Während die passabel aussehende Frau »hingerissen der Musik lauschte«, starrte der Autor »hingerissen auf ihr Profil«, weil »Frauen, die auf Kultur machen, von Männern, die auf Kultur machen, erwarten, dass sie ihnen nicht in den Ausschnitt glupschen.« Ungeheuer scharfsichtig. Na gut, es gibt Leute, denen man ausdrücklich nahelegen muss, zu einem Vorstellungsgespräch nicht in zerschlissenen Jeans zu erscheinen. Da wird es wohl auch Männer geben, denen man ausdrücklich davon abraten muss, fremden Frauen ins Dekolleté zu fallen.

Leidlich amüsiert folge ich dem Autor in die Pause, in der er der unbekannten Musikliebhaberin auf das Selbstverständlichste ein Glas Sekt in die Hand drückt. »Womit habe ich das verdient?«, fragt sie. »Dafür, dass Sie das Konzert jetzt verlassen und mit mir etwas trinken gehen«, sagt er. Und erklärt seiner Anhängerschaft, dass auch die kulturbeflissenste Frau sich dem Zauber des Unerlaubten und Außergewöhnlichen nicht entziehen kann – vorausgesetzt, es wird mit dem nötigen Selbstbewusstsein vorgetragen (und der Vortragende hat keinen Schmerbauch und Glatze, schätze ich, aber solche Details erachten Männer wahrscheinlich als unwichtig).

Jedenfalls folgt ihm die Hübsche (Entschuldigung:

die Passable) tatsächlich in ein nahe gelegenes Weinlokal, wo er sie mit Anekdoten und tiefen Blicken unterhält – bis er den Abend mit den Worten »Ich muss morgen früh raus« beendet.

Das ist der Punkt, an dem ich anfange, mich unwohl zu fühlen. Weiterlesen ist wie das Vordringen in eine dunkle Höhle, in der vielleicht ein Drache haust: nervenzerreißend, aber irgendwie unausweichlich. Man kann nicht umkehren, bevor man sich nicht davon überzeugt hat, dass es keinen Drachen gibt. Oder man aufgefressen wurde. Vorher lasse ich mir noch erklären, dass »morgen früh raus« ein kleiner Kunstgriff ist, der die Passable »ein bisschen verunsichern und dafür umso heißer« machen soll.

Das klappt offensichtlich wunderbar, denn schon am nächsten Abend lässt sie sich von unserem Autor jeden möglich Lustgewinn bescheren, der ihm so einfällt (Details bleiben uns erspart, dafür werden wir aber mit jeder Menge saftiger Andeutungen vollgestopft). Und jetzt kommt der »wirklich heikle Punkt: der nächste Morgen«. Und weil die Kolumne ja »Der One-Night-Stand des Monats« und nicht »1001 Nacht mit derselben Frau« heißt (ich höre förmlich die bezahlten Lacher), führt der Autor seinen dankbaren Lesern jetzt einmal vor, wie man jeden Gedanken an eine Beziehung im Keim erstickt.

Ich müsste an dieser Stelle eigentlich nicht weitergehen, um den Drachen von Angesicht zu Angesicht zu sehen. Sein stinkender Atem genügt vollkommen als Beweis seiner Anwesenheit. Aber in den meisten von uns – oder jedenfalls in mir – mischt sich ein Quäntchen Hoffnung mit einer gehörigen Portion Masochismus. Also lese ich, wie die passable Frau anmerkt, dass sie gerne ins Kino gehen würde, lese seine Frage nach dem Film, den sie ins Auge fasst, lese »den neuen Bond« und schließlich seine Aufforderung: »Lass mich wissen, wie er war.«

Aus, Ende der Kolumne. Ein weiterer Kommentar wäre auch unnötig. Die männliche Leserschaft weiß, was sie eben gelernt hat: Wie man ein so perfektes Schwein wird, dass die anderen nur bewundernd grunzen können. Unterschrieben ist das Ganze mit »Giacomo«. Ich wette, neunzig Prozent der Leser glauben, sie seien die Einzigen, die diesen Vornamen mit Casanova in Verbindung bringen. Aber ich weiß – oder jedenfalls bin ich ziemlich davon überzeugt, es zu wissen –, mit wem man diesen Vornamen tatsächlich in Verbindung bringen sollte. Kein Wunder, dass er über den Inhalt seines Buches nicht reden wollte. Sofern es das Projekt überhaupt gibt, besteht es wahrscheinlich aus seinen gesammelten One-Night-Stands. So ungern ich es zugebe: Joes Inge hatte recht. Daniel Sommer ist kein netter Mensch.

Verdammt. Viktor geht nicht ans Telefon. Dabei brauche ich dringend jemanden, mit dem ich reden kann, und er ist meine erste Wahl. Ich brauche jemanden, der mir beim Entwerfen meiner Rache hilft. Ganz abgesehen davon, dass Viktor Gott und die Welt kennt. Sicher kennt er auch Leute, die Daniel kennen. Und als mein bester Freund wäre es sicher nicht zu viel verlangt, dass er das Gerücht in die Welt setzt, Daniel sei impotent. Oder schwul. Oder beides. Am besten beides. Während ich seiner Mailbox lausche, (der ich mich lieber doch nicht anvertrauen möchte), verwerfe ich die Idee. Nicht annähernd perfide genug. Ich meine, als Fast-Kabarettistin wird mir doch was Spannenderes einfallen, oder?

Oder auch nicht. In der Zwischenzeit fällt mir zumindest auf, dass ich mich im Grunde über einen Verdacht aufrege. Einen unbestätigten, wohlgemerkt. Journalistische Sorgfalt und die Notwendigkeit, mich von Voodoo- und Schnipp-Schnapp-Gedanken abzulenken, treiben mich auf die Suche nach einem Münztelefon, weil ich bei meinen eigenen Apparaten keine Ahnung habe, wie man das Mitschicken der Nummer unterdrückt. Kein leichtes Unterfangen in Zeiten, wo jeder Haushalt mindestens so viele Handys hat wie Mitglieder. Die öffentliche Hand sieht unter diesen Umständen offensichtlich nicht mehr ein, warum sie öffentliche Ohren finanzieren sollte.

Das hat weitreichende Folgen: Telefonzellen sind ja nicht nur Orte der Kommunikation, sondern von alters her auch eine wertvolle Ressource, wenn es um den Abbau von Aggressionen geht. Ihr zunehmendes Schwinden bedeutet, dass auf jedes öffentliche Telefon heutzutage ungleich mehr Vandalen kommen als vor der Handy-Flächendeckung. Dabei ist noch gar nicht eingerechnet, dass Telefone früher in richtigen kleinen Häuschen mit reichlich Glas zu finden waren, das schon ohne Apparat jede Menge Abreaktionspotenzial hatte. Kein Vergleich zu den plexigläsernen Kopf-und-Schulter-Bedeckungen heutiger Telefon-»Zellen«. In Zeiten, in denen jeder gewohnt ist, sein Intimleben mit der gesamten U-Bahn zu teilen, kann man von der öffentlichen Hand auch nicht erwarten, dass sie in Diskretion investiert.

Drei kaputte Telefone später kommt mir die rettende Idee: Kein Mensch telefoniert heute mehr auf der Straße. Dafür gibt es Geschäfte. Und da ich nur quasi um die Ecke anrufen will, brauche ich mich auch nicht mit Vergleichen aufzuhalten, was die Minute nach Abu Dhabi oder Minas Gerais kostet.

Die Nummer der Zeitung habe ich mit. »Scheurer«, erkläre ich der Telefonistin in verbindlichem Tonfall. Scheurer ist der Mädchenname von Joes Mutter und er hat mir schon öfters gute Dienste geleistet. Wenn man sicherstellen will, dass das Gegenüber später keine Ahnung hat, wer angerufen hat, kommt es nicht wirklich auf den Namen an – wichtig ist nur, dass man einen nennt, und zwar unaufgefordert und sonnig. Sich nicht namentlich zu melden, ist für gut trainierte Telefonistinnen, wie wenn man vor einem Polizisten sehr, sehr vorsichtig fährt. Kaum dass man sich's versieht, zückt man seine Papiere und bläst in ein Röhrchen, und bei Telefondamen kommt sofort die angelegentliche Frage: »Und wer spricht?« Das kann man sich alles ersparen, wenn man gleich zu Eingang irgendeinen Allerweltsnamen murmelt.

»Ich hätte gerne Daniel Sommer gesprochen.«

»Der ist nicht da«, erklärt sie mir. Und nach einer kaum merklichen Pause: »Wollen Sie seine Handynummer?«

Das ist jetzt ungewöhnlich. Journalismus ist schon unter normalen Umständen ein Berufszweig, in dem man sich leicht Feinde macht. Dementsprechend kann man zwar ganze Zeitungen im Internet lesen, aber keine Angaben zu den Personen, die sie machen. Und Privatnummern an x-beliebige Anrufer zu geben, ist so ziemlich das Letzte, was man als Redaktionssekretärin tun sollte. Sie könnte natürlich seit gestern Ferialpraktikantin sein, aber dafür klingt sie eigentlich zu alt. Sie könnte natürlich auch nur bei ihm so nachlässig sein …

»Haben Sie eine Ahnung, ob er morgen wieder da ist?«, frage ich, um ihr Gelegenheit zu geben, noch etwas zu sagen.

»Wer soll das wissen? Er ist freiberuflich. Kann sich unmöglich seine ›Kreativität‹ so beschneiden lassen.« Die Anführungszeichen sind förmlich zu hören. »Überhaupt ist ihm jede Art von Festgelegt-Werden ein Gräuel. – Kriegt dann keinen mehr hoch, nehme ich an«, fügt sie giftig hinzu, Ich wusste es! Sie ist eines von seinen Opfern.

»Das erklärt einiges«, behaupte ich. »Da war er wohl vorige Woche vorübergehend fix angestellt.« Schweigen am anderen Ende. Habe ich mich getäuscht? Aber nein, es dauert nur ein bisschen, bis der Groschen fällt. Dann flüstert sie begeistert ins Telefon: »Sie meinen …?«

»Naja, das kommt schon mal vor«, mache ich auf nachsichtig. »Ich hätte das gar nicht sagen sollen. Erzählen Sie's nicht herum, bitte.«

»Natürlich nicht. Wie war noch einmal Ihr Name?« Aber da bin ich schon am Auflegen. Es gelingt mir sogar, unter dem angewiderten Blick des Telefonheinis meine 15 Cent zu zahlen, ohne rot zu werden.

Das hat gut getan. Wer hätte gedacht, dass journalistische Sorgfalt so viel Spaß machen kann? Ich male mir aus, wie die ganze Redaktion über Daniel tuschelt und kichert und lache unwillkürlich selbst vor mich hin.

»Was ist so lustig?«, fragt eine bekannte Stimme neben mir. Angelika! Die schickt der Himmel. Noch dazu, wo sie zwei Freistunden hat (sie ist Lehrerin) und gerade auf dem Weg ins Kaffeehaus. Na, wenn das nicht Schicksal ist.

»Damit gibst du dich doch hoffentlich nicht zufrieden?«, fragt sie, nachdem ich ihr von meinem Telefonat erzählt und wir ausgiebig gemeinsam gekichert haben (dafür wird man nie zu alt).

»Du meinst, ich sollte noch was nachlegen?«

»Selbstverständlich. So ein kleines Impotenz-Gerücht ist doch gar nichts. Immerhin beutet der Typ schamlos Frauen aus – ständig und mit System. Du warst doch offensichtlich nur eine von vielen (danke, Angelika, das habe ich mir auch schon gedacht). Die haben alle keine Stimme, aber du hast eine, die du für alle anderen einsetzen kannst.« Es ist schon erstaunlich: Karl gegenüber ist Angelika ein treu sorgendes Weibchen, aber wenn sie allein ist, könnte man sie schon einmal mit einer Gründerin der Frauenbewegung verwechseln.

»Was denn für eine Stimme?«, frage ich verwirrt.

»Na, du bist doch selbst Journalistin. Schreib einen Artikel über ihn!«

Zu Angelikas Ehrenrettung sollte ich erwähnen, dass sie Mathematik und Geografie unterrichtet, also keine Chance hat, ihre Micky-Maus-Vorstellungen von Zeitungen an Unschuldige weiterzugeben. Indem ich mir vor Augen halte, was ich von ihren Fachgebieten verstehe, nämlich so gut wie nichts, gelingt es mir, sie nicht geradeheraus zu fragen, ob sie noch ganz gesund im Kopf ist. »Wie stellst du dir das vor?«, frage ich stattdessen. »Ich verlange von Hugo Platz für einen Artikel, damit ich Gott und der Welt Schwarz auf Weiß erklären kann, dass ich nicht nur auf einen ungeheuren Arsch hereingefallen bin, sondern meine Verirrungen dann auch noch in einem anderen Käseblatt lesen musste? Damit alle losstürzen und seine bis dato wahrscheinlich wenig beachtete Kolumne nachlesen?«

»Aber die anderen Frauen«, versucht Angelika schwach, doch ich lasse sie nicht ausreden. »Die anderen Frauen denken sich: Selber schuld, was geht sie auch mit einem Wildfremden ins Bett, und die Männer wiehern sich zu Tode – inklusive meinen Redaktionskollegen.«

108

Das hat sie nicht bedacht. Sie sieht ein, dass unter diesen Umständen die Stimme der Frauen im Allgemeinen – und meine im ganz Besonderen – lieber ungehört bleibt.

Am nächsten Tag verschafft sich eine andere weibliche Stimme dafür umso lauter Gehör. Mit den Worten: »Da kannst du mal sehen, was Männer für Ärsche sind!«, knallt meine Redaktionskollegin Helga das besagte Männermagazin auf den Tisch, zu meiner tiefen Bestürzung aufgeschlagen auf der besagten Glosse.

»Was ist das?«, frage ich so neutral wie möglich.

»Das sind die Ergüsse von einem saftlosen Sack, der im Finstern seine eigenen Eier nicht mit den Händen findet!« Wenn sie richtig in Rage ist, kann Helga annähernd lyrisch werden – wenn auch mehr Lyrik von der Bukowski-Sorte. Ich lege den Kopf schief und tue angelegentlich so, als würde ich die besagte Glosse zum ersten Mal im Leben studieren. »Aha, so eine Art Anleitung für die Beendigung von One-Night-Stands«, heuchle ich Überraschung. »Kennst du den Autor?«

»Steht nur ein Pseudonym drunter«, faucht Helga, »aber ich möchte wetten, es ist einer, den ich vor ein paar Wochen abserviert habe.« Jetzt bin ich verwirrt. Um den Umstand zu übertünchen, tue ich so, als würde ich die Glosse zu Ende lesen. »Ganz schön fies«, erkläre ich schließlich.

»Allerdings! Soll er sich doch selbst was einfallen lassen!«

»Was?«

»Die Masche mit dem Kino – das mache ich immer. Die hat mir der Typ einfach geklaut!«

Auf den fliegenden Galoppwechsel im Geiste, den das von mir erfordert, bin ich insgeheim stolz. Ich brauche nur eine kaum merkliche Pause, ehe ich mit Gefühl »Sauerei!« sage.

Blöderweise kann ich die Geschichte niemandem erzählen. Eva unterhalte ich nicht mit solchen Episoden, Viktor ist für ein paar Tage verreist und bei Angelika bin ich mir nicht sicher, ob sie so was lustig finden würde. Sie hat es nicht gerne, wenn Frauen auch Schweine sind. Und sonst weiß niemand vom Ausgang meiner Affäre, und das soll auch so bleiben. Ich gehe so von dieser Geschichte über, dass ich nahe daran bin, sie am Nachmittag meinem Apotheker zu erzählen, als ich mir Vitamin-C-Kapseln kaufe (er sieht so aus, als wüsste er die Geschichte zu schätzen), aber das wäre dann doch zu intim, schätze ich.

Da passt es ganz gut, dass am Nachmittag Joe anruft und fragt, ob ich am Abend vielleicht Zeit für ein kurzes Treffen hätte. Nicht, dass ich Joe im Traum in Daniels Abgang einweihen möchte, er wird mich im Gegenteil von der ganzen Sache ablenken. So dachte ich jedenfalls, doch »wem das Herz voll ist, dem geht der Mund über«, wie meine Mutter zu sagen pflegt, und da hat sie verdammt recht.

Weil ich trotz allem kein vollständiger Idiot bin, erzähle ich Joe die Geschichte so, als wäre ich nur zufällig über die Glosse gestolpert (was wahr ist), hätte sie ganz allgemein eklig gefunden (was fast wahr ist) und keine Ahnung, von wem sie ist (was gelogen ist). Abschließend kredenze ich ihm noch Helgas Ekel. Wie erhofft, schüttet sich Joe aus vor Lachen. »Wie sieht sie aus?«, fragt er schließlich.

»Wer? Helga?«

»Ja. Ich stelle sie mir unwillkürlich wie eine Domina vor, aber das wird ja wohl nicht stimmen, oder? Ich meine, der Typ in der Glosse sieht ja wahrscheinlich auch nicht aus wie Frankenstein.«

»Nein, überhaupt nicht«, platze ich heraus, ehe ich mir auf die Zunge beißen kann.

Joe sieht mich seltsam an. »Du klingst sehr sicher.«

»Ich meine Helga«, korrigiere ich rasch. »Helga sieht nicht aus wie die klassische Domina, auch wenn es schon mal vorkommen kann, dass sie mit einem extremen Mini und hochhackigen Lackstiefeln auftritt.«

»Klingt spannend«, meint Joe gedehnt, und etwas in seinem Ton lässt mich aufhorchen.

»Wie geht es eigentlich Inge?«, frage ich panisch.

»Und wie geht es Daniel?«, fragt Joe zurück.

»Weißt du was? Am besten reden wir nicht über Abwesende«, schlage ich vor. Joe ist dafür, und eine Weile geht alles gut. Dann klingelt sein Handy. Er wirft einen Blick aufs Display und verspannt sich merklich. Weil ich auch einen Blick auf das Display geworfen habe, weiß ich, wer dran ist.

»Hallo«, begrüßt mein Ex-Mann seine Frau ohne große Begeisterung. Er bedeutet mir mit der Hand, dass er gleich wieder kommt, und zieht sich ins Freie zurück, wo ich ihn nicht belauschen kann. Er hätte ruhig hier bleiben können. Es ist nicht so, dass mich dieses Telefonat nicht interessiert. Es dauert nicht lange, und er ist wieder da. Ich erwarte eigentlich, dass er gleich weg muss, doch er setzt sich und bestellt sich ein zweites Bier.

»Alles okay?«, frage ich.

»Sicher.«

In Wirklichkeit geht nichts mehr. Ein Weilchen bemühen wir uns redlich: Wir reden über Bekannte, über Bücher, die wir in letzter Zeit gelesen, Filme, die wir gesehen haben, aber es hilft alles nichts. Er ist nicht mehr bei der Sache und ich in der Folge auch nicht. Bleibt also nur noch der Blick auf die Uhr. »Oh, so spät ist es schon?«, frage ich rhetorisch.

»Tja, die Zeit fliegt, wenn man es lustig hat«, meint Joe mit Grabesstimme. Das ist ein alter Spruch von uns – immer dann angewendet, wenn es alles andere als lustig war. Als ich in meiner Handtasche nach meiner Geldbörse krame, sagt er: »Lass nur, du bist eingeladen«, und dann plötzlich: »Das war Inge.«

»Ich weiß. Ich hab's am Display gesehen.«

Er nickt. »Ich hab geglaubt, sie schläft heute bei … einer Freundin.«

Oha. Hier wäre der Punkt, an dem die kluge Ex-Frau einen noch dringlicheren Blick auf die Uhr wirft und sich auf das gemeinsame Kind beruft, um bedauernd davon zu stürzen. Leider bin ich eine viel neugierigere als kluge Ex-Frau, deshalb frage ich: »Tut sie das öfter?«

Joe grinst schief. »Bist du sicher, dass du hören willst, wie es zwischen mir und deiner Nachfolgerin läuft?«

»Guter Punkt«, schnappe ich und stehe auf. »Danke für die Einladung. Und schöne Grüße daheim.«

Beim spätnächtlichen Glotzen der 34. Wiederholung von »Tootsie« kommt mir eine Idee: Warum sich nicht als etwas anderes ausgeben, als man ist?

›Eines ist mir unklar‹, tippe ich mit einem fetten Finger, während ich mir mit der anderen Hand die haarige Brust kratze. ›Warum gibt er sich überhaupt mit den Weibern ab?‹ Ausgezeichnete Frage. Ein unpassendes Kichern entschlüpft mir. ›Es gibt doch genug Männer.‹ Im Geier-Such-System (Kreisen-Finden-Zustoßen) brauchen selbst so kurze Statements erstaunlich lang. Zur Unterhaltung zupfe ich an meinem verschwitzten Unterleibchen und lasse so etwas Luft an meinen

112

Bierbauch. Das Herz mit dem Pfeil und »Fuck« drunter, das mir Johnny beim letzten Mal für eine Packung Zigaretten verpasst hat, sieht bei der Schwitzerei ganz verschwommen aus. Wenn nur das Kichern nicht wäre. ›Ich könnte ihm noch was beibringen, jede Wette‹, tippe ich, ›von mir aus kann er auch hässlich sein‹.

Rasch noch ein paar Rechtschreibfehler eingefügt, dann drücke ich auf »Senden« und lehne mich befriedigt zurück. Wenn Angelika wüsste, was für verschiedene Stimmen der Frauen es gibt.

»Ich glaube, Papa und Inge haben Probleme«, sagt Melanie beim Abendessen.

»Wie ich das letzte Mal dort war, sind sie so komisch miteinander umgegangen.«

»Schreien, Türenknallen und so?«, frage ich, wohl wissend, dass sie das nicht meint, weil sie mir so was gleich erzählt hätte.

»Nein. Eher so … mega-höflich.« Ich schaufle Tunfischsalat in mich hinein und sage nichts. »Glaubst du, sie lassen sich scheiden?«, fragt Melanie hoffnungsvoll.

»Das würde ich ihnen nicht wünschen«, nuschle ich mit vollem Mund. »Sie haben zwei Kinder.«

»Na und? Immerhin hat er uns für sie verlassen – jetzt können sie ihn zurückgeben«, findet meine Tochter.

»Wir wollen ihn aber nicht zurück«, sage ich schärfer als nötig, und sofort füllen sich ihre jugendlichen Augen mit Tränen. Eigentlich weint sie nicht so leicht, meine Große. Was ist hier los? Ich stehe auf und nehme sie vorsichtig in die Arme. »Wir kommen doch gut aus miteinander, oder?«, frage ich leise. »Ich meine, geht dir etwas ab?« Ein Vater, zum Beispiel? Bitte, lass sie nicht »ja« sagen.

»Eigentlich nicht«, schnieft sie.

»Na also.« Danke, lieber Gott.

Heftiges Schlucken. »Aber was ist, wenn ich es nur nicht merke? – Sandra hat gesagt, dass Kinder beide Elternteile brauchen, um normal zu werden. Und dass Scheidungskinder später selbst keine glückliche Ehe führen können.« Die Schluchzer zwischen den Worten schneiden mir direkt ins Herz. Ich hätte es wissen können: Sandra Poinstingl, die kleine Schlange aus bestem katholischem Hause, die keine Gelegenheit auslässt, sich aufzuspielen. Und blöderweise Melanies beste Freundin ist. Ich warte seit zwei Jahren auf die Teilung der Klasse in Neusprachlichen und Realistischen Zweig: Sandra wird nämlich nicht müde, Melanie zu erklären, sie wäre in Mathematik viel besser als sie, weshalb ich hoffe, dass die Wege der beiden sich trennen werden.

Einen Moment lang erwäge ich, Melanie zu erzählen, dass Sandras Vater der jungen Englisch-Lehrerin bei jedem Elternabend fast in den Ausschnitt fällt, sehe aber dann doch davon ab. Stattdessen setze ich auf positive Gegenbeispiele: »Angelikas Eltern haben sich scheiden lassen, als sie ganz klein war, und sie ist seit 15 Jahren verheiratet.«

»Aber du sagst immer, Karl ist ein Ekel.«

»Stimmt, aber ich bin ja auch nicht mit ihm verheiratet. Werners Eltern sind auch geschieden, und jetzt hat er mit Christine ein Baby und ist mit ganzem Herzen Vater.«

»Das war Papa auch, bis er Inge getroffen hat.« Gewöhnlich liebe ich Melanies untrüglich scharfen Blick, aber jetzt wäre mir lieber, sie wäre etwas leichter geistig anzuleiten. »Tja, aber Papas Eltern sind seit mehr als vierzig Jahren glücklich verheiratet.«

»Dass deine Eltern nicht geschieden sind, heißt nicht, dass du bis an dein Lebensende denselben Partner haben wirst«, kontert Melanie, die sich trotz allem zu beruhigen beginnt.

»Genauso wenig, wie dass du keine glückliche Ehe haben kannst, wenn deine Eltern sie nicht hatten«, triumphiere ich vermeintlich.

»Das ist was anderes. Sandra sagt, man lernt dann einfach nicht, wie man eine ordentliche Familie hat.« Neuerliches Schniefen. Ob ich mildernde Umstände geltend machen kann, wenn ich der besten Freundin meiner Tochter den Hals umdrehe?

»Es gibt eine Untersuchung dazu«, seufze ich schließlich. »Darin steht, dass Scheidungskinder ein höheres Risiko haben, sich auch scheiden zu lassen – aber nur, weil sie dieses Muster schon von daheim kennen und das Gefühl haben, dass das eine mögliche Variante ist. Man kann das aber auch anders sehen: Würdest du dein ganzes Leben mit jemandem verbringen wollen, mit dem du unglücklich bist? Ist es da nicht besser, etwas Neues anzufangen?«

»Warst du denn so unglücklich mit Papa?«

Gut gemacht, Anna. Dieses Messer haben wir uns ganz allein aufgestellt und uns dann hineingestürzt. Aber wenn wir schon dabei sind: War ich unglücklich mit Joe? Ich weiß nicht. »Nein. Nein, eigentlich nicht. Aber es war auch nicht wirklich gut. Nicht gut genug jedenfalls.«

»Und wenn es jetzt mit Inge auch nicht gut genug ist?« Niemand kann Melanie vorwerfen, dass sie nicht logisch denken könnte – oder den Ansatzpunkt einer Diskussion leicht aus den Augen verlieren würde.

Ich drücke sie ein bisschen fester. »Selbst wenn, mein Herz, es würde nicht gut gehen zwischen deinem Vater und mir.«

»Warum nicht? Könnt ihr euch nicht leiden?«

»Doch. Wir können uns viel besser leiden als die meisten Leute, die schon einmal verheiratet waren, aber für eine Ehe ist es zu wenig. – Außerdem«, gebe ich dem Gespräch eine leichtere Wendung und Melanie einen Klaps auf den Hintern, »ist es sowieso zu spät, dich zu retten. Die letzten zehn Jahre hast du mit mir verbracht – du bist also hoffnungslos verkorkst.«

Sie zieht eine Grimasse und macht sich los. »Na, vielen Dank.«

Gut so, jetzt noch rasch ihren Köcher mit Pfeilen gegen Sandras Gift füllen. »Jedenfalls bin ich lieber verkorkst als so normal wie Sandras Mutter.« Die hat vier Kinder, ist hauptberuflich Hausfrau und besucht nebenbei Leute im Altersheim. Wenn sie nicht Kuchen backt fürs Pfarrcafé. Ich meine, nichts dagegen, aber ich bin ziemlich sicher, dass das nicht das ist, was Zwölfjährigen vorschwebt, wenn sie von einer »normalen Familie« reden.

Meine zwölfjährige Tochter grinst. »Du bist fies.«

Ich grinse zurück. »Außerdem: Du weißt, wie das läuft mit dem Heiraten bei dir.«

»Ich werde ihn verstecken.«

»Gut so, sonst ist er tot.« Das ist psychologisch nicht so bedenklich, wie es klingt. Es ist vielmehr ein altes Thema zwischen uns und ich habe es aus einem Asimov-Buch: Ein Mann, der sich heimlich mit einem anderen Mann treffen soll, mit dem er eine Verschwörung plant, steigt irrtümlich ins Zimmer von dessen Tochter ein. Bevor der Vater seinem Mitverschwörer zu Hilfe kommt, setzt ihm die altkluge Kleine verbal arg zu. Als der Vater endlich auftritt, fragt der Mann, wie alt sie sei. Zwölf, sagt der Vater. Darauf der Mitverschwörer: »Sollte sie jemals vorhaben zu heiraten, erschießen sie ihn.«

Mit einer eleganten Bewegung streiche ich mir eine Strähne aus der Stirn, die meinem Rossschwanz entwischt ist, und genieße das Geriesel politisch unkorrekter Gefühle, die der Artikel in mir auslöst, bis hinunter zu meinem besten Stück. ›Er ist wirklich ein ganz Schlimmer‹, schreibe ich. ›Immerhin sollten wir uns alle bemühen, unsere weibliche Seite zu entdecken, sofern wir das nicht längst getan haben. Aber er ist so amüsant! Wenn er auch noch gut aussieht, würde ich ihn jedenfalls nicht von der Bettkante stoßen.‹ Diesmal bin ich froh, dass mein Mail-Programm die dämlichen quietschgelben Gesichter mit beschränktem Ausdruck anbietet. Ich wähle eines mit Kussmund und unterschreibe mich mit ›Gustav‹. Ob es sich so anfühlt, eine Erektion zu kriegen?

Am nächsten Tag ruft Fred an: Er ist zurück von einem Ärztekongress im Hohen Norden und will mich sehen (also, besser gesagt, er will mich auch sehen – notgedrungen). Ich erkläre ihm, dass ich am Abend nicht kann. »Aber am Nachmittag könnte ich mich frei machen.« Schmutziges Gelächter am anderen Ende. Wir haben ein Date.

Zu meiner endlosen Überraschung hat er mir etwas mitgebracht: einen mega-flauschigen Eisbären aus Plüsch. Stofftiere sind eine heimliche Liebe von mir, die ich nicht mehr auslebe, seit ich ein Kind habe. »Danke, der ist süß«, sage ich begeistert. »Wo hast du den denn her?«

Erstaunlicherweise läuft Fred rot an. »Den hat eine Pharma-Firma verteilt«, murmelt er. Ich weiß nicht, was ihm daran peinlich ist. Ich hatte nicht erwartet, dass er ihn für mich gekauft hat. Was mich nicht hindert, ihn am Abend gegen meine gierige Tochter zu verteidigen, die in einem Meer von Stofftieren aufgewachsen ist. »Nein, der gehört ausnahmsweise mir, aber du darfst helfen, ihm einen Namen zu geben«, erkläre ich ihr. Das ist schnell geklärt. Er soll Berti heißen, Berti, der Bär. »Wo hast du ihn her?«, fragt Melanie, während sie sein weißes Fell streichelt.

»Ein Freund hat ihn als Werbegeschenk bekommen.«

Melanie begutachtet Berti von allen Seiten. »Das nenne ich einmal ein ordentliches Werbegeschenk«, meint sie schließlich. »Weit und breit kein Logo – nur von der Firma, die ihn gemacht hat.« Stimmt, das ist erstaunlich. Ich sollte Fred darauf aufmerksam machen. Das ist ein so subtiler Werbetrick, dass er Beachtung verdient, finde ich.

Gedankenverloren zupfe ich an meinem neuen Lippen-Piercing. Was soll ich schreiben? Ah ja. ›Habe mir gerade ein neues Lederhalsband gekauft mit echt langen Stacheln dran. Könnte dem Kleinen Manieren beibringen. Frank‹ Mit einem lackleder-behandschuhten Finger drücke ich auf »Senden«.

»Du machst was?«, kreischt Viktor, als ich ihm von meinem persönlichen kleinen Rachefeldzug erzähle. »Bist du verrückt?«

Was regt er sich so auf? Ich meine, ja schön, meine imaginären Schwulen lassen die Bruderschaft vielleicht nicht gut aussehen, aber es ist doch unwahrscheinlich, dass es diese Typen unter ihnen nicht gibt. Kein Mensch redet mir ein, dass die ausnahmslos netter sind als die Hetero-Männer. Für solche Argumente ist Viktor jedoch nicht zugänglich. »Ein Hetero-Mann benimmt sich dir gegenüber als Arsch und du rächst dich, indem du ihn als attraktiv für Schwule darstellst?«, fragt er fassungslos.

»Weil das für Hetero-Männer das Schlimmste ist. Je männlicher sie rüberkommen wollen, desto schlimmer«, erläutere ich.

»Danke, dass du mich aufklärst«, giftet Viktor. »Wer hätte das gedacht? Das ist mir noch gar nie aufgefallen.«

»Tut mir Leid, entschuldige. Es ist nur so … Als Frau ist man so hilflos. Ich meine, es ist, wie wenn man einen Vergewaltiger vergewaltigen wollte, verstehst du? Ich habe überlegt, verschiedene Frauentypen Leserbriefe schreiben zu lassen, aber was immer die hätten sagen können – er hätte sich immer gut gefühlt dabei.«

»Ah ja?«

»Ja.« Im Ernst, ich bin die Möglichkeiten durchgegangen. Ich schildere ihm, worauf ich gekommen bin.

Aufrechte Emanze: beschimpft den Glossenschreiber und hofft, dass sich nie wieder eine Frau mit ihm einlässt. Wie das bei den Männern ankommt: Jeder Macho, der des Lesens mächtig ist, sieht sie entweder als eine mit Damenbart oder als schwer frustriert. Fazit: Die gehört doch nur ordentlich …

Bodenständige No-Nonsense-Frau: Wundert sich darüber, dass das Magazin solche Glossen überhaupt abdruckt, erinnert daran, dass es sehr wohl auch andere Männer gibt, und wünscht dem Autor, dass er irgendwann erwachsen wird. Wie das bei den Männern ankommt: Trägerin von praktischer Baumwoll-Unterwäsche, die ihren Alten so an der Kandare hat, dass er ihr sogar in ihren Ansichten über Männer recht gibt. Wenn er noch ein bisschen Mumm hat, vögelt er die Aushilfe im Büro. Fazit: Die gehört doch nur ordentlich …

Versöhnliche Venus-Frau: bedauert, dass manche Männer das Potenzial, das in einer beidseitig gewollten Vereinigung steckt, noch immer nicht erkennen und damit die Heiligkeit und vor allem die enorme Energie des sexuellen Aktes zunichte machen; wünscht dem Autor, dass er sich von seinen klischeebedingten Banden lösen und lernen wird, frei und offen auf Frauen zuzugehen, damit sie ihm helfen, in seine spirituellen ... Wie das bei den Männern ankommt: Die gehört doch nur ordentlich ...

Domina-Typ: Der gehört doch nur ordentlich ... Wie das bei den Männern ankommt: Ich auch, bitte!

Viktor versteht, was ich meine, ist aber nicht überzeugt. »Und stattdessen haben wir jetzt was? Einen Fernfahrer, einen Schmuse-Schwulen und einen Sadomaso-Typen? Na, wenn das kein repräsentativer Querschnitt der Homo-Szene ist.«

Was soll ich sagen? Dass die Macho-Hierarchie davon ausgeht, dass auch noch der letztklassigste Mann vor der besten Frau kommt? Es sei denn, er ist schwul, dann kommt er nach den Frauen? Ich gehe davon aus, dass Viktor das genauso weiß wie ich. Warum ihn also damit belasten, es auszusprechen?

»Wie ich höre, drohst du, meinen zukünftigen Schwiegersohn zu erschießen.« Es ist Joe und er ruft zu einem ganz schlechten Zeitpunkt an. Nicht genug damit, dass ich eine fette Nachzahlungsrechnung in der Post hatte, habe ich Hunger und wollte mir gerade etwas zu essen machen. Und weil ich dabei einen Topf aus einem bodennahen Küchenkästchen holen wollte, bin ich beim Läuten des Telefons in die Höhe und mit dem Kopf direkt in eine offenstehende Kästchentür geschossen. »Scheiße!«, sage ich deshalb vernehmlich in den Hörer.

»Ja, hallo«, knurrt Joe.

»Tut mir Leid.« Ich erkläre den Ausrutscher und er ist beruhigt.

»Du, wegen letztens …«

Meinem schmerzenden Schädel zum Trotz versuche ich mich zu erinnern. Was war »letztens«? Ah ja. Erst hat er so getan, als wollte er mit mir über Inge reden, dann hat er plötzlich den Schwanz eingezogen und es so aussehen lassen, als hätte ich versucht, ihn dazu zu überreden. »Du, ich kann mich nicht an jedes Wort erinnern, das wir gewechselt haben.«

»Dann ist es ja gut«, meint Joe. Würde mein Magen nicht so knurren, könnte ich ihn grinsen hören.

»Wolltest du mich vielleicht zum Essen einladen?«, frage ich hoffnungsvoll. Ich gehe davon aus, dass er allein ist, sonst hätte er gar nicht erst angerufen. »Du darfst mir auch deine Eheprobleme erzählen, wenn du willst.« Das überhört er netterweise, und eine halbe Stunde später sitzen wir einander in der »Waldviertler Stub'n« gegenüber, die genau zwischen unseren Wohnungen liegt und eine gebackene Leber aufzuweisen hat, wie ich sie gerne mag.

Nach ein bisschen Small-Talk nuschelt Joe in sein Bier: »Wie kommst du darauf, dass ich Eheprobleme habe?« Das verdient keine Antwort, deswegen sage ich auch nichts. »Nur, weil ich mich mit dir treffe, muss ich noch keine Probleme mit Inge haben.« Ich widme mich meiner Leber. »Hat Melanie was gesagt?«

»Joe. Wie lange kennen wir uns?«

»Na und? Ich hatte noch nie vorher Eheprobleme.«

Das verschlägt mir die Sprache. Was soll ich sagen? Dass ich seine Ex-Frau bin? Dass unser Eheproblem seine jetzige Frau war?

»Ich meine natürlich mit Inge«, korrigiert er sich ein bisschen spät.

»Ah«, ist alles, was ich herausbringe.

»Tut mir Leid«, versucht es Joe noch einmal. »Das ist nicht leicht für mich.«

Spät, aber doch klärt sich etwas in meinem Kopf. Vielleicht hat Joe beim letzten Mal tatsächlich den falschen Ton getroffen, aber inhaltlich hatte er voll recht. Eigentlich will ich wirklich nicht wissen, wie es ihm mit meiner Nachfolgerin geht (jedenfalls nicht von ihm). »Das ist, weil es falsch ist«, erkläre ich ihm, und es bricht mir das Herz, dass er mich sofort versteht. Er nickt langsam. »Bisschen pervers, hm? Und ich dachte, ich würde so was nie machen.«

Ich weiß genau, was er meint. Joe und ich haben uns früher oft darüber mokiert, dass es der Gipfel der Geschmacklosigkeit ist, die alte Freundin über die neue anzuseihern, wie das viele Männer so gerne tun und wobei viele Frauen tatsächlich mitspielen. Und dann haben wir uns immer gefragt, wie es dazu kommen kann. Jetzt kennen wir zumindest eine Variante: Die Männer haben niemand anderen, mit dem sie so gut reden können, und die Frauen fühlen sich wichtig beim Zuhören (und sind selbstredend nicht abgeneigt, Negatives über die andere zu erfahren). Wir beschließen, diese Erfahrung doch auszulassen.

»Ich weiß überhaupt nicht, warum du so Schwierigkeiten mit deinem Programm hast«, meint Joe abschließend. »Wir zwei sollten genug Stoff für zwei Abende bieten.« Wenn ich es recht bedenke, ist das gar keine so schlechte Idee. Allerdings müsste ich wahrscheinlich das Copyright mit Inge klären.

Zwei Tage später gehen Melanie und ich ins Kino, um uns die geistlose Komödie des Sommers anzusehen (ich bin, wie gesagt, nicht heikel, und Melanie ist erst zwölf und damit entschuldigt). Der Film ist nicht wirklich überfrachtet mit Lachern, und in der obligatorischen Sequenz zehn Minuten vor Ende, in der es so aussieht, als wäre zwischen den beiden Hauptdarstellern alles aus, ist die einzige Unterhaltung das schrille Quietschen, das mittendrin aus der letzten Reihe zu hören ist. »Bei so einem Film macht sich jeder seine Unterhaltung, so gut er kann«, flüstere ich meiner Tochter ins Ohr, die sich prompt in ihrem Sitz in die Höhe stemmt und umdreht, um zu sehen, wer es hier so lustig hat. Fast im selben Moment plumpst sie mit einem leisen Schreckenslaut wieder herunter.

»Was ist los?«, frage ich beunruhigt. Hat sie einen Schwarm von ihr mit einer anderen gesehen?

»Scht!«, macht sie und heftet ihre Augen auf die Leinwand, auf der sich das Missverständnis zwischen Ihr und Ihm anschickt, sich aufzuklären. Diskret versuche ich, auch einen Blick auf die letzte Reihe zu erhaschen, doch ohne Hochstemmen geht das nicht, und so weit will ich nicht gehen. »Du solltest nach vorne sehen«, zischt meine Tochter ungnädig, »sonst sagst du nachher wieder, der Film war schlecht, weil du dich nicht ausgekannt hast.«

»Das brauche ich nicht«, zische ich zurück, »er ist in jedem Fall schlecht.« Davon abgesehen jedoch gebe ich Ruhe bis zum Schluss. Das heißt, wir warten den kompletten Abspann ab, wie wir das immer tun, weil ich gerne weiß, wer wen gespielt hat. Gewöhnlich gehen wir um die Musik-Credits herum, doch Melanie rührt sich nicht von der Stelle. »Sollen wir gehen?«, frage ich schließlich.

»Noch nicht.« Sie scheint fasziniert vom MGM-Zeichen auf der Leinwand, doch ich glaube zu wissen, was hier gespielt wird: Sie will sichergehen, dem Typen aus der letzten Reihe nicht zu begegnen. Also bleibe ich brav sitzen und tue so, als würde ich nicht ein Adlerauge auf den Mittelgang haben. Schließlich geht das Deckenlicht an. »Komm, er hat genug Zeit gehabt, einen Abgang zu machen«, sage ich und stehe auf. Die letzte Reihe hat allerdings offenbar dieselbe Strategie wie Melanie verfolgt, und so stehe ich plötzlich Auge in Auge mit Inge, neben der ein deutlich jüngerer Mann im Moment recht schaf-ähnlich aussieht.

Eines muss man Inge lassen: Sie ist kaltblütig, wenn es darauf ankommt. »Hallo, Anna«, sagt sie kühl. »Hallo, Melanie. Das ist Georg, ein Arbeitskollege.«

Jetzt erst begreife ich, dass Melanie mit dem Sitzenbleiben genau dieses Treffen bezweckt hat. »Und?«, strahlt Melanie den Unglücklichen an. »Haben Sie den Film auch so lustig gefunden wie Inge?« Das Schäfchen murmelt etwas Unverständliches, doch Melanie hat sowieso schon das Interesse an ihm verloren und verabschiedet sich stattdessen angelegentlich von ihrer Stiefmutter. »Ciao, Inge. Lass Papa schön grüßen.« Damit ergreift sie meine Hand und hüpft die Stiegen hinunter.

»Ich hab's gewusst: Sie betrügt ihn!«, kräht sie, sobald wir auf der Straße sind.

»Nur weil sie mit einem Arbeitskollegen ins Kino geht …«, setze ich an, doch Melanie ist nicht aufzuhalten. »Ich hätte sie fragen sollen, worum es in dem Film gegangen ist«, überlegt sie lautstark vor sich hin. »Oder was so lustig war, dass sie so quietschen musste.«

»Ich glaube, es ist auch so deutlich rübergekommen«, vermerke ich.

Melanie schaut mich entgeistert an. »He, dir muss es nicht peinlich sein. Niemand hat dich mit deinem Lover im Kino erwischt.«

Stimmt. Trotzdem ist mir die ganze Sache unangenehm, da hat meine scharfsichtige Tochter völlig recht. Zum Teil möchte ich einfach nicht in Joes und Inges Privatleben hineingezogen werden, aber da ist noch etwas anderes …

»Warte, bis ich das Papa erzähle!«

Das ist es: Ich will nicht, dass Joe verletzt wird. Jedenfalls nicht durch mich oder durch mein Kind. »Bist du sicher, dass das nett ist?«, frage ich deshalb.

»Mir doch wurscht! Sie betrügt ihn und ich soll nett zu ihr sein?«

»Nicht zu Inge. Zu Papa.«

Pause. Dann leise: »Aber ich kann ihn trösten. Du kannst ihn trösten.«

»Nein, Melanie, mein Herz, ich kann ihn nicht trösten.« Zwölf ist ein Alter voller Überraschungen. Während ich mich seelisch darauf vorbereite, dass sie zu weinen beginnt, konstatiert sie fassungslos: »Du willst, dass ich den Mund halte, damit du keine Scherereien hast.« Was soll ich tun? Wenn ich sage, dass ich Joe beschützen will, glaubt sie mir nie, dass ich nichts mehr von ihm will. Wenn ich sage, dass sie Recht hat, bin ich ein gefühlloses Schwein. »Stimmt«, sage ich. »Ich habe schon genug Scherereien gehabt mit den beiden.«

So einfach ist es in Wirklichkeit natürlich nicht, aber das sage ich meiner Tochter nicht. Den ganzen nächsten Tag zucke ich zusammen, wenn das Telefon klingelt, weil ich fürchte, dass es Joe ist, und ich nicht weiß, was ich ihm sagen soll (oder eher, was ich ihm nicht sagen soll). Nehmen wir an, ich erzähle ihm von meiner unheimlichen Kino-Begegnung der dritten Art, wird er dann nicht vielleicht glauben, ich würde Inge schlecht machen? Und wenn ich es ihm nicht erzähle und er kommt später drauf, dass ich von der Affäre (immer

vorausgesetzt, es ist eine, aber dieses Quietschen …)
gewusst habe, wird er dann nicht das Gefühl haben,
ich hätte ihm etwas Wesentliches verschwiegen? Ich
meine, solange ich keinen Kontakt mit ihm habe, ist
das alles kein Problem. Kein Mensch kann von mir verlangen, dass ich meinen Ex-Mann extra anrufe, um ihn
über das Arbeitsverhältnis seiner jetzigen Lebenspart-
nerin mit einem Schaf aufzuklären. Aber was ist, wenn
er anruft? Eben. Deshalb reißt es mich bei jedem Läuten.

»Ja?«, frage ich zögernd in den Hörer.

»Seit wann meldest du dich so komisch?«, fragt Fred
am anderen Ende der Leitung.

»Du bist es!«, stelle ich erleichtert fest.

»Freust du dich?«, fragt er überrascht.

Natürlich freue ich mich. Er ist nicht Joe. Aber das
kann ich nicht sagen. »Warum soll ich mich nicht freu-
en?«, frage ich stattdessen zurück. »Ich darf nur mit dir
schlafen, aber mich nicht freuen, wenn du anrufst?«

»Nein, nein, das ist schon okay. Ich meine, es ist
nett«, stammelt Fred. Der Ärmste. Da ruft er wegen
ein bisschen Sex an und hat plötzlich eine Grund-
satzdiskussion am Hals. Und kann gar nichts dafür.
Wie die Jungfrau zum Kind … nur eigentlich umgekehrt … Ich bin etwas abgelenkt und kriege erst jetzt
mit, dass Fred etwas von einem Restaurant redet. Was
wird das? Eine neue Idee von ihm? Was immer es ist,
ich vögle nicht in der Öffentlichkeit – auch nicht auf
dem Klo eines Nobellokals. »Was?«, frage ich etwas
lauter als nötig.

»Nur weil ich vorschlage, vorher noch etwas Nahrung zu uns zu nehmen, musst du nicht gleich kreischen«, meint Fred beleidigt.

Nahrung vorher? Hat er mich etwa zum Essen eingeladen? »Du willst essen gehen?«, frage ich sicherheits-halber nach.

»Das tut man gewöhnlich in Restaurants.«

»Ah. Na dann. Gut. Wann?«

Wie sich herausstellt, ist »Nahrung zu sich nehmen« ein irreführender Ausdruck für diese Art von Etablisse-ment: Stoffservietten, Kerzenlicht, das Gedeck zu fünf Euro und keine Hauptspeise unter 23. Und ich sitze da in Jeans. »Du hättest sagen können, dass wir in einen Gourmet-Tempel gehen«, flüstere ich Fred zu, der zu-gegebenermaßen auch in Freizeitkluft ist.

»Ich wollte nicht, dass es so förmlich wirkt«, erklärt mir mein permanenter One-Night-Stand, während er die Karte studiert.

»Dann hätten wir zum Würstelstand gehen sollen.«

»Was meckerst du? Wenn ich schon einmal dazu komme, esse ich lieber ordentlich.«

»Du tust, als würdest du sonst immer nur zwischen Tür und Angel eine Wurstsemmel konsumieren.«

»Naja, meistens ist das auch so.«

Stimmt, Spitalsärzte haben ja so lange Schichten. Ich erinnere mich, darüber gelesen zu haben. Und in »Emergency Room« war es auch einmal Thema. »Und kommst du da zum Schlafen zwischendurch? Ich mei-ne, außer mit den Schwestern?«

»Ich schlafe nicht mit den Schwestern!«, faucht Fred. Was regt er sich so auf? Es war nur ein Scherz, und das sage ich auch. Und auch, dass ich es einfach nicht ge-wohnt bin, mit ihm Konversation zu machen.

»Wir müssen ja nicht ›Konversation machen‹«, be-findet Fred. Sondern? »Du kannst mir doch auch was von dir erzählen. Was ist jetzt mit deinem Fernsehpro-gramm?«

Häh?

»Na, du solltest doch irgend so ein Programm machen. Das hast du doch einmal erwähnt …«

»Mein Kabarettprogramm?«

»Ja! Ich wusste doch, dass es so was war. Wann ist es denn soweit?«

»Erst im Herbst. Ist noch eine Weile hin, Gott sei Dank.«

»Und was wirst du machen?«

»Weiß ich noch nicht.«

»Hm.« Dankenswerterweise kommt in diesem Moment ein kleiner »Gruß aus der Küche«, der aussieht wie ein Kleiner Espresso, sich aber als Erdäpfelschaumsuppe in einer Mokkatasse entpuppt. Nach dem ersten Schluck ist das Tässchen leer. »Enttäuscht ein bisschen im Abgang«, bemerke ich mit einem tiefen Blick in mein Geschirr, doch Fred ist völlig damit beschäftigt, die Weinkarte zu studieren. Dafür hatte er vorher keine Zeit, weil er mit mir Konversation gemacht hat. »Was hältst du von einem Grünen Veltliner vom Jurtschitsch?«, fragt er. Eigentlich bin ich eine Schankwein-Frau, aber wenn er zahlt, soll's mir recht sein.

Danach kommt unsere Vorspeise, bei der sich die Karte als grammatikalisch völlig korrekt erweist. Die »Überbackene Jakobsmuschel«, die da steht, ist auch auf dem Teller in der Einzahl, Freds »Schnecken an Weißwein-Sauce« haben da mehr Glück: Sie sind immerhin zu zweit. Auch der Küche scheinen die Portionen peinlich zu sein, denn kurz danach kommt wieder ein unbestelltes »Amuse gueule« (irgendwas mit Kochbananen und Ingwer in der Größe einer Praline). Der Vorteil der ganzen Esserei auf Raten ist, dass man kaum zum Reden kommt. Die Hauptspeise ist sogar groß genug, um uns andächtige zehn Minuten zu beschäftigen.

Irgendwie schaffen wir während des restlichen Essens schließlich doch, uns zu unterhalten. Wenn man bedenkt, dass wir bisher vermieden haben, offiziell unsere Nachnamen zu wissen, läuft es sogar ganz gut. Fred gibt Geschichten aus dem Spitalalltag zum Besten, ich aus der Redaktion und miteinander ergibt das so viele Verrückte, dass wir locker noch ein paar Stunden bestreiten könnten. Wollen wir aber nicht. Wir wollen ins Bett. Ich jedenfalls. Ich habe genug von Fred, dem Konversationsgenie. Wenn ich mich unterhalten will, rufe ich Viktor an oder Angelika oder … tja, Joe. Von Fred will ich das, was mir die alle nicht geben können.

Doch als wir endlich bei Fred zu Hause sind, geht die Agonie weiter. Statt mir wie üblich die Kleider vom Leib zu schälen, sobald die Tür ins Schloss gefallen ist, zieht er sich gerade einmal die eigenen Schuhe aus, walzt ins Wohnzimmer und fragt, ob ich auch einen Cognac möchte. Ich folge ihm bis zur Tür. Er winkt mit einem Schwenker und wiederholt: »Cognac?« – »Du musst mich nicht betrunken machen«, erkläre ich ihm, »ich bin völlig willig«.

Aber er nicht. »Müssen wir ständig übereinander herfallen wie die Tiere?«

»Äh.« Also, wenn er mich so fragt … Momentan wollen mir partout keine Alternativen einfallen. Außer heimzufahren. Die wird dafür immer attraktiver. Um mit Danny Glover zu sprechen: Ich werd zu alt für den Scheiß. »Was wird das?«, frage ich und bemühe mich erst gar nicht, meine steigende Frustration zu verbergen.

»Nichts. Ich dachte …«

Doch weiter kommt er nicht. »Eben. Seit wann denkst du? Ich meine, seit wann denkt sich irgendeiner von uns was, ha? Die Idee dahinter ist simpel: Sie heißt

Sex. S-E-X. Wie in aller Welt kommst du also dazu, dir was zu denken? Bist du draufgekommen, dass du eine Ehefrau brauchst, oder was ist?« Der letzte Satz soll Fred nur endgültig die Absurdität seines Verhaltens vor Augen führen. Ich bin entsprechend überrascht, als er stattdessen knallrot wird. »Das ist jetzt nicht wahr«, behaupte ich, doch Fred war nur kurz überrumpelt. Jetzt geht er zum Gegenangriff über. »Und wenn? Was wäre so schlimm daran?«

»Du bist doch verrückt!«, schreie ich.

»Warum nicht? Du kennst mich doch gar nicht – vielleicht passen wir super zusammen! Immerhin wissen wir schon, dass es im Bett gut klappt!«, schreit Fred zurück.

Ich reiße den Mund auf, um zurückzubrüllen – aber es kommt nichts. Mir fällt einfach nichts darauf ein. Irgendwie hat er sogar Recht. Ich meine, in Zeiten, in denen weder finanzielle Versorgung noch gesellschaftlicher Druck irgendjemanden zur Eheschließung zwingen, muss man wohl annehmen, dass die meisten Leute aus Liebe heiraten. Aber wenn man sich die Scheidungsraten so ansieht, sollte man eher davon ausgehen, dass es der Großteil doch wegen des weißen Kleides tut. Letztens habe ich gelesen, dass irgendein Fotograf neben Hochzeitsalben jetzt auch Scheidungsmappen anbietet, weil die mindestens genauso oft anfallen.

»Anna! Geht es dir gut?« Fred ist aufgesprungen und führt mich zum Sofa. Erst jetzt bemerke ich, dass ich die ganze Zeit über mit offenem Mund wie ein Weihnachtskarpfen dagestanden bin.

»Alles okay«, versichere ich ihm. »Mir ist nur nichts eingefallen, was ich darauf hätte sagen können.«

Fred grinst. »Siehst du, wir sind nicht nur gut im Bett, ich bringe dich auch zum Lachen. Und wo wir schon auf der Couch sind …«, meint er und endlich ist Schluss mit dem Gequatsche.

»Und was ist in ihn gefahren?«, fragt Viktor, als ich ihm die Geschichte erzähle.

»Das willst du nicht wissen.«

»So was Blödes, jetzt will ich es auf jeden Fall wissen.«

Klar will er das. Und ich erzähle es ihm, obwohl ich weiß, dass das keine gute Idee ist.

»Scheiße«, sagt er erwartungsgemäß, als ich fertig bin. Viktor hat eine Heidenangst vor Krankheiten. Fred auch, wie sich im postkoitalen Gespräch herausgestellt hat. Und bei dem Kongress in Norwegen einen ehemaligen Studienkollegen zu treffen, der gerade seine dritte Chemo überstanden hat, eine Glatze hat und aussieht wie der Gehilfe vom Sensenmann, hat es nicht wirklich besser gemacht. Den Rest hat es ihm aber gegeben, als besagter Kollege ihm am Abend in der Hotelbar eröffnet hat, was ihn am meisten schmerzt: dass er niemand hat, der ihm die Hand hält.

»Wie kannst du es wagen«, schnieft Viktor, »mir eine solche Kitschgeschichte aufzutischen.« Es ist Viktor nicht peinlich, vor anderen Leuten zu weinen, er tut es nur lieber aus einem psychologisch anspruchsvolleren Grund. Ich zucke reumütig die Achseln. »Das Leben ist ein Schwein«, gebe ich zu. »Andererseits: Es ist doch gut zu wissen, dass auch Männer – Hetero-Männer, wohlgemerkt – Torschlusspanik kriegen können.«

Viktor rempelt mich in die Rippen. »Du bist unmöglich«, lacht er.

Das kann Fred nicht behaupten – aus dem einfachen Grund, dass er nicht genug über mich weiß. Nicht dass jemand auf die Idee kommt, er wäre naiv: Er ist der

Erste, der das zugibt. Deshalb ja der ganze Almauftrieb mit dem Restaurant und dem (missglückten) Couchgespräch. Er meint, wenn wir uns näher kennenlernen, kommen wir vielleicht drauf, dass wir eigentlich hervorragend zueinander passen. Immerhin ist erotische Anziehung ein wesentlicher Faktor in einer Beziehung, wie er mir erklärt hat. Und wir müssten ja nicht unbedingt heiraten, eine ernstzunehmende Beziehung wäre ja immerhin auch schon was (obwohl ich vermute, dass er in seiner derzeitigen Verfassung gerne hätte, dass ich vor Zeugen schwöre, ihn vor einer anstehenden Operation oder im Demenzfall nicht im Stich zu lassen). Im Übrigen werden wir, wie er nicht vergessen hat zu erwähnen, ja auch nicht jünger.

Ich schlurfe mit kleinen Schritten in die Küche (Melanie, die Gute, hat uns einen Handwerker geschickt, der die Türschwellen herausgenommen hat, damit ich leichter von einem Zimmer ins nächste komme), und setze mit zitternder Hand Teewasser auf. »Kamille oder Käsepappel?«, rufe ich ins Wohnzimmer. Keine Antwort, nur der Fernseher plärrt. Seufzend schlurfe ich zurück. »Kamille oder Käsepappel?«, frage ich. Fred wendet vorsichtig den Kopf, weil ihn diese Bewegung seit letzten Mai schmerzt, grinst mich an und sagt: »Ach was, leben wir doch ein bisschen gefährlich: Kaffee, bitte. Koffeinfrei.«

Das mit dem Älterwerden hätte Fred vielleicht lieber nicht ins Feld führen sollen, um mich zu überzeugen, uns eine Chance zu geben, aber immerhin bringt es mich auf eine Idee.

›Sehr geehrter Giacomo! Habe Ihre Glosse wie immer mit großem Genuss gelesen. Zum Schluss-Satz habe ich sozusagen eine spezielle Beziehung – meine Großmutter erzählt immer, dass mein Großvater vor fünfzig Jahren versucht hat, sie damit abzusägen (da hat er meine Oma aber schlecht gekannt, kann ich nur sagen). Hochachtungsvoll, Rudolf Meier.‹

Na also, darüber kann sich Viktor nicht beschweren. Ich kann Giacomos Ideen, wie man einen One-Night-Stand beendet, auch ohne Schwule alt aussehen lassen.

Der Vorteil dabei, dass mein Leben derzeit ständig von kleinen Krisen geschüttelt wird, ist, dass sie mich ablenken. So verschwende ich im Moment auch keinen Gedanken mehr an Joes Eheprobleme. Selbstverständlich ist das genau der Zeitpunkt, zu dem er anruft.

»Hey, hast du Zeit und Lust, mit deinem Ex-Alten essen zu gehen?«, fragt er etwas zu gut gelaunt. Das mit dem Ex-Alten ist wieder so ein interner Witz, seit er vor Jahren im Zug zwei 15-jährige Burschen belauscht hat, von denen der eine aus dem Fenster mit den Worten zeigte: »Schau, da geht meine Ex-Alte!«

»Hmm«, mache ich, um mir Zeit zum Nachdenken zu verschaffen.

»Musst du jetzt darüber nachdenken, ob du Zeit oder ob du Lust hast?« Er klingt irgendwie komisch, ein bisschen fieberhaft gut drauf.

»Ist irgendwas?«, erkundige ich mich.

»Was soll denn sein? Wir waren in letzter Zeit öfter miteinander aus, falls du dich erinnerst.«

Ich lasse einen Versuchsballon steigen. »Hat dir Inge erzählt, dass wir sie im Kino getroffen haben?«, frage ich so neutral wie möglich, ernte aber nur ein desinteressiertes: »Ja, sie war mit einem Arbeitskollegen. Sie hat mir die Grüße von Melanie ausgerichtet.« Das klingt nicht nach unmittelbar anstehender Scheidung, also habe ich Zeit (und Lust), mich mit ihm zu treffen.

Entgegen meinen Befürchtungen lässt sich der Abend sehr gemütlich an. Offenbar will sich Joe ausschließlich entspannen: kein Wort von Inge, und auch sonst nichts Unangenehmes. Wir reden über den Job, alte Bekannte und machen auf »Weißt du noch …?« Während all dem fließt großzügig ein ganz ausgezeichneter Rioja, sodass wir nach einer Weile beide schon ganz schön lustig sind. Während wir auf eine neue Runde warten, sagt Joe plötzlich: »Weißt du was? Ich glaube, Inge betrügt mich«, und prustet in sein fast leeres Glas.

Ich winke mit lockerer Hand ab. »Das ist noch gar nichts«, erkläre ich großspurig. »Fred will mich heiraten.« Zumindest bin ich nicht so betrunken, wie es aussieht. Mir fällt schon auf, dass Joe nicht lacht. Und dann fällt mir auch ein, warum nicht: Er weiß ja nicht einmal, wer Fred ist. Ich tätschle seine Hand und nicke begütigend. »Den kennst du nicht«, nuschle ich. »Mit dem schlafe ich eigentlich nur.«

Ziemlich ruckartig entzieht mir Joe seine Hand. »Und wieso weiß ich das nicht?«

Gute Frage. Da war irgendwas, das weiß ich. Ah, jetzt fällt's mir wieder ein: »Weil es dich nichts angeht. Wir sind geschieden.«

Joes Stirn legt sich in nachdenkliche Falten. Schließlich sagt er: »Das ist kein Grund. Du weißt ja auch von Inge.«

»Dass sie fremdgeht? Stimmt. Aber das hab ich schon vorher gewusst.«

Darauf Joe mit aufrichtigem Interesse: »Ehrlich? Woher?«

»Hab sie im Kino getroffen. Mit einem Schaf.«

Den restlichen Abend habe ich nur sehr verschwommen im Gedächtnis. Wenn ich mich recht erinnere, hat Joe immer wieder unvermittelt »Mäh, mäh« gerufen und wir haben viel gelacht. Dann hat er mich im Taxi mitgenommen und, glaube ich, vor der Haustür geküsst, aber genau weiß ich es nicht mehr.

Am nächsten Tag in der Redaktion klingelt mein Handy. »Hast du gestern gesagt, du willst heiraten?«, fragt Joe ohne Einleitung.

Ich werfe einen Blick auf die Kollegen. Ganz sicher führe ich hier kein Privatgespräch, das über eine Einkaufsliste oder einen Kinobesuch hinausgeht. »Ich kann jetzt nicht«, sage ich deshalb.

»Dann treffen wir uns am Abend.«

Das geht auch nicht. Melanie hat sich beschwert, dass ich in letzter Zeit so oft weg bin, und ich habe versprochen, das einzudämmen. Heute Abend haben wir beschlossen, damit anzufangen. Für Joe ist das leichter – seine Mutter wohnt gleich um die Ecke und brennt nur so darauf, seine Kinder zu hüten, obwohl ich nicht weiß, ob sie es auch so bereitwillig täte, wenn sie wüsste, was er und Inge in dieser kinderfreien Zeit so treiben. Ich darf mich aber nicht beschweren: Für ihr Alter ist Melanie extrem selbstständig und gegen etwas erweiterte Fernseh-Privilegien sehr oft dafür zu haben, mir Ausgang zu gewähren. Umso wichtiger ist es, sie nicht zu ignorieren, wenn sie einmal meckert.

»Dann ruf mich zumindest an, wenn du reden kannst«, verlangt Joe. Der hat Nerven. Hat er mich gefragt, was ich davon halte, dass er Inge heiratet? Oder besser noch: sie schwängert? Und jetzt soll ich Bericht erstatten? Das muss ich mir noch gut überlegen. Ich brumme etwas Unverbindliches und lege auf.

Melanie und ich schauen uns am Abend zum zwölften Mal »Ice Age 2« an, als das Telefon klingelt. Es ist Joe und er will »jetzt endlich wissen, was los ist«. Aber ich kann jetzt genauso wenig wie am Vormittag. Das Publikum hat sich gewandelt, aber es ist nach wie vor genau das: ein Publikum. Und sollte ich jemals in Hörweite meiner Tochter das Wort »Hochzeit« erwähnen, dann garantiert nur, wenn zumindest in meinem Kopf schon das Aufgebot steht. »Jedenfalls gibt es nichts, worüber du dich aufregen müsstest«, beruhige ich meinem Ex-Mann sonnig und verabschiede mich liebenswürdig, aber unerbittlich.

Wer hätte gedacht, dass ein unwillkommener Heiratsantrag so viel Spaß machen kann? Und könnte ich das Ganze nicht für mein Programm verwenden? Ich meine, wenn ich die Wahl habe zwischen einer Frau mit Ausschlag, die – aus welchen Gründen auch immer – eine Therapie braucht, und einer Frau, um die sich drei Männer reißen, weiß ich, was ich nehme. Daniels Rolle müsste man dabei natürlich ein bisschen anpassen. Die anderen beiden eigentlich auch, wenn ich mir's recht überlege: Am Ende kommen sie noch zu dem vermaledeiten Abend und finden sich 1:1 auf der Bühne wieder – nur von mir dargestellt. Da brauche ich nicht Eva dazu, um zu wissen, dass das so nicht geht. Das heißt aber nicht, dass ich die reale Situation nicht ein bisschen genießen darf.

»Und es hat nichts damit zu tun, dass du Joe quälen möchtest?«, fragt Eva bei der Sitzung am nächsten Morgen. Unsere letzte Session ist eine Weile her – Eva war im Urlaub und sieht ziemlich entspannt aus. Offensichtlich hat sie sich dabei auch gleich eine saloppere Ausdrucksweise zugelegt. Joe »quälen«? Ich würde gerne empört fragen, ob sie mich wirklich für so kindisch hält, aber ich fürchte, dass sie mir in ihrer neuen Post-Urlaubsoffenheit vielleicht eine ehrliche Antwort gibt, deshalb denke ich lieber still darüber nach. »Ich glaube nicht«, behaupte ich schließlich. »Ich meine, irgendwie hat Fred ja nicht ganz Unrecht. Viele Ehen, die aus Liebe geschlossen werden, gehen schief. Da sollten die Chancen für eine, bei der sich die Partner zumindest kennen und mögen, nicht so schlecht stehen.«

»Stimmt«, gibt Eva zu. Ich bin begeistert. Meine neue Sachlichkeit trägt Früchte: Ich kann mich nicht erinnern, dass sie mir bisher jemals in irgendwas zugestimmt hat. Bevor sich das warme Gefühl in meinem Bauch ausbreiten kann, setzt Eva nach: »Und magst du Fred?«

Ah. Eine Fangfrage. Woher soll ich das wissen? Ich meine, ich finde ihn attraktiv, sonst würde ich nicht mit ihm schlafen. Und ich kenne auch keine Macken von ihm, die mich in den Wahnsinn treiben würden, aber alles in allem sind die Zeiten, die wir nicht im Bett verbringen, so beschränkt, dass ich keine großen Aussagen über ihn machen kann. Natürlich ist das genau das, was Eva mir vor Augen führen wollte, aber ich tue so, als hätte ich ihre fiese Taktik nicht bemerkt. »Schwer zu sagen«, meine ich leichthin, »dafür kenne ich ihn nicht gut genug. Aber wir haben angefangen, daran zu arbeiten.« An etwas zu arbeiten, kommt bei Psychologen und so Leuten immer gut. Jedenfalls bei solchen, die nicht gerade aus dem Urlaub kommen.

»Ah. Und wie sieht dieses ›Arbeiten‹ aus?«, fragt Eva, wobei sie sich kaum Mühe gibt zu verbergen, dass sie neue Sex-Praktiken dahinter vermutet.

»Letztens hat er mich zum Essen eingeladen.«

»Ich weiß. Dabei hat er dich gefragt, ob du ihn heiraten möchtest. Habt ihr davor oder danach angefangen, an eurem Kennenlernen zu arbeiten?«

Ganz unvermutet werde ich böse. »Kann es sein, dass du mich nicht ernst nimmst?«, fauche ich sie an.

»Kann es sein, dass du mich verarschst?«, faucht sie zurück.

Jetzt bin ich überrascht. »Ich verarsche dich nicht«, stelle ich aufrichtig fest.

Das haut jetzt Eva vom Hocker. Kein Wunder. Wenn ich es ernst meine, ist ihre heftige Intervention (so nennt man das, wenn der Therapeut die Sau rauslässt, habe ich gelernt) nur schlechtes Benehmen. »Nein?«, fragt sie peinlich berührt. »Soll das heißen, du überlegst ernsthaft, es mit Fred zu versuchen?«

So weit würde ich wieder nicht gehen, aber was soll ich ihr erzählen? Dass es nach einer gescheiterten Ehe, jahrelanger Beziehungsereignislosigkeit und dem Flop mit Daniel einfach toll ist, dass nicht nur Fred sich vorstellen kann, es mit mir zu versuchen, sondern es Joe auch nicht egal ist? Und dass ich verdammt sein will, wenn ich dieses Gefühl früher auslasse als unbedingt nötig?

»Vielleicht«, sage ich. Nirgends steht, dass ich mit meiner Therapeutin mehr als mein Geld teilen muss.

»Jetzt weiß ich wieder, was ich dich schon die ganze Zeit fragen will«, fällt Hugo ein. »Hast du die Telefonnummer von dem Typen, den du damals so angeschmachtet hast?«

Ich will gerade erwidern, dass sie dem Mann, den ich jemals anschmachten sollte, gerade die Schrauben am Hals verpassen, als mir siedend heiß einfällt, dass ein solches Exemplar tatsächlich herumläuft. Und – noch siedender – dass Hugo ihn kennt. Ich sage trotzdem, dass ich generell keine Männer anschmachte, aber es klingt ein bisschen gepresst.

»Na, der Typ mit der Konzerteinladung, du weißt schon. ›Aber selbstverständlich komme ich gerne‹«, flötet mein Chef in einer unattraktiven Imitation meiner selbst. »Hat so ähnlich geheißen wie du.«

»Anna?«, schlage ich gereizt vor, doch so was prallt von Hugo ab wie subtile Bemerkungen von Paris Hilton.

»Sommer!«, ruft er triumphierend. »Daniel Sommer.«

Ich warte. »Und?«, erkundigt sich Hugo ungeduldig. »Hast du seine Nummer?« Ich lüge nicht einmal, wenn ich nein sage. Ich hatte nie eine – jedenfalls keine, die die Telefongesellschaft auch gekannt hätte. Aber selbst wenn, hätte ich sie inzwischen längst unter heidnischen Beschwörungsformeln verbrannt und ihre Asche in alle Windrichtungen verstreut. Hugo glaubt mir trotzdem nicht. Er glaubt vielmehr, dass ich sie aus reinem Platzhirsch-Gehabe nicht herausrücke (was Redaktionsdinge angeht, kennt mich Hugo besser als sonst jemand), deshalb erklärt er mir, wofür er die Nummer braucht: Erika, die freie Mitarbeiterin, die sehr viel für die Kultur arbeitet, hat überraschend eine fixe Anstellung gefunden und hört bei uns auf. Und weil Daniel doch damals so problemlos in die Bresche gesprungen ist, als ich krank wurde, und weil sein Artikel noch nicht einmal schlecht war (tja, Giacomo kann eben mehr als nur bumsen – genauer gesagt, kann er schreiben sogar besser), hat Hugo gedacht, man könnte ihn doch einmal fragen, ob …

»Ich hab trotzdem keine Nummer von ihm«, erkläre ich in einem Ton, der das Thema abschließen soll. »Na, auch egal«, erklärt Hugo, »wir finden ihn schon.«

Ich hab einmal wo gelesen, dass Götter erst dadurch entstehen, dass es Leute gibt, die an sie glauben und zu ihnen beten. Wenn das wahr ist, trage ich gerade meinen Teil zu dem netten alten Herrn mit dem langen weißen Bart bei, denn ich bitte ihn inständig, Daniel »Giacomo« Sommer für Hugo unauffindbar zu machen.

Ich nehme an, Gott weiß, was er von Leuten zu halten hat, die ihn nur anrufen, wenn sie etwas wollen. Oder er ist für Ungläubige sowieso nicht zu sprechen. In jedem Fall macht er offensichtlich keinen Finger für mich krumm, denn nur zwei Tage später hirsche ich in den Vorraum der Redaktion, um dem dringend erwarteten Fahrradboten die Tür zu öffnen, und finde mich Auge in Auge mit Daniel.

»Hallo, Anna«, sagt er mit einem zerknirschten Blick in mein finsteres Gesicht. Wie kann ein so fieser Typ so glaubwürdig einen reuigen Dackel nachahmen, frage ich mich. Reuig, weil er mitten auf den Perser gekackt hat, wohlgemerkt, aber doch reuig. Ich mache eine Bewegung in Richtung des Redaktionsinneren. »Hugo ist dort drin«, erkläre ich. Er macht den Mund auf, als wollte er noch etwas sagen, klappt ihn aber wieder zu, als ich ihn scharf anschaue. Stattdessen verschwindet er ohne weiteres Wort hinter Hugos Tür. Hugos und meiner Tür eigentlich, weil wir uns ein Büro teilen. Ich muss die Redaktionsräumlichkeiten augenblicklich verlassen. »Gehen Sie mit auf einen Kaffee?«, frage ich den Fahrradboten, der in diesem Moment in der immer noch offenen Eingangstür auftaucht. Geht er natürlich nicht, aber das ist auch nicht nötig. Ich stecke den Kopf ins Büro und verkünde, dass ich im Kaffeehaus gegenüber bin.

»Wartest du nicht auf den Boten?«, erinnert mich Hugo verwirrt.

»Der kommt mit«, behaupte ich. »Ich habe eine Schwäche für Fahrradboten«, erkläre ich den beiden verdutzten Männern vertraulich. »So stramme Beine.« Schnappe meinen Laptop und bin weg. Wie hieß es so schön in »Karate Kid«? »Beste Technik ist nicht hier sein.« Sehr weise, die alten Japaner.

Das Café gegenüber ist eigentlich kein Ort, der zum Verweilen einlädt. Streng genommen ist es auch kein Café, sondern ein Espresso, jene Erfindung der 50er Jahre für den raschen Kaffee zwischendurch. Ungefähr so, wie wenn Ronnie McDonald damals eine Kaffeehaus-Kette eröffnet hätte. Es besteht aus zwei Räumen, von denen der vordere von einer Theke und zwei Miniatur-Tischchen eingenommen wird, und der hintere es immerhin auf sechs Tischchen bringt. Gemeinsam sind sie fast so groß wie mein Wohnzimmer. Nicht nur das Mobiliar ist sortenrein aus den frühen Fünfzigern, auch der letzte Anstrich dürfte aus dieser Zeit stammen. Der Kaffee allerdings ist zum Niederknien, und das ganz ohne Schaum und George Clooney.

Sofern ein wöchentlicher Gesamtaufenthalt von einer Stunde bei durchschnittlich fünf Besuchen den Begriff »Stammgast« rechtfertigt, bin ich dort so was. Die meisten meiner Besuche finden in der Früh statt, bevor ich mich dem Gebräu ergebe, das in der Redaktion als Kaffee gilt. Zu meiner großen Überraschung finde ich den Cortison-Apotheker zeitunglesend an einem der Mikro-Tische. Bei meinem Eintreten sieht er auf und lächelt gleich darauf freundlich.

Ich grüße einigermaßen verlegen. Ich hasse solche Situationen: Wenn ich anbiete, mich zu ihm zu setzen, empfindet er mich vielleicht als aufdringlich, wenn ich mich an einen eigenen Tisch zurückziehe, hält er mich am Ende für arrogant. Er grüßt zurück und verfolgt interessiert, was ich jetzt mache. Das Etablissement ist zwar nicht voll, aber die einzigen beiden Tische, die noch frei sind, befinden sich direkt vor dem Klo.

Er lässt den Blick gemeinsam mit meinem schweifen. Dann fragt er: »Möchten Sie sich vielleicht zu mir setzen?«

Nettes Angebot, aber ich glaube nicht, dass neben seiner großformatigen Zeitung noch Platz für mich ist an seinem Tisch. »Ich würde die Zeitung auch weg legen«, bietet er an.

»Nein, nein, ich möchte nicht, dass Sie meinetwegen …«

»Ich lese nur Zeitung, weil es besser aussieht als an die Wand zu starren«, versichert er mir.

»Noch dazu an diese Wand«, flüstere ich, damit mich die Besitzerin nicht hört.

»Eben. Sie könnten die Aussicht also wesentlich verbessern.«

Na, bei solcher Schmeichelei kann man sich nur setzen. »Gut, dass hier keine Bilder hängen, sonst hätte ich vielleicht keine wesentliche Verbesserung erzielt«, fische ich ein bisschen nach einem echten Kompliment, aber nichts da. »Käme auf das Bild an«, meint er gelassen. »Abgesehen davon müsste es lebensgroß sein.«

»Ah. Ein Mensch, der auch Wert auf Quantität legt«, stelle ich fest.

Er beugt sich vor und macht auf vertraulich. »Das tun alle, aber die wenigsten geben es zu.«

»Size matters?«, frage ich und bereue es im selben Augenblick.

Er zuckt die Achseln. »Nicht?«

Bravo, Anna, gut gemacht. Keine fünf Minuten am Tisch eines fremden Mannes und schon mitten auf brennheißem Boden. Ich tue, was jeder zivilisierte Mensch tut, wenn er nicht mehr weiter weiß: Ich lächle höflich und wechsle das Thema: »Sind Sie öfters hier?«

Er lässt sich ein bisschen Zeit mit dem Antworten, damit ich merke, dass er schon weiß, was hier los ist. »Ab und zu.«

»Ich bin oft hier, aber meistens in der Früh. Ich arbeite gleich gegenüber.«

»Bei der Zeitung?«

»Ja.«

Das hat nicht den Effekt, den es auf die meisten Leute hat. Er wirkt weder beeindruckt noch interessiert. Erstaunlicherweise ärgert mich das. Ich meine, ich bin die Erste, die meine Arbeit heruntermacht, wenn jemand vom ›Traumberuf Journalist‹ zu schwärmen beginnt, aber ich bin gewöhnt, Anlass dazu zu haben.

»Ich mag Zeitungen nicht besonders«, meint er entschuldigend.

»Alle oder nur bestimmte?«

»Prinzipiell alle. Bestimmte mehr.«

»Die weniger?«, frage ich und deute auf die mittlerweile zusammengefaltete Großformatige.

»Die ist ein etwas geringeres Übel. Im Allgemeinen komme ich mit dem Teletext aus.«

»Tja, jedem sein Bildungsmedium«, sage ich säuerlich.

»Seien Sie nicht böse. Sie mögen doch Apotheken auch nicht«, behauptet er.

»Woher wollen Sie das wissen?«

»An der Art, wie Sie hereinkommen, wie Sie sagen, was Sie wollen …«

»Vor Ihnen haben mir zwei Ihrer Kollegen nur blöde

Sprüche statt eines Medikamentes gegeben, obwohl ich ein offensichtliches Leiden hatte«, verteidige ich mich.

»Abgesehen vielleicht von den ›Sprüchen‹ haben die sich völlig korrekt verhalten«, stellt er freundlich fest.

»Warum haben Sie mir dann das Cortison gegeben?«

»Ich bin manchmal gern unkorrekt.«

Ach Gott, einer von den Typen. »Ich bin gerne unkorrekt« fällt für mich in dieselbe Kategorie wie »Ich bin einer von jenen Menschen, die …« Was es auch immer ist, in der Wirklichkeit des Sprechenden ist es toll und dazu angetan, dem Gegenüber ein für allemal klar zu machen, mit was für einem Prachtexemplar es sich hier unterhält. Es mag Leute geben, die das mögen – so wie es Leute gibt, die im Hochsommer ärmellose Leibchen mit Rollkragen tragen –, aber ich gehöre nicht zu ihnen. Außerdem ist mein kleiner Brauner aus und die Unterredung zwischen Daniel und Hugo sollte es auch sein.

»Schön für Sie«, sage ich deshalb. Dann fällt mir ein, dass ich vielleicht wieder einmal Cortison von ihm brauche. »Und für mich natürlich«, setze ich eilig hinzu. Dann werfe ich einen Blick auf die Uhr und stelle fest, dass »die Pflicht ruft«.

»Tja«, meint er bedauernd. »Dann werde ich mich wohl wieder mit der Zeitung begnügen müssen.«

»Sie können ja zur Abwechslung ein bisschen an die Wand starren«, rege ich an.

»Ach nein, für die haben Sie mich verdorben.«

»Und? Was habt ihr ausgehandelt?«, frage ich möglichst unbeteiligt, als ich schließlich in eine Daniel-freie Redaktion zurückkehre.

»Nichts Besonderes. Freie Mitarbeit. Du hättest ruhig hier bleiben können«, grummelt Hugo.

»Ich wollte die Zeit für den Boten nützen.«

144

Hugo schnaubt belustigt. »Der Typ hat allen Ernstes gefragt, ob du wirklich für Fahrradboten schwärmst!«

Ich schnaube mit. »Und? Was hast du gesagt?«

»Dass mich deine Bettgeschichten weder was angehen noch interessieren«, erwidert Hugo mit Nachdruck. Ich grinse. Intern kann Hugo ein ziemliches Ekel sein, aber niemand kann ihm vorwerfen, dass er nicht hinter seinen Mitarbeitern stünde, wenn die Umstände es verlangen.

Als Melanie am Abend vom Videoclip-Dancing heimkommt, ist sie total überdreht. Sie wieselt in der Wohnung herum, bietet an, Spaghetti zu kochen, stellt das Wasser zu, dreht es aber nicht auf, vergisst das Kochen dann ganz, tanzt mir stattdessen den neuesten Videoclip vor, hopst allgemein herum und nervt, bis sie – als ich routinemäßig frage, ob es etwas für mich zu unterschreiben gibt – in Tränen ausbricht. Wie sich herausstellt, soll ich zum Klassenvorstand kommen. Laut ihrer Darstellung hat sie sich »ein bisschen mit Sandra gestritten«. »Ich soll zur Aumüller, weil du dich mit deiner Freundin streitest?«, frage ich ungläubig. »Naja, ich hab sie geschubst«, schnieft mein Kind. Darauf sage ich nichts. Ich warte. »Naja, sie hat ein bisschen geblutet.« Geblutet? »Was hast du gemacht?«, frage ich ziemlich laut. »Nichts, es war ein Pech. Ich hab sie gestoßen – da ist Blut aus ihrer Nase gekommen.« Na super. Fängt jetzt das an, was mir alle prophezeit haben? Dass die Pubertät gerade aus den besonders Braven die Allerschlimmsten macht, weil sie all die Jahre, die sie mit Angepasst-Sein verplempert haben, dann auf einmal nachholen? »Und worum ist es bei dem Streit gegangen?«, frage ich, quasi fürs Protokoll, doch darüber weigert sie sich eisern zu reden.

Helene Aumüller, Melanies Deutsch-Professorin und Klassenvorstand, weiß es auch nicht, als ich am nächsten Tag bei ihr vorstellig werde. Wie sie mir erklärt, hätte sie mich auch nicht zu sich gebeten, wenn es sich um einen »singulären Vorfall« gehandelt hätte. »Hat es nicht?«, frage ich mit einiger Überraschung. Soll das heißen, mein Kind prügelt sich schon länger und ich erfahre es erst jetzt? Das gerade nicht, aber es soll heißen, dass Melanie und ihre gute Freundin Sandra in letzter Zeit öfters aneinandergeraten, und zwar derart, dass die ganze Klasse es mitkriegt. Na schön. Aber zu solchen Streitigkeiten gehören ja wohl zwei.

»Und was sagt Sandras Mutter dazu?«, frage ich, fest überzeugt, dass niemand auf die Idee gekommen ist, die vierfache Vorzeigemutter mit diesen Dingen zu behelligen.

Die Aumüller fasst mich stählern ins Auge. »Sie wollte ein Schulausschlussverfahren, aber ich hielt es für angebracht, erst einmal mit Ihnen zu sprechen«, erklärt sie mir. Ah. So ist das. Ich muss quasi froh sein, herzitiert worden zu sein. »Sehr christlich«, murmle ich.

»Tja, es ist schwer, die andere Wange hinzuhalten, wenn die eigene Tochter aus der Nase blutet«, meint mein Gegenüber. Irre ich mich oder klingt das ein kleines bisschen hämisch?

»Ich fürchte, es könnte bei den Streitigkeiten um Familienplanung gehen«, lasse ich einen Versuchsballon steigen.

»Was? Die Mädchen sind doch erst zwölf!«

»Schon, aber Melanie hat Angst, sie könnte später keine ordentliche Familie haben, weil ihr Vater und ich geschieden sind«, erkläre ich milde.

»So ein Unsinn! Wie kommt sie denn darauf?«

Ausgezeichnet. Völlig richtige Frage – und genau

hinein in meine Gasse. Es ist eine Schande, Leute so zu manipulieren, vor allem, wenn es so einfach ist. Ich bleibe bei dem sachlich-schüchternen Ton. »Sandra hat es ihr eingeredet. Irgendeine Studie oder so … Melanie und ich haben vor kurzem darüber geredet, weil sie geweint hat.«

Aumüller schweigt, aber man kann sehen, wie sie denkt. Dann schaut sie mich an und ich komme mir vor, als wäre ich wieder Schülerin und zur Frau Direktor bestellt worden. »Und hatte Melanie auch eine blutige Nase?«, fragt sie. Diesmal herrscht kein Zweifel an der sarkastischen Natur ihres Untertons. Ich hab's gewusst, konnte mich aber nicht beherrschen: Das mit Melanies Weinen war ein Fehler, das war zu dick aufgetragen, auch wenn es wahr ist. – Ich gebe also zu, dass die Flüssigkeiten, die meine Tochter zu dem erwähnten Anlass abgesondert hat, allesamt mehr oder weniger klar, keinesfalls aber rot waren.

»Dann schlage ich vor, Sie erklären ihr den Unterschied zwischen verbalen Attacken und Brachialgewalt«, meint die Aumüller. »Das ist immerhin ein Wissen, das sie auch im weiteren Leben brauchen kann.« Dann lächelt sie. »Ich habe mir schon so was gedacht. Melanie ist sonst ein sehr liebes Mädchen. Grüßen Sie sie von mir und sagen Sie ihr, es ist alles in Ordnung, aber sie muss sich in Zukunft beherrschen.«

»In Zukunft muss sie sich beherrschen«, sage ich streng und lege auf. »Das war Sandras Mutter«, weihe ich Melanie ein und nehme ihr das blutige Taschentuch weg, um es unter der Wasserleitung zu kühlen. Meine Tochter hat den Unterschied zwischen verbaler und klassischer Gewalt blitzartig verstanden. Schon am nächsten Tag hat sie Sandra dazu gebracht, ihr eins auf die Nase zu geben. Vielleicht hätte ich ihr doch nicht anvertrauen sollen, dass Sandras Vater der jungen Englischlehrerin immer in den Ausschnitt glotzt.

Als Joe anruft und entnervt feststellt »Wir müssen reden«, verstehe ich ihn völlig falsch.

»Ach was, es ist doch schon vorbei«, wiegle ich ab.

»Du willst also nicht mehr heiraten?«

»Was? Wovon redest du?« Aber er muss gar nicht erklären, worum es geht – mir fällt es nämlich gerade selbst wieder ein. Daraufhin will er natürlich wissen, wovon ich rede, also erzähle ich ihm kurz von Melanies Ausflug ins Brutalo-Milieu. Der Ausgang der Geschichte erheitert ihn zwar, aber gleich darauf ist er wieder ernst.

»Und was ist jetzt mit der Hochzeit?«, fängt er von vorne an.

»Es gibt keine Hochzeit«, seufze ich, »jedenfalls ziemlich wahrscheinlich nicht«. De facto bin ich einfach noch nicht dazu gekommen, mich mit Freds Idee ernsthaft auseinanderzusetzen. Dabei fällt mir auf, dass er sich in den letzten Tagen nicht gerührt hat, wie ich ihn gebeten habe. Guter Junge. Es scheint ihm ernst zu sein.

»Was gibt es da noch zu überlegen?«, fragt Joe in meine Gedanken hinein. »Möchtest du ernsthaft jemanden heiraten, von dem du es dir so wenig vorstellen kannst?«

Das geht jetzt zu weit. Er mag recht haben, aber das heißt noch lange nicht, dass er es mir auch sagen darf. »Nicht jedem von uns wird die Entscheidung so leicht gemacht«, erinnere ich ihn daran, dass der Auslöser seiner Ehe Inges Schwangerschaft war. Zugegeben, in jeder Beziehung ein Schlag unter die Gürtellinie.

»Es wäre nie so weit gekommen, wenn …«, setzt Joe an, unterbricht sich jedoch sofort. Einen Moment lang sagen wir beide nichts. Wer hätte gedacht, dass sich so abrupt ein Abgrund vor einem öffnen kann? Am jeweils anderen Ende der Leitung stehen wir davor und halten den Atem an, damit wir nicht doch noch durch eine ungeschickte Bemerkung hineinstolpern. Joe findet als erster festen Boden – quasi. »Ich glaube, Inge betrügt mich«, sagt er.

Ich bin nahe daran zu fragen, ob der Glückliche mein Fred ist, und wenn nicht – wie ich vermute –, was mich das sonst angeht, aber dieser Mann und ich waren einmal beste Freunde, also frage ich, ob er sich sicher ist. Nicht ganz, wie sich herausstellt, aber ziemlich. Er weiß nicht, mit wem (ich schon, aber ich beschränke mich diesbezüglich darauf, nur zu reden, wenn ich gefragt werde). Zur Rede gestellt hat er sie noch nicht, er weiß selbst nicht genau, warum (könnte ich ihm sagen, tue ich aber nicht, weil es so banal ist, dass er es im Grunde sicher selbst weiß: Solange er es nicht offiziell weiß, muss er sich nicht überlegen, was er tun soll). Stattdessen überrasche ich mich selbst, indem ich ihn etwas frage, das ich ihn schon vor acht Jahren hätte fragen sollen, aber damals zu stolz war: »Liebst du sie?«

Darüber muss er ein bisschen nachdenken, aber das besagt gar nichts. Nur in sehr jungen Jahren glaubt man, jede andere Antwort auf eine solche Frage als ein aus der Pistole geschossenes »Ja!« bedeutet notwendigerweise das Gegenteil. In unserem Alter weiß man, dass die Liebe eine flüchtige Substanz ist, die man in gut geschliffenen Gefäßen wie Zärtlichkeit, Erbarmen, Gewohnheit, gemeinsamen Krediten und nicht zuletzt Kindern dingfest machen muss, wenn man sie länger genießen will. Und nach ein paar Jahren ist oft schwer zu sagen, ob der daraus resultierende Cocktail die eine, über alles geschätzte Zutat jemals wirklich enthalten hat. Oder ob sie wirklich so notwendig war.

»Ich habe mir vorgenommen, nie wieder ein Kind von mir zu verlassen«, sagt Joe schließlich. Wenn das wirklich das ist, was herauskommt, wenn er über seine Gefühle für Inge nachdenkt, ist es möglicherweise kein solches Wunder, wenn sie ihn betrügt. Ich sage nichts, und eine Weile schweigen wir beide ins Telefon. Schließlich sagt Joe: »Das wolltest du gar nicht wissen. Tut mir Leid.«

Macht doch nichts. Wozu hat man eine Ex-Frau?

»Das ist mein Sessel«, sage ich scharf, obwohl Daniel bei meinem Eintreten sowieso davon aufgesprungen ist wie von einer heißen Herdplatte. Dabei hatte ich mir vorgenommen, im Falle eines neuerlichen Zusammentreffens ganz auf Frau von Welt zu machen.

»Tschuldige«, murmelt er. Ehrlich, ich fange an zu verstehen, warum er die lächerliche Kolumne schreiben muss. In der Realität ist er viel mehr Dackel als einsamer Wolf. »Hugo hat gesagt, ich soll dir meinen Artikel zum Lesen geben.« Das ist nichts Außergewöhnliches. Ich kriege die Manuskripte aller neuen Leute zum Korrekturlesen, erstens, weil Hugo sich nicht in diese Niederungen begibt, und zweitens, weil ich besser in Rechtschreibung bin.

»Und hat er auch gesagt, du sollst ihn persönlich vorbeibringen?«

»Er hat jedenfalls nicht gesagt, dass ich die Redaktion nach meinem Gespräch mit ihm nie wieder betreten darf.« Na bitte, der Dackel hat ja doch ein paar Zähne.

»Natürlich nicht. Es ist nur so, dass die meisten freien Mitarbeiter ihre Artikel per Mail schicken«, erklä-

re ich liebenswürdig, »aber wenn du schon da bist …
Möchtest du einen Kaffee?«

»Ja, gerne«, sagt er überrascht, aber erfreut.

Ich nicke. »Steht draußen auf der Maschine.«

Im ersten Moment ist er irritiert, aber dann fragt er
unter Vorzeigen vieler weißer Zähne: »Soll ich dir auch
einen mitbringen?«

Da sage ich nicht nein. Überhaupt finde ich langsam
in die Rolle der animierten Gastgeberin hinein – mit
dem dazugehörigen Smalltalk: »Der neue James Bond
ist übrigens super.« Er verschluckt sich fast an seinem
Kaffee.

»Wirst du neben deinem Buch überhaupt dazu kommen, für uns zu arbeiten?«, frage ich, während er hustet.

Er zuckt die Achseln. »Meine Ersparnisse halten länger, wenn ich sie zwischendurch ein bisschen aufbessere.«

Um ein Haar hätte ich ihn gefragt, ob sie bei seinem
Männermagazin so schlecht zahlen, da fällt mir gerade
noch rechtzeitig ein, dass ich davon offiziell gar nichts
weiß.

Dann wechselt er das Thema: »Wie geht es deinem
Ex-Mann?«

Wie bitte? Was weiß er denn von Joe? Kennt er ihn
überhaupt? Dann fällt mir ein, dass sie sich auf meiner
Après-Krankheitsparty getroffen haben. Ich erinnere
mich, dass Joe ihm ein Bier bringen wollte. Das ist ja
wohl kein Grund, sich nach seinem Wohlergehen zu
erkundigen, noch dazu wo er es aus unlauteren Mo-
tiven tun wollte. Es muss also ein Versuch sein, mich
auf dem falschen Fuß zu erwischen. »Ausgezeichnet«,
erkläre ich.

Aus irgendeinem Grund scheint das die falsche Antwort zu sein. »Ah«, macht Daniel lustlos und glotzt in
seinen Kaffee.

Da fällt mir ein, dass er Inge ja eigentlich besser kennt. »Wieso fragst du? Hast du etwas Gegenteiliges gehört?« Ich bemühe mich erfolgreich, es klingen zu lassen, als wäre ich etwas Klatsch über Joe nicht abgeneigt, aber Daniel verneint hastig. »Ah, du machst wieder einmal Konversation«, stelle ich fest.

Eine ehemalige Schulfreundin von mir hat ihren Mann mit einer anderen im Bett erwischt – so richtig in flagranti, noch dazu im eigenen Ehebett. Fassungs- und vorübergehend sprachlos wartete sie, während die andere sich anzog und einen Abgang machte. In der Zwischenzeit gab ihr Angetrauter ein paar schlappe Sätze der Preisklasse »Es ist nicht so, wie du denkst, und wenn doch, hat es nichts zu bedeuten« von sich. Als die andere weg war, ging meine Freundin ins Wohnzimmer, setzte sich mit einem Cognac auf die Couch und stellte ihrem mittlerweile wieder angezogenen Mann die üblichen Fragen: »Wer ist sie? Wo hast du sie kennengelernt? Wie lange geht das schon so?« usw., die er widerwillig, aber doch irgendwie beantwortete. Als sie schließlich fragte, was er sich dabei gedacht habe, und wie – wenn überhaupt – sie jetzt weitermachen sollten, platzte ihm der Kragen: »Ich hab gewusst, dass ich das ewig hören werde!«, schrie er entnervt.

Offenbar hat sich auch Daniel auf die »Gott-wie-lange-willst-du-noch-auf-der-Sache-Herumreiten«- Masche besonnen. Er rollt die Augen. »Du bist sauer, weil ich dich nicht mehr angerufen habe«, stellt er fest.

Eigentlich nicht. Ich bin sauer, weil er a) über unseren One-Night-Stand öffentlich berichtet hat, b) mich darin nicht einmal besonders gut hat aussehen lassen und c) in der Glosse den Eindruck erweckt hat, dass er sich überhaupt nur für mich interessiert hat, um eine Glosse darüber zu schreiben. Alles Sachen, die ich nicht vorhabe zuzugeben. »Nein«, sage ich stattdessen. »Aber ich habe dich falsch eingeschätzt, und das ärgert mich ein bisschen, wenn ich ganz ehrlich bin.«

Man sagt, Eitelkeit sei die Lieblingssünde Satans, weil sie die unwiderstehlichste ist. Für einen bestimmten Männertyp auf jeden Fall. Ich kann förmlich sehen, wie Daniel sich entspannt. Ja, er legt sein Gesicht sogar in mitfühlende Falten. »Hast du gedacht, ich wollte mehr als Sex?«, fragt er verständnisvoll-sanft.

»Ah«. Ich erlaube mir eine nonchalante, um nicht zu sagen wegwerfende Handbewegung. »Nein, es war von Anfang an klar, dass du ein Kurzstrecken-Läufer bist.« Ich mache ein kleines Päuschen, um diese Sicht der Dinge einwirken zu lassen, dann lege ich meine Stirn in nachdenkliche Falten, während ich versuche, mich zu erinnern. »Aber ich hätte dich nicht für so pubertär gehalten«, gebe ich schließlich ein sachliches Urteil ab.

Daniels Gesicht hat sich mit jedem Satz mehr verdunkelt. »Pubertär?«, echot er. »Was an meiner Performance wäre denn pubertär gewesen, bitte sehr?« Vor meinem geistigen Auge bin ich schon bei Angelika: »Doch, du darfst es ruhig glauben: Er hat wirklich ›Performance‹ gesagt.« Laut sage ich: »Nein, nein, du verstehst mich falsch. Der Sex war nicht pubertär. Ein bisschen bemüht vielleicht, aber bitte. Aber dieser Abgang ... das ist doch was für Schulskikurse. Ich meine: Hallo, die sexuelle Befreiung feiert bald ihren Fünfziger, und du benimmst dich, als wäre das Wichtigste nach erfolgtem Beischlaf, die Idee an Ehe im Keim zu ersticken? – Naja«, setze ich nach, bevor er Luft holen kann, »halb so schlimm, sonst ist ja nichts passiert. Und jetzt lass mich einmal deinen Text anschauen«.

»Was?«

»Deinen Artikel. Hugo hat gesagt, du sollst ihn mir geben, erinnerst du dich?«

»Wir sind noch nicht fertig!«

Ich rolle die Augen. »Dass ihr Männer immer über alles ewig reden müsst.«

Da tönt eine Hupe von der Straße herauf. »Ich schick ihn dir per Mail!«, sagt er hastig, und weg ist er.

Ich stürze zum Fenster und sehe ihn gerade noch in einen roten Mini steigen, der mir irgendwie bekannt vorkommt. Als sich der Autozwerg knapp vor einem anderen Auto in den Verkehr wirft, fällt es mir ein: Er gehört Inge.

»Vielleicht hat sie ihn einfach irgendwohin mitgenommen«, macht Angelika die Stimme der Vernunft.

»Das hat sie sogar bestimmt«, entgegne ich mit Nachdruck.

»Nein, ich meine …«

Ich weiß, was sie meint: dass das Ganze ein harmloses Zusammentreffen zwischen Bekannten war, aber ganz ehrlich: Drückt man Bekannten gegenüber so herrisch auf die Hupe? Und springt der Durchschnittsmann wie von der Tarantel gestochen auf, weil eine Bekannte nach ihm hupt? Noch dazu, wenn man gerade eine Ordentliche vor den Latz gekriegt hat? Fünf Sekunden vor dem Hupsignal wollte er noch mit mir reden, oder sich zumindest über mich aufregen. Angelika kann sagen, was sie will: Ich finde das verdächtig.

Aber Angelika hat noch einen Pfeil im Köcher: »Vor ein paar Tagen hat sie Joe noch mit einem Arbeitskollegen betrogen und jetzt auch noch mit Daniel? Ich weiß, du kannst sie nicht leiden, aber dass sie gleich mit mehreren Männern fremdgeht, ist dann doch ein bisschen unwahrscheinlich, oder?«

Ich wende missmutig ein, dass das Kino-Schaf vielleicht doch nur ein Arbeitskollege war. Leider habe
ich Angelika auch von dem entlarvenden Quietscher
erzählt. »Du wirst dich schon entscheiden müssen«,
meint sie sanft, aber unnachgiebig. »Entweder sie ist
plötzlich Nymphomanin – oder du irrst dich zumindest bei einem von beiden.« Dann wechselt sie das Thema: »Was machst du jetzt eigentlich mit Fred?«

Tja, was mache ich jetzt mit Fred? Er hat sich die letzten Tage verdächtig ruhig verhalten. Ich meine, ich
habe ihn darum gebeten, aber benimmt sich so ein
Mann, der einen heiraten will? Ganz so sklavisch muss
er meine Vorgaben auch wieder nicht erfüllen. Außerdem schläft Melanie morgen bei einer Freundin. Wenn
ich ihn jetzt anrufe, glaubt er dann, ich würde auf die
Ehe-Idee einsteigen? Oder freut er sich auch, wenn es
wieder einmal nur darum geht, »übereinander herzufallen«? Es gibt nur einen Weg, das herauszufinden.
    »Der Herr Doktor ist gerade im OP«, erklärt mir
eine Schwester. Ich bitte um Rückruf, probiere es aber
zwei Stunden später selbst noch einmal, weil es im Spi-
talsalltag immer wieder vorkommt, dass Botschaften
irgendwo versanden. Fred geht zwar an sein Handy,
der Zeitpunkt ist aber offenbar schlecht gewählt. Er ist
schwer im Stress. Ich beschränke mich also aufs Nötigs-
te: »Willst du morgen bei mir übernachten?«
    »Da hab ich Nachtdienst. Leider.«
    »Ah. Tja, schade.«
    »Ja. Du, Ciao.«
    »Ciao.«
    Sollten wir jemals wirklich heiraten, kann ich mich
zumindest nicht darüber beschweren, dass er vor unserer Ehe viel mehr mit mir gesprochen hätte als danach.

Noch weniger geht nämlich nicht. Ich ärgere mich erst über ihn und dann über mich, weil ich mich über ihn ärgere. Zur Ablenkung rufe ich Joe an.

»Was machst du morgen Abend?«

»Wieso?«

Super, danke für den Enthusiasmus. So jemand hat meine tochterlosen Abende nicht verdient. »Ich habe mir ein neues Sofa gekauft und suche jemanden, der mir hilft, es die Stiegen hinauf zu schleppen«, behaupte ich deshalb.

»Kann das nicht Daniel machen?«, fragt Joe missmutig.

Daniel ist mehr einer, der sich auf Sofas wälzt – mit Joes Frau, wie ich vermute, aber das behalte ich lieber für mich. »Daniel und ich sind nicht mehr zusammen«, sage ich stattdessen.

»Gute Idee«, meint Joe trocken. Ein bisschen zu trocken für meinen Geschmack: reine Feststellung, keine Spur von Erleichterung. »Melanie kann ihn nicht leiden.«

»Melanie kann alle Männer, die sich für mich interessieren, nicht leiden.«

»Und was ist mit dem Heiratswilligen? Wie heißt er?«

»Fred. Er heißt Fred.«

»Kann sie den auch nicht leiden?«

»Sag du es mir. Du weißt ja offensichtlich besser über das Seelenleben unserer Tochter Bescheid als ich.«

»Über … Fred hat sie mir noch nie erzählt«, gibt Joe zu. Nervenderweise klingt er jetzt viel besser gelaunt als am Anfang des Telefonates. Dafür bin ich jetzt grantig. Ob das mit den Stimmungen so ist wie mit der Hitze: Fließen sie einfach – z. B. durch eine Telefonleitung – von einem, der sie hat, zu einem, der weniger

156

davon hat? Und wenn ja, warum dann die schlechten so viel leichter als die guten? In meiner Denkpause sieht sich Joe gemüßigt, die Konversation weiter zu tragen. »Aber vielleicht gibt es einfach nichts über … Fred zu erzählen«, vermutet er, nicht ohne jedes Mal vor Freds Namen eine kleine Pause à la »Wie heißt er gleich?« zu machen. Und als ich mich noch immer nicht dazu äußere, weil ich einfach keine Lust mehr habe, mit ihm zu reden, legt er noch ein Schäuferl nach: »Da wird sie aber überrascht sein, wenn das plötzlich ihr Stiefvater wird.«

»Da werden auch noch ganz andere Leute überrascht sein«, sage ich ruhig und lege auf. Mist. Ich wünschte, Fred hätte morgen keinen Nachtdienst. Ich weiß, dass er mich nicht liebt, und ich liebe ihn ja auch nicht, aber im Moment würde ich mich auch mit der Vorspiegelung zufrieden geben.

Ich hasse verpasste Gelegenheiten. Das war schon als Kind so. An die seltenen Schulausflüge, die ich versäumt habe, erinnere ich mich heute noch – speziell an einen, bei dem ich tatsächlich noch den abfahrenden Bus gesehen habe. Meine Mutter versuchte mein heulendes Elend in solchen Fällen immer mit der Aussicht auf »das nächste Mal« zu lindern, aber das ist eben das Problem: Es gibt kein nächstes Mal. Es gibt natürlich nächste Schulausflüge, Geburtstagsfeiern, Bälle …, aber nicht diesen Ausflug, nicht diese Party, nicht diesen Ball. Das Einzige, was einen über solche Versäumnisse hinweg tröstet, ist die glaubhafte Versicherung jener Glücklichen, die nicht krank, zu spät oder sonstwie verhindert waren, dass es sich um eine extrem lahme Veranstaltung gehandelt hätte.

Es geht also nicht darum, dass ich wieder freie Abende haben werde, an denen Melanie auswärts schläft. Es geht darum, dass ich diesen speziellen Abend, der mir ohne jeden Aufwand in den Schoß fällt, nicht vor dem Fernseher oder mit einem Buch verbringen möchte, wie ich es jeden anderen Abend, an dem Melanie daheim ist, auch tun würde. Das würde diesen Abend zu einer verpassten Gelegenheit machen, und die versuche ich tunlichst zu vermeiden.

Meine Mutter, die diese Angst – das Leben zu versäumen – nicht teilt (sonst würde sie nicht seit der Pensionierung meines Vater tagein, tagaus mit ihm zur selben Zeit aufstehen, am Vormittag Einkäufe und das Kochen erledigen, pünktlich um 12.00 das Mittagessen servieren, ein Nickerchen halten, danach eine Runde im nahegelegenen Park machen und ab 19.30 Uhr vor dem Fernsehen kleben, nehme ich an), versteht nicht, dass sich dieser »Lebenshunger«, wie sie das nennt, mit den Jahren nicht merklich abgeschliffen hat. Ich wiederum verstehe nicht, wie sie auf diese Idee kommt. Ich meine, ich hatte mit sechs, als ich mein ganzes Leben noch vor mir hatte, Angst, etwas zu versäumen. Wie kann sie da von mir erwarten, dass ich die Geschichte jetzt entspannter sehe, wo ich bestenfalls noch mal vierzig Jahre vor mir habe – und die letzten zwanzig davon wahrscheinlich mit Arthritis, Wasser in den Beinen und/oder einer Sauerstoffflasche zum Nachziehen?

»Brauchst du wirklich Hilfe mit einem Sofa?«, fragt Joe, als er fünf Minuten später wieder anruft.

Ich erkläre ihm mein Freier-Abend-Problem, wobei ich nicht mehr sagen muss, als dass Melanie auswärts schläft.

»Was ist mit Fred?«, fragt er.

»Hat Nachtdienst.« Es gibt keinen Grund, ihm

vorzuspielen, er wäre meine erste Wahl. Das hier ist schließlich kein unmoralisches Angebot oder so was, und während der letzten acht Jahre, in denen Inge nicht auf Abwegen war, haben wir mit Mühe miteinander telefoniert.

»Sehr schmeichelhaft«, meint Joe, »aber ich kann nicht.«

»Hast du auch Nachtdienst?«, frage ich, weil ich wissen will, was er stattdessen macht, obwohl es mich nicht das Geringste angeht.

»Inge und ich … haben etwas vor«, nuschelt er unwillig.

Ich komme mir vor wie in der Volksschule. Meine beste Freundin und ich hatten ein Standard-Procedere für Mädchen, mit denen wir nicht mehr befreundet sein wollten. Wann immer sie Anstalten machten, sich zu uns zu gesellen, hatten wir »etwas zu besprechen«. Mein blöder Ex-Mann und seine noch blödere Frau haben offenbar auch »etwas zu besprechen«, nur bin ich diesmal die, die keiner will. »Na dann: viel Spaß«, wünsche ich ihm ungnädig und lege zum zweiten Mal innerhalb einer Viertelstunde auf. Diesmal ruft er nicht wieder an.

Jetzt reicht's. Sollen sie doch alle machen, was sie wollen. Ist ja nicht so, als könnte ich mir nicht allein einen produktiven Abend machen. Ich werde ihn verwenden, um endlich kreativ zu sein. Ich werde mir eine nette CD einlegen (irgendwas, das mich nicht zu sehr ablenkt), mich vor den Computer setzen und nicht eher davon aufstehen, bis ich zumindest ein grobes Konzept für mein Programm habe.

Leider ruft Viktor an und lädt mich auf eine Pizza ein. Kreativ sein kann ich immer, wenn ich allein bin. In die Pizzeria gehen nicht.

»Du könntest einen Privatdetektiv engagieren«, schlägt Viktor beim Tiramisu vor. »Ich wollte schon immer einmal wissen, wie das im wirklichen Leben funktioniert.«

»Was? Damit er der Frau meines Ex-Mannes hinterher spioniert?«

Viktor zuckt anmutig die Achseln. »Wenn du damit den Ex-Mann zurückbekommst …?«

»Spinnst du? Ich will Joe überhaupt nicht zurück!«

Er mustert mich durch seine neuen blau getönten Brillengläser. »Verweigerung«, murmelt er dazu therapeutenhaft, um gleich darauf einen ganz untherapeutenhaften Schmerzensschrei auszustoßen. »Das war mein Schienbein«, raunzt er, während er es unter dem Tisch massiert.

»Ausgezeichnet, das ist genau das, was ich treffen wollte.«

»Du willst ihn also nicht zurück«, rekapituliert Viktor. »Warum führst du dich dann so auf? Soll Inge doch schlafen, mit wem sie will.«

»Aber Joe ist … ich meine, ich will nicht … Joe ist doch auch dein Freund. Ist dir egal, wenn Inge ihn betrügt?«, frage ich, ehrlich verwundert.

»Ich glaube, ich habe Joe bei deiner Feier das erste Mal seit zwei Jahren gesehen«, meint Viktor langsam.

Was soll das heißen? Ist Freundschaft wie eine Impfung? Wenn man sie nicht in regelmäßigen Abständen auffrischt, erlischt die Wirkung? Wahrscheinlich schon irgendwie. Andererseits treffe ich Joe das erste Mal seit acht Jahren wieder so richtig. Bis vor kurzem hätte er genauso gut auf einem anderen Stern (dem Planeten Inge) zu Hause sein können. Und dann, von heute auf morgen … Kein Wunder, dass Viktor glaubt, ich will ihn zurück.

160

Mein Handy läutet und mein Herzschlag beschleunigt sich blitzartig. Es ist zehn Uhr vorbei. Das kann nur Melanie sein, und Melanie würde nicht anrufen, wenn es nicht was Schlimmes wäre. Es ist aber nicht Melanie. Es ist Joe, der auf mein atemloses »Ja?« ansatzlos fragt: »Kann ich vorbeikommen?«

Wie sich herausstellt, ist er ziemlich in der Nähe der Pizzeria, also schlage ich ihm vor, zu Viktor und mir zu stoßen. Die Idee war zwar sicher, mich allein zu treffen, aber das hätte er gestern haben können. Da hatte er allerdings schon was anderes vor. Heute habe ich was anderes vor. Das Leben ist eine Nutte.

»Joe!« Viktor umarmt meinen Ex-Mann begeistert, nachdem dieser einen flüchtigen Kuss auf meiner Wange platziert hat. Er ist in Anzug und Krawatte und sieht fürchterlich aus. »Was ist los? Ist das Candlelight-Dinner in die Hose gegangen?«, frage ich und ernte einen entsetzten Blick von Viktor. Ehrlich, ich wollte der Szene nur einen leichteren Anstrich geben, aber ich kann selbst hören, dass ich dafür nicht den richtigen Ton erwischt habe. Zu allem Überfluss kommt Joe wirklich von so einer Art Candlelight-Dinner mit Inge.

»Tut mir Leid, dass ich mit meiner Frau essen war, obwohl du einen freien Abend hattest«, faucht Joe. Das Essen muss wirklich schlecht gelaufen sein. Gewöhnlich ist er nicht so reizbar. Ich schon. »Tut mir Leid, dass du jetzt trotzdem bei mir landest«, fauche ich zurück.

Viktor, der wie ein Hund beim Tennisspiel zwischen Joe und mir hin- und herschaut, bemüht sich, Öl auf die Wogen zu gießen. »Kinder«, beschwört er uns, »Kinder, beruhigt euch«.

Doch mit solch milden Mitteln ist Joe heute nicht zu stoppen. »Ich weiß nicht, was du bist, Viktor, und es ist mir auch egal, aber eines weiß ich: Mein Vater bist du nicht«, sagt er in schneidendem Tonfall. »Und meine Mutter auch nicht. Also nenn mich nicht Kind.« Damit sollte sein Missfallen genügend ausgedrückt sein, aber nicht heute Abend. »Ich hab selbst zwei Kinder«, knurrt Joe (eigentlich drei, aber im Moment halte ich es für unklug, ihn darauf hinzuweisen), »und ich will verdammt sein, wenn ich sie irgendeiner Schwuchtel überlasse, die zufällig meine Frau vögelt«.

Das ist zu viel für Viktor. Es ist völlig klar, dass Joe eigentlich nicht mehr mit ihm redet, sondern mit sich selbst oder bestenfalls der Welt an sich, aber es ist auch klar, dass uns hier ein gröberer Aus- oder Zusammenbruch bevorsteht, und Viktor hat keine Lust, dabei zu sein. Klatsch, Tratsch und einen Hauch von Skandal gerne, aber ausgewachsenes, möglicherweise unkontrolliertes Gefühl nur, wenn es nicht anders geht. Sicher nicht für einen Freund, mit dem ihn kaum noch etwas verbindet, und ganz sicher nicht in einer Pizzeria. Beleidigt zückt er ein seidenes Taschentuch, betupft damit einen Augenwinkel, beugt sich dann zu mir und küsst mich auf die Wange. »Ich zahle beim Kellner«, erklärt er mir. »Mach's gut, Anna.« Und in mein Ohr flüstert er: »Wenn ich du wäre, würde ich ihn hier rausschaffen, bevor er anfängt zu heulen.« Mit einer leichten Neigung des Kopfes in Richtung Joe ist er weg.

Normalerweise wäre Joe längst aufgesprungen, hätte sich entschuldigt und alles getan, um Viktor zum Bleiben zu bewegen. Stattdessen sieht er ihm stumpfsinnig nach. Viktor hat Recht: Wir müssen hier raus. »Komm«, sage ich, »wir gehen zu mir«. »Ha!«, macht Joe bedeutungsschwanger, lässt sich aber sonst widerstandslos aus der Pizzeria und in ein Taxi bugsieren.

»Inge betrügt mich,« erklärt er, kaum dass wir in meiner Wohnung sind. Ich lotse ihn aufs Sofa und bringe ihm erst einmal ein Glas Wasser (keinen Alkohol für Schock-Opfer). Dann setze ich mich ihm gegenüber. »Naja, aber das hast du doch irgendwie schon gewusst, oder?«, frage ich vorsichtig.

»Ich hab's vermutet.«

Und Vermuten ist nie dasselbe wie Wissen. Und Wissen ist nicht dasselbe wie es Aussprechen. Und genau das hat Inge getan. Beim Dessert des romantischen Essens, das Joe als Auftakt einer Eherettungsaktion in einem teuren Restaurant arrangiert hatte. »Ich schlafe mit einem anderen«, sollen ihre exakten Worte gewesen sein. Zugegeben, keine subtile Eröffnung, auch nicht angetan, die Gefühle des anderen irgendwie zu schonen, aber ohne nachtragend sein zu wollen: Unsere Ehe endete mit den Worten »Ich ziehe aus«. Da ist Inges Ansage im Vergleich harmlos. Ich meine, es bedeutet nicht notwendigerweise, dass ihre Ehe vorbei ist, und das sage ich auch.

Joe kaut an seiner Unterlippe. »Sie sagt, ich bin selber schuld«, rückt er schließlich heraus.

Hm. Die Idee hatte ich auch schon, aber ich möchte eigentlich nicht in Inges Lager wechseln. »Hätte sie nicht sagen können, dass ihr was nicht passt, bevor sie mit einem anderen ins Bett steigt?«, frage ich deshalb.

Gute Frage, findet Joe. Über dem mittlerweile servierten Dessert hat er ihr so eine ähnliche gestellt. Die Antwort erwies sich als langwierig – nicht so sehr, weil die Beweggründe so kompliziert waren, sondern vielmehr das Dessert: irgendwas Flambiertes, bei dem der Kellner unter den »Ohs« und »Ahs« der restlichen Gäste dramatisch Blauzüngelndes zwischen zwei Löffeln balanciert. Als es endlich heruntergebrannt war, kam die ebenso banale wie immer wieder überraschende Geschichte des Niedergangs ans Licht: Offenbar hatte sich Inge schon längere Zeit von Joe wenig beachtet gefühlt und in der Folge versucht, sein Interesse dadurch zu beleben, dass sie sich rar machte. Sie ging häufig allein aus und vergaß dabei nicht zu erwähnen, dass auch Männer mit von der Partie waren. Zu ihrer steigenden Verbitterung war Joes Reaktion gewöhnlich, ihr einen schönen Abend zu wünschen. »Muss ich damit rechnen, dass meine Frau mich betrügt, wenn ich nicht wie ein Cerberus hinter ihr her bin?«, fragt Joe.

Tja. Prinzipiell natürlich nicht, aber wie der Hush-Puppies-Hund sollte man eben auch nicht rüberkommen. Wie auch immer, dafür ist es jetzt zu spät und außerdem bin ich kein Ehetherapeut. »Und was macht ihr jetzt?«, frage ich.

»*Wir*? Ich weiß überhaupt nicht, ob *wir* noch irgendwas machen«, behauptet Joe theatralisch. Theatralisch kann ich nicht leiden, da werde ich leicht ungnädig. »*Ihr* könntet euch zum Beispiel scheiden lassen«, erkläre ich.

»Ich lasse mich nicht scheiden. Nicht noch einmal.«

»Tja, und was ist, wenn Inge das will?«

Joe glotzt entsetzt. Auf die Idee ist er bisher offensichtlich nicht gekommen. »Warum soll *sie* sich scheiden lassen wollen? Sie hat mich betrogen – und nicht umgekehrt.«

Uh. Entweder weiß er etwas Entscheidendes, was er mir noch nicht erzählt hat, oder er ist ein Idiot. Sicherheitshalber frage ich nach. »Sie will also nicht lieber mit dem anderen zusammen sein?«

Noch mehr Geglotze. Wenn er so weiter macht, fallen ihm noch die Augen aus dem Kopf. Dann lässt Inge sich bestimmt scheiden. Als treusorgende Krankenschwester-Gattin kann ich sie mir irgendwie nicht vorstellen. »Was?«

Also noch einmal für die Anfänger unter uns: »Schläft sie mit dem anderen nur oder liebt sie ihn?«

»Von Liebe hat sie nichts gesagt.«

Ich hole tief Luft und frage in meinem besten »Jetzt-gehen-wir-es-ganz-ruhig-an«-Tonfall: »Joe. Hast du sie nicht gefragt, ob sie ihn liebt?«

»Nein, hab ich nicht.«

»Und warum nicht?«

»Du hast mich doch damals auch nicht gefragt.«

Und? Was bin ich: ein Vorbild in Sachen gescheiterte Beziehungen? »Deine Freundin war schwanger, wie du dich vielleicht erinnerst«, wende ich sachlich ein.

»Ja, aber das hast du zu dem Zeitpunkt doch überhaupt nicht gewusst«, wendet Joe milde zurück.

Auch wieder wahr. Am besten, wir überspringen dieses Kapitel. »Willst du es nicht wissen?«, frage ich.

»Sie hat mir die ganze Zeit erzählt, dass es nur so weit gekommen ist, weil sie sich von mir ungeliebt gefühlt hat … fühlt eigentlich. Wenn sie sich scheiden lassen wollte, hätte sie das erwähnt, denke ich«, meint Joe.

Unromantisch, aber nicht unlogisch. »Und was machst du jetzt hier?«

Er zuckt die Achseln. »Ich hab ihr ein Taxi gerufen und gesagt, ich muss nachdenken.« In dem Moment klingelt es an meiner Wohnungstür. Es ist knapp vor Mitternacht. »Mach nicht auf«, sagt Joe.

»Hast du ihr auch gesagt, wo du hingehst zum Nachdenken?«, frage ich scharf.

»Ich weiß nicht mehr, was ich alles gesagt habe«, behauptet Joe unglücklich, aber ich schätze, er hat eine ziemlich genaue Ahnung. Ich werfe ihm einen vernichtenden Blick zu und gehe zur Tür.

Ich habe kaum einen Spaltbreit aufgemacht, da baut

sich Inge auch schon vor mir in voller Fashion-Model-Größe auf. »Wo ist er?«, faucht sie.

»Er kommt gleich. Er zieht sich nur was an«, erkläre ich zuvorkommend. Tut Leid, Joe, manchen Versuchungen kann ich nicht widerstehen.

»Ich hab's gewusst!« Sie stiefelt meinen Gang entlang, als wüsste sie, wo das Schlafzimmer ist. Kann sie nicht wissen, aber das ist schon okay, weil sie auf die Art ins Wohnzimmer gelangt, wo Joe – voll bekleidet – auf der Couch sitzt. Selbst einem Model muss klar sein, dass ich sie verarscht habe. »Findest du das lustig?«, funkelt sie mich an.

Ich mustere sie von oben bis unten. »Von dir in meiner eigenen Wohnung überfallen und angepflaumt zu werden? Nicht wirklich.«

Überraschenderweise lässt sie sich neben Joe auf die Couch plumpsen und schlägt die Hände vors Gesicht. »Du hast unsere Ehe zerstört«, behauptet sie zwischen perfekt manikürten Fingern.

»Aber Schatz, ich hab doch …«, setzt Joe an.

»Nicht du!«, faucht Inge. »Sie!«

Ich? Das kann nicht ihr Ernst sein. Ist es aber doch, daran lässt die Art, wie sie mich anfunkelt, keinen Zweifel. Theoretisch könnte ich natürlich »Du auch« sagen, aber wir sind schließlich nicht im Kindergarten. Hier wird scharf geschossen. »Inwiefern? Hab ich dich mit Daniel verkuppelt?«, frage ich.

»Daniel?«, wiederholt Joe fassungslos, doch Inge sagt nichts. Sie wirft mir nur noch bösere Blicke zu, soweit das möglich ist. Angelika wird sich bei mir entschuldigen müssen, weil sie meinen Scharfblick unterschätzt hat. Insgeheim atme ich auf. So sicher war ich mir wieder auch nicht, dass Inge was mit Daniel hat.

»Woher weißt du von Daniel und mir?«, fragt Inge

eisig, doch glücklicherweise lässt mir Joe keine Zeit zum Antworten. »Daniel?«, wiederholt er.

»Du schläfst mit Daniel, diesem Schleimer?«

Im Angesicht von Joes steigendem Zorn erinnert sich Inge ihrer Rolle als gestrauchelte, weil vernachlässigte Ehefrau. »Er ist kein Schleimer«, behauptet sie, aber eher kleinlaut (ich bin gespannt, wie sie das sieht, wenn sie ihre Eskapaden in der Kolumne »One-Night-Stands mit anderer Leute Ehefrauen« liest). »Er interessiert sich für mich, was man von dir nicht behaupten kann. Du hast ja nur Augen für Anna«, schnieft Inge.

Es sollte eine gesetzlich vorgeschriebene Blödheitsgrenze geben. Wie beim Ozon oder so: Gehen Sie heute nicht außer Haus, die Idioten sammeln sich in Bodennähe. Hilft alles nichts natürlich, wenn sie zu dir nach Hause kommen. Als Auftakt dazu, Inge zu erklären, wie absurd diese Behauptung ist, werfe ich einen Einverständnis suchenden Blick zu Joe. Und muss mich auf der Stelle setzen. In Joes Gesicht spiegelt sich Schuldbewusstsein.

Inge schaut zwischen ihm und mir hin und her, als hätte sie bis jetzt selbst nicht geglaubt, was sie da eben behauptet hat. Ich glaube es noch immer nicht. »Das ist doch Irrsinn«, bringe ich schließlich hervor. »Er hat mich deinetwegen verlassen.«

»Aber doch nur, weil ich schwanger war!«

»Aber schwanger wird man doch nicht vom Reden!«

»Aber er hätte mich doch nie angeschaut, wenn du ihn nicht die ganze Zeit ignoriert hättest, du blöde Kuh!«

Das ist der Moment, in dem Joe aufspringt und leidenschaftlich beteuert, dass das nicht wahr ist, dass er sie liebt, seit er sie das erste Mal gesehen hat – und seitdem ohne sie nicht mehr leben kann. In der Theorie jedenfalls. In der Praxis fährt er sich mit beiden Händen durch die langsam schütter werdenden Haare und sagt gar nichts. Na wunderbar. Offenbar hätte ich damals doch um unsere Beziehung kämpfen sollen. Dann müsste ich jetzt nicht seine Ersatz-Ehe retten.

»Sie sehen erschöpft aus«, bemerkt mein Cortison-Ritter hellsichtig. Was mich wohl verraten hat: die ungewaschenen Haare, der schleppende Schritt oder die Ringe unter den Augen?

»Es war eine lange Nacht«, seufze ich, während mir die Kellnerin ungefragt meinen kleinen Braunen hinstellt. Er zieht die Brauen hoch, sagt aber nichts. »Nicht, was Sie denken«, murmle ich.

»Was denke ich denn?«, fragt er.

Scheiße, warum entgleist das immer gleich mit dem Typen? Und warum bin immer ich daran schuld? Ich zucke die Achseln. »Keine Ahnung.«

Er beugt sich vor und flüstert: »Sie sehen nicht aus, als kämen Sie von heißem Sex, wenn Sie das meinen.«

»Danke. Jetzt fühle ich mich schon besser. Was machen Sie überhaupt hier?«

Er hebt seine Tasse. »Kaffee trinken. Wie Sie.«

»Haben Sie auf mich gewartet?«

»Hätte ich sollen?«

»Hören Sie auf damit. Ich hab Sie früher nie hier getroffen und jetzt gleich zwei Mal innerhalb von ein paar Tagen?«

»Ich kann das Café wechseln, wenn Sie möchten«, schlägt er sehr sachlich vor. »Aber ich warne Sie: Wenn Sie ausgeschlafen und wieder ganz Sie selbst sind, haben Sie wahrscheinlich das Gefühl, sich schlecht benommen zu haben. Und dann trauen Sie sich vielleicht nicht mehr in meine Apotheke, und das wäre schlimm, weil Ihre Ohren vielleicht gerade dann furchtbar jucken.«

Wider Willen muss ich lachen.

Und dann passiert etwas Peinliches: Ich erzähle ihm von der vergangenen Nacht. Das ist deswegen so peinlich, weil ich mich sonst gar nicht genug über Leute mokieren kann, die Wildfremden bereitwillig ihre Lebensgeschichte erzählen – inklusive pikanter Details. Nicht, dass die Geschichte zwischen Joe, Inge und mir pikante Details enthielte, sie ist im Ganzen pikant: Jedenfalls finde ich das. Ich meine zum Beispiel, dass mein Ex-Mann allem Anschein nach mehr für mich empfindet als reine Freundschaft, und seine Frau uns verdächtigt, mehr als ein gutes Verhältnis zu haben. Dass ich mich mächtig ins Zeug gelegt habe, Inge vom Gegenteil zu überzeugen, ist dagegen harmlos. Ebenso wie dass Joe sich nach einigen aufmunternden Blicken meinerseits endlich auch in die Schlacht gestürzt und ihr erklärt hat, dass er niemanden außer ihr liebt. Das Einzige, was ich nicht erzähle, ist Inges Untreue, aber nur, weil sie in unserer privaten kleinen Soap praktisch keine Rolle gespielt hat. Die tränenreiche Abschlussszene (Inges Tränen, wohlgemerkt) erspare ich uns beiden. »Immerhin, es hat funktioniert«, sage ich stattdessen, »aber bis dahin war es vier Uhr.«

»Tja, gut Ding braucht Weile«, meint …?

»Ich weiß nicht einmal, wie Sie heißen«, murmle ich.

»Robert. Robert Schönfellner«, sagt er und streckt mir die Hand hin. »Sehr erfreut.« Er grinst, ich grinse zurück. »Anna Winter«, sage ich, aber das weiß er schon – von meinem Rezeptschein. Nicht zum ersten Mal im Leben wünschte ich, in einem englischsprachigen Land zu leben. Das hätte zwar jede Menge Nachteile, aber doch den einen entscheidenden Vorteil: Es würde sich nicht die leidige Frage stellen, ob ich jetzt »Robert« oder »Herr Schönfellner« zu ihm sagen soll. Doch das erübrigt sich: »Anna«, sinniert er, »schöner Name. Darf ich ihn verwenden?«

»Ich weiß nicht. Ich finde, Robert passt besser zu Männern.« Er lacht sofort. Entweder kennt er die Art von Witzen oder er schaltet schnell. Beides gut. »Im Ernst: Ist es nicht unethisch, mit Kunden intim zu sein?« Verdammt, schon wieder: Wie komme ich darauf, »intim« zu sagen? Ich spüre, wie mein Gesicht von einer Hitzewelle heimgesucht wird, doch Robert verzieht keine Miene.

»Nein, wir können mit den Kunden so intim sein, wie wir wollen«, erklärt er ernsthaft. Und dann: »Machst du das absichtlich?«

Mein Hang zu fataler Wortwahl ist ihm also aufgefallen. »Was?«, frage ich.

Er mustert mich eine Weile nachdenklich, dann zuckt er die Achseln. »Schade«, meint er. Dann muss er gehen. Die Apotheke ruft.

Es läutet an der Tür. Verdammt, immer wenn ich gerade nichts anhabe – oder so gut wie nichts. Eine Unterhose zählt nicht, wenn man die Wohnungstür aufmacht. Es läutet noch einmal. So, jetzt bin ich wirklich gestresst. Auch gut, dann eben nur in Unterhose. Aller Wahrscheinlichkeit ist es sowieso Inge, die noch ein paar Ehe-Tipps will.

Zu meinem tiefen Erschrecken ist es nicht Inge, sondern der Apotheker mit einem Riesenblumenstrauß in der Hand. »Alles Gute zum Valentinstag«, sagt er und zuckt mit keiner Wimper, obwohl ich fast nackt bin. Das wäre auch unpassend, weil ich hinter und unter dem Monster-Bouquet seine eigenen nackten Schultern bzw. Beine sehen kann. Was sonst noch alles unbedeckt ist, bleibt gnädig hinter den Blumen verborgen. Ich mache ihn darauf aufmerksam, dass Valentinstag im Februar ist, aber das weiß er schon. »Ich wollte nicht so lange warten«, erklärt er mir vertraulich. Dabei beugt er sich vor und ein vorwitziger Aronstab kitzelt mich an der Nase. Aronstab? Das ist das erste Mal, dass ich Aronstab in einem Blumenstrauß sehe. Ich erinnere mich, irgendwo gelesen zu haben, dass das Gewächs von Fliegen bestäubt wird und deshalb bestialisch stinkt, um sie anzulocken. Dieser hier stinkt aber gar nicht, er riecht vielmehr nach … Seife?

»Mama, der Wecker hat schon zweimal geläutet«, sagt Melanie vorwurfsvoll und nimmt ihren Finger aus meiner Nasengegend.

»Du stinkst gar nicht«, murmle ich, noch immer halbschlafend, aber das hört sie glücklicherweise nicht. Ich wuchte mich aus dem Bett. Gestern ist es spät geworden. Im Fernsehen spielten sie zum tausendsten Mal den »Kontrakt des Zeichners« und ich hatte nicht die Energie, rechtzeitig abzudrehen. Es ist ein so vertrackter Film, dass ich – wie schon die 999 Mal davor – sitzen geblieben bin, in der Hoffnung, ihn dieses Mal zu durchschauen. Unnötig zu erwähnen, mit welchem Ergebnis. Außer dass ich jetzt von meiner Tochter zum Frühstück gelotst werden muss wie eine Vierjährige in den Kindergarten.

Melanie ist nicht nur widerlicherweise ein Morgenmensch. Heute ist auch ein besonderer Tag: Sie fährt auf Schullandwoche nach Wagrain. Wir haben zwar schon gestern (vor dem »Kontrakt des Zeichners«) alles gepackt, aber ein paar Kleinigkeiten sind noch zu tun, z. B. Proviant für die Bahnfahrt richten, Muttern noch einmal fest drücken und vor allem wie aufgezogen über die Zimmereinteilung reden (»wir wollten die Annika im Zimmer haben, aber da hat die Maria geweint, weil die mit der Annika und der Judith ins Zimmer wollte, und da haben wir halt gesagt ...«). Es reicht völlig, wenn ich ab und zu nicke.

Pünktlich um 7 Uhr läutet es an der Tür. »Ich stehe in zweiter Spur«, erklärt Joe durch die Sprechanlage. Er hat sich erbötig gemacht, uns mit dem Auto zum Bahnhof zu fahren, damit wir kein Taxi nehmen müssen. Seit dem Auftritt mit Inge haben wir uns nicht gesehen, nur zweimal telefoniert. Und das ausschließlich über Organisatorisches, vorwiegend über Melanies anstehende Reise. Ich weiß nicht, ob es ihm genauso geht, aber ich habe ein Gefühl, als wären wir Regimekritiker in einem absolutären Staat: Als würde die Diktatorin auf Lebenszeit jedes unserer Gespräche belauschen. Auf jeden Fall möchte ich sie nicht wieder als mitternächtliche Erscheinung auf meinem Teppich stehen haben, also mache ich einen höflichen Bogen um Joe. Und er um mich.

Nichtsdestoweniger war für uns beide klar, dass wir unser Kind gemeinsam verabschieden. Wir sind pünktlich – also eine halbe Stunde zu früh – am Westbahnhof. Der Bahnsteig wäre für Blinde zu finden, so laut ist es da schon. Soweit ich aus den Gesprächsfetzen heraushören kann, geht es hauptsächlich darum, wer mit wem in einem Abteil sitzen soll. Ich umarme Melanie noch einmal fest und wünsche ihr gutes Wetter und eine wunderschöne Zeit. Und mit Nachdruck: nette Zimmergenossinnen. Sie schlägt spielerisch gegen meinen Oberarm. »Das ist wichtig«, sagt sie. »Unbedingt«, gebe ich zu. Sie hat natürlich recht. Mit zunehmendem Alter wird es sogar immer wichtiger, mit wem man schläft. Aber das sage ich ihr nicht. Das muss jeder selbst herausfinden.

172

Während Joe mit ihr in den Zug steigt, um ihr beim Verstauen ihrer Tasche zu helfen, stehe ich in Bereitschaft zum Winken auf dem Bahnsteig herum.

»Ich hoffe, Annika kriegt kein Heimweh«, sagt eine gedrungene kleine Frau neben mir.

Ich drehe mich zu ihr um. »Glaube ich nicht. Die werden einen Riesenspaß haben«, meine ich. Aber das will Annikas Mutter nicht hören.

»Ich finde es nicht richtig, dass sie ihnen das Handy wegnehmen«, meckert sie.

»Soviel ich weiß, kriegen sie es am Abend für eine halbe Stunde, damit sie zu Hause anrufen können.«

»Ja, aber sonst müssen sie es abgeben. Das ist doch ihr Eigentum. Und was ist, wenn sie dazwischen Heimweh haben?«

So, genug jetzt. »Melanie hat sicher kein Heimweh. Die ist froh, wenn sie mich einmal ein paar Tage nicht sieht«, erkläre ich fröhlich. Der Effekt bleibt nicht aus. Annikas Mutter wirft mir einen weidwunden Blick zu und sucht sich jemand Mitfühlenderen.

Ich gehe ein Stück den Bahnsteig entlang, bis ich Melanie durch das Zugfenster entdecke. Joe steht in ihrem Abteil und bemüht sich, jede Menge Taschen und Rucksäcke in die Gepäckablage zu quetschen. Ich winke, aber Melanie sieht mich nicht. »Jetzt werden sie erwachsen«, seufzt eine Frau neben mir. Ich lächle und nicke. Das ist immer das Beste, wenn einen Wildfremde anreden, die man vielleicht schon bei einem Elternabend gesehen haben könnte. Dabei habe ich ein ausgezeichnetes Personengedächtnis. Elternabende sind nur der falsche Ort dafür: Da fallen alle Anwesenden unter den Begriff »andere Eltern«, und ich vergesse sie, sobald die Glastüren der Schule hinter mir zugefallen sind.

»Naja, Ihre Melanie wird das sicher gut machen. Sie macht ja alles gut«, behauptet die Typin neben mir. Aha, eine von denen. Als nächstes erzählt sie mir sicher, dass Leute, die in der Schule gut sind, im Leben oft Versager werden. Ich schaue sie mir genauer an. Vielleicht erinnere ich mich ja doch an sie und kann was Nettes über ihr Kind sagen (in der Preisklasse von »Ich höre, Ihre Tochter turnt ganz ausgezeichnet«), aber nichts da: Sie ist groß und üppig, mit einem puppenhaft hübschen Gesicht, das zu klein für ihren Körper wirkt, und ich könnte schwören, sie das erste Mal im Leben zu sehen. Und kann sie schon nicht leiden.

Ich will gerade zum Besten geben, dass ich jeder Zwölfjährigen zutraue, erfolgreich eine Woche Spaß zu haben, als ich durch Aufruhr am Anfang des Bahnsteiges daran gehindert werde: Familie Poinstingl ist angekommen. Wenn man vier Kinder hat und das Vorzeige-Paar katholischer Ehe-Vorbereitungskurse ist, kann man sich offenbar nicht trennen, um eines dieser Kinder zum Bahnhof zu bringen. Da müssen alle mit, sogar der Golden Retriever, der sich fast an seinem Halsband erwürgt, während er Sandras zehnjährige Schwester durch die dichtesten Knäuel herumstehender Eltern zerrt.

Hinter dem Hund mit der Kleinen kommt Sandra, dann Frau Poinstingl, mit je einem Kind an einer Hand und dahinter ihr Mann, der mit einem Riesenkoffer kämpft, dessen Räder nicht so wollen wie er. Als Sandra mich sieht, läuft sie auf mich zu. »Wo ist Melanie?«, schreit sie. Ich könnte jetzt gemessen »Dir auch einen schönen guten Morgen, Sandra« sagen, aber sie ist trotz allem erst zwölf und fährt heute auf Schullandwoche. Ich deute auf das Fenster und Sandra stürzt in den Zug. »Wir sind ein bisschen zu spät«, lächelt Sandras Mutter, als sie bei mir ist. Mein Part wäre jetzt zu sagen, dass das mit vier Kindern ja verständlich ist, aber ich zucke nur die Achseln und bemerke, dass der Zug ja noch da ist.

Also muss sie sich selbst ihr Stichwort geben: »Naja, mit vier Kindern.«

»Es wundert mich, dass Sie sich das antun«, merke ich an. »Ich hätte einfach meinen Mann geschickt oder hätte ihn bei den anderen dreien gelassen.« Selbiger Mann hat in der Zwischenzeit das Abteil erreicht und seine liebe Not damit, den Monster-Koffer die Stiegen hinaufzuhieven. Joe, der – selbst verschwitzt und rot im Gesicht – gerade aussteigen wollte, tut sein Bestes, um ihm zu helfen.

»Ich halte es für wichtig, Kindern das Gefühl mitzugeben, dass sie ein warmes Nest haben, wenn sie wegfahren«, erklärt mir Frau Poinstingl.

»Ah, ich bin sicher, sie kommen in jedem Fall wieder«, halte ich entgegen. »Spätestens, wenn das Geld aus ist.«

Eines muss man der Poinstingl lassen: Sie ist aus viel härterem Holz geschnitzt als Annikas Mutter. Sie zuckt mit keiner Wimper ob meiner Rohheit, sondern wechselt huldvoll das Thema: »Schön, dass sich die Mädchen wieder verstehen. Ich habe Sandra erklärt, dass man in einer Freundschaft auch verzeihen muss.«

Etwas in meinen Augen muss sie gewarnt haben, denn bevor ich fragen kann, ob das vor oder nach den Tätlichkeiten war, wendet sie sich ihrem Mann zu, der gerade mit Joe aussteigt und sagt missbilligend: »Du schwitzt ja total.« Dann winkt sie ihre Tochter noch einmal aus dem Abteil, damit diese der ganzen Familie Küsschen gibt (wobei der Hund eindeutig die meisten Trennungsschmerzen auslöst).

Ich muss eine Rabenmutter sein. Nicht nur mache

ich mir keine Sorgen – ich freue mich auf eine Woche Freiheit.

»Hast du noch Zeit für einen Kaffee?«, frage ich Joe, als wir nach minutenlangem Winken aus dem Westbahnhof treten und das Café »Westend« einladend zu uns herüberleuchtet.

Er sieht unschlüssig drein. »Zeit schon«, meint er gedehnt.

»Ich erzähle es Inge auch bestimmt nicht«, verspreche ich.

»Das ist es nicht ...«

Was immer es ist, ich brauche jetzt Koffein, deshalb ergreife ich mit Joes Ärmel die Initiative: »Komm, ich lade dich auf eine Therapiestunde ein – du musst nur den Kaffee zahlen.«

»Hast du nicht irgendeinen Koffer im Auto, den du schnell holen könntest?«, frage ich, als wir an einem Fenstertisch sitzen – als einzige ohne Gepäckstück neben uns. Joe lacht ein bisschen, aber es klingt nicht überzeugend.

»Joe, ich will, dass wir eine Lösung finden, wie wir in Zukunft miteinander umgehen«, erkläre ich ihm.

»Am besten gar nicht«, meint er unglücklich.

»Weil Inge das so will? Es geht mich nur bedingt was an, aber du weißt schon, dass sie dich betrogen hat, oder? Jetzt wäre der Zeitpunkt, ein paar Dinge anders zu regeln als bisher. Dazu könnte zum Beispiel gehören, dass du dich ab und zu mit deiner Ex-Frau treffen darfst, mit der du sie, wohlgemerkt, keineswegs betrogen hast.«

Während ich Luft hole, murmelt Joe etwas von »Jedenfalls nicht in der Realität«. Zeit für harte Bandagen.

176

»Willst du mir weismachen, dass du acht Jahre lang heimlich in mich verliebt warst? Ganz ehrlich, wenn du es so lange so super hast verbergen können, schaffst du es die nächsten vierzig Jahre auch.«

Jetzt muss er doch lachen. »Hör auf. Das ist genau das, was ich an dir liebe.«

»Schade. Ich hatte gehofft, es wäre mein Charme.«

Joe grinst. »Das *ist* dein Charme, Idiot.«

Ich grinse zurück. »Im Ernst, Joe. Vielleicht hast du dir mit Inge wirklich nur was angefangen, weil sie verfügbar war. Und vielleicht hast du sie nur geheiratet, weil sie schwanger war. Aber das ist acht Jahre her. Und mittlerweile habt ihr zwei Kinder. War das zweite auch ein Unfall? – Und selbst wenn«, setze ich schnell nach, bevor er eventuell »Ja« sagen kann, »willst du dein restliches Leben wirklich damit zubringen, dir einzureden, dass du es lieber mit mir verbracht hättest«?

»Natürlich nicht«, grummelt Joe. Dann sagt er eine Zeitlang nichts. Schließlich rafft er sich auf. »Es ist nicht so, dass ich mit Inge unglücklich bin – oder war. Offensichtlich war sie schon unglücklich, aber das ist eine andere Geschichte. Es ist nur …« Dann ist wieder Sendepause für ein Weilchen. »Es ist nur … Am Anfang hab ich dich sehr vermisst. Nicht dich als Person, ich meine, natürlich schon, aber … mit Inge hab' ich nie so reden können wie mit dir, nie so blödeln … Das ist einfach nicht ihre Art. Sie hat sich bemüht. Sie hat Karten fürs Kabarett besorgt, obwohl sie sich nicht reißt um so was, hat sich mit mir Filme angeschaut, die ich sehen wollte, sie hat sogar versucht, selbst witzig zu sein …«

»Gott behüte«, rutscht mir heraus, und ich ernte einen strafenden Blick.

»Sie hat sich bemüht«, wiederholt Joe mit Nachdruck. »Irgendwann haben wir drüber geredet und ich hab ihr gesagt, dass sie das nicht muss, dass ich sie … dass ich sie liebe, wie sie ist. Sie hat eine echte Leidenschaft für klassische Musik, weißt du. Es war sehr wichtig für sie, als sie herausgefunden hat, dass ich auch gerne Klassik höre und du davon keine Ahnung hast.«

Ich nicke. Nichts und niemand wird mich dazu bringen, Inge zu bemitleiden, aber bei jeder anderen würde ich mir jetzt »armes Schwein« denken. »Und was ist dann passiert mit der Idylle?«, frage ich.

Joe bedenkt mich mit einem neuerlichen strafenden Blick. »He, du wolltest reden«, stellt er fest.

»Hab ich was gesagt? Ich stelle nur sicher, dass der Bodenkontakt gewahrt bleibt.«

»Es war keine Idylle. Aber ich wage zu behaupten, dass es eine Menge schlechterer Ehen gibt.«

»Das heißt, es hat erst angefangen, schlecht zu werden, als wir uns wieder mehr getroffen haben?«, frage ich, jetzt wirklich schockiert, doch Joe schüttelt energisch den Kopf. »Nein. Ich denke, es hat angefangen, als wir dieses Riesenprojekt im Büro hatten. Ich war immer dort – entweder wirklich oder im Kopf. Inge war sehr verständnisvoll, aber als das Projekt dann vorbei war, hat sie wohl eine gewisse ›Entschädigung‹ erwartet.«

»Was denn für eine Entschädigung?«, frage ich angewidert, obwohl ich eine leise Vorstellung davon habe.

»Nichts Dramatisches, schätze ich. Vielleicht hätte es genügt, mit ihr essen zu gehen und ihr zu sagen, dass sie eine große Unterstützung war. Ich weiß auch nicht.«

»Du hast also nichts dergleichen getan.« Er schüttelt den Kopf. »Und da hat sie angefangen, sich anderweitig umzusehen.«

Er lächelt nachsichtig. »Nein, Anna, da hat sie nur

angefangen, sich ein bisschen rar zu machen. Ohne Erfolg, wie wir wissen.«

»Und dann hat sie angefangen, sich nach etwas anderem umzusehen.«

Jetzt ist Schluss mit nachsichtig. »Eigentlich erst, als sie draufgekommen ist, dass ich mich wieder mit dir treffe«, sagt er scharf.

»Tschuldigung. Bin ich jetzt schuld, dass sie dich betrogen hat?«

»Nein, aber du musst nicht so darauf herumreiten. Weißt du, dass sie einmal sogar versucht hat, dich dafür einzusetzen, mich eifersüchtig zu machen?«

Nein, das wusste ich nicht. – »Ah ja?«, frage ich misstrauisch.

»Ja, sie hat dich und Melanie einmal im Kino getroffen, hat sie gesagt.«

»Ja, da war sie mit dem Schaf unterwegs. Ich hab's dir erzählt, erinnerst du dich?«

Joe wird rot. Schaut aus, als hätte er mich damals vor der Haustür doch geküsst. Ich könnte ihn beruhigen – ich kann mich nämlich nicht daran erinnern, aber das sage ich lieber nicht. »Dunkel«, behauptet er. »Jedenfalls ist der Typ schwul. Aber sie hat gehofft, du erzählst mir, dass sie mit einem fremden Mann im Kino war.«

»Sie war nicht nur im Kino mit ihm, sie hat höchst undamenhaft gequietscht«, stelle ich richtig.

Joe grinst. »Ah, das war's. Sie wollte mir nicht sagen, wieso du hättest glauben sollen, dass er mehr als ein Arbeitskollege ist.«

Dieses Miststück. Sie muss Melanie und mich schon früher bemerkt haben. Kein Wunder, dass der Typ so peinlich berührt ausgesehen hat.

»Und Daniel?«, frage ich.

»Sie hat vor einer Ewigkeit einmal mit ihm geschlafen, da waren sie noch ganz jung – also vor meiner Zeit. Und ist dann drauf gekommen, dass er bei seinen Freunden damit angegeben hat.«

»Kein netter Mensch«, sage ich wissend, und Joe nickt. »Genau der Richtige für ein Techtelmechtel.«

»Irgendwie schon. Jedenfalls hat sie versprochen, ihn nicht wiederzusehen.«

»Dann herrscht also wieder Friede, Freude, Eierkuchen?«

»Eher rohe Eier, wohin man tritt, aber wir haben uns vorgenommen, neu anzufangen, ja.«

»Und eine Bedingung war, dass du dich nicht mehr mit mir triffst?«

»Nein. Inge hat keine Bedingungen gestellt. Sie hat sogar gesagt, sie hat nichts dagegen, wenn wir uns sehen.«

»Und?«

»Sie hat gesagt, sie würde mir vertrauen.«

»Und?«

»Hör auf mit dem blöden ›und?‹! Ich weiß nicht, ob sie mir diesbezüglich wirklich vertrauen kann, okay? Ich weiß nicht, wie weit ich mir selbst über den Weg traue! Ich bin nicht sechzehn – ich kriege nicht Herzklopfen, wenn du mich anschaust, und ich bin nicht in Gefahr, über dich herzufallen, wenn ich einen Moment lang nicht aufpasse. Aber seit wir wieder miteinander reden, fange ich wieder an, dich zu vermissen. Ich habe lange gebraucht, bis ich mit meiner jetzigen Ehe zufrieden war. Und jetzt habe ich Angst, ich könnte wieder das Gefühl kriegen, dass ich mich mit Inge langweile, okay? Und ganz nebenbei habe ich auch Angst, dass ich mich irgendwann mit dir betrinke und einen Fehler mache, verstehst du?« Der schwarz-befrackte Oberkellner wirft uns einen alarmierten Blick zu. Joe ist relativ laut ge-

180

worden. Ich traue mich nicht vorzuschlagen, dass sie einfach öfter in ein klassisches Konzert gehen sollten.

»Ist ja gut«, murmle ich beschwichtigend. »Du musst nicht schreien.«

»Schön, dass du keine Schwierigkeiten hast, cool zu bleiben«, murmelt Joe vor sich hin. »Aber die hattest du ja noch nie, oder? Du bist ja sogar cool geblieben, als ich die Scheidung wollte. Weißt du was? Manchmal hatte ich den Eindruck, du warst insgeheim erleichtert.«

Vielleicht hat er Recht. Vielleicht sollten wir uns wirklich nicht mehr treffen. »Ich war eine miserable Ehefrau«, gebe ich stattdessen zu.

»Erst als wir schwanger wurden. Vorher nicht. Vorher war es toll«, behauptet Joe, doch ich schüttle den Kopf. »Wir hätten nie heiraten sollen. Wir hätten Freunde bleiben sollen – beste Freunde.« Ich grinse ihn an. »Dann würde mich Inge zwar auch hassen, aber sie hätte offiziell keinen Grund dazu.«

Aber Joe ist nicht in der Stimmung, abgelenkt zu werden. »Ich kann mich nicht mit gutem Gewissen mit dir treffen, Anna.«

Und das weiß Inge. Deshalb hat sie es ihm frei gestellt. Es gibt nichts, das größere Macht über anständige Männer hat als bedingungslose Unterwerfung. Mir ist, als hätte ich Blei im Magen. Reiß dich zusammen, Anna. Du bist acht Jahre ohne deinen Ex-Mann ausgekommen – dann hattest du ein paar angeregte Gespräche mit ihm, das ist alles. Vielleicht sollte ich wirklich Fred heiraten. Gute Idee. Ich könnte Joe und Inge zur Hochzeit einladen, dann könnten sie sich endlich beide vor mir sicher fühlen.

Ich bin nah dran, etwas in der Preisklasse von mir zu geben, doch einmal im Leben halte ich mich zurück. Das hat Joe nicht verdient. Er war ehrlich zu mir, und das war sicher nicht leicht. Dabei war ich eigentlich nie besonders ehrlich zu ihm, wenn man es genau nimmt. Zeit, es nachzuholen. »Du hast übrigens Recht«, sage ich, »ich war ein bisschen erleichtert über die Scheidung«.

Joe macht ein Gesicht, als hätte er nichts dagegen gehabt, von dieser Wahrheit verschont zu bleiben, aber ich bin noch nicht fertig. »Vielleicht war ich zu jung …« Ich weiß, dass ich 28 war, als ich Melanie bekommen habe, aber Alter – wie Stress – ist eine individuelle Sache. »Vielleicht bin ich einfach nicht gebaut zum Heiraten. Es ist jedenfalls nicht an dir gelegen, Joe.« Ich würde ihm gern mehr sagen. Ich würde ihm gern sagen, dass ich ihn liebe, aber das würde er zu diesem Zeitpunkt im besten Fall nicht glauben, im schlimmsten Fall für einen Schachzug halten, ihn mir warm zu halten.

»Dabei ist es wahr«, sage ich, als ich mich am Abend mit Angelika treffe. »Ich liebe ihn wirklich, aber mehr wie einen Bruder oder so was. Wie einen besten Freund eben. Das war immer so. Daran hat sich nie was geändert.«

»Alles in allem war es sicher besser, ihm das nicht zu sagen«, meint Angelika. »Und jetzt?«

»Zurück an den Start. Wir besprechen, was nötig ist, sehen uns zu Schulfeiern und Melanies Geburtstag … solche Sachen halt.«

»Das ist vielleicht ganz gut so«, vermutet Angelika. »Die Situation hätte schon leicht einmal kippen können.«

»Schon, aber wer hilft mir jetzt bei meinem Kabarett-Programm?«

Vorläufig niemand, aber das ist auch nicht so vorrangig. Wichtiger ist, dass ich eine knappe Woche Zeit habe, zu tun und lassen, was ich will, ohne mich um Jausenbrote oder sonstige lebenserhaltende Maßnahmen (außer für mich) kümmern zu müssen. Unter anderem kann ich beim Sex so laut sein, wie ich will. Fred hat mir jetzt lange genug Zeit gelassen, finde ich, deshalb rufe ich ihn an.

»Morgen kann ich nicht«, sagt er.

»Macht nichts. Übermorgen ist genauso gut. Oder über-übermorgen. Oder über-über-übermorgen oder ... hab ich erwähnt, dass Melanie eine Woche weg ist?«

»Ja, hast du.«

Oha. Was ist hier los? »Bist du in einer Besprechung oder so was?«

»Nein.« Dann grummelig: »Hast du dir mein Angebot überlegt?«

Daher weht also der Wind. Er will endlich wissen, was Sache ist. Zugegeben, bis jetzt hat er mich nicht gedrängt. Trotzdem möchte ich die Angelegenheit lieber nicht am Telefon besprechen. Am liebsten möchte ich sie eigentlich gar nicht besprechen, aber wenn schon, dann am liebsten postkoital. Letzteres sage ich auch.

»Na gut, wenn es sein muss, dann übermorgen. Ciao.«

Fast hätte ich vor Empörung auch »Ciao« gesagt, aber im letzten Moment, bevor er auflegt, schaffe ich es doch, einhaltgebietend »Äh« einzuwerfen.

»Ja?«

»Ich hab's mir anders überlegt. Lass uns die Sache doch jetzt gleich klären: Nicht um viel Geld würde ich einen Rüpel wie dich heiraten.« Schade, dass man bei Handys nicht den Hörer auf die Gabel knallen kann.

Stattdessen drücke ich den roten Knopf besonders gründlich.

Irgendwie entwickelt sich die Woche nicht so, wie ich gehofft hatte. Noch vor ein paar Tagen hatte ich Angst, ich würde nicht alles, was ich so vorhabe, darin unterbringen, und jetzt sitze ich in der Redaktion und frage mich, was ich falsch gemacht habe. Nicht einmal der Apotheker war in der Früh im Kaffeehaus. Ist mir schleierhaft, wie ich mich jemals begehrt und umkämpft fühlen konnte.

Mein Handy macht das komische Geräusch, das es immer macht, wenn mir jemand eine SMS schickt (was selten der Fall ist – die meisten meiner Freunde gehören wie ich einer Generation an, die besser Maschine schreibt als Handy-Tasten bedient). Mit einem flauen Gefühl im Bauch schiele ich auf den Absender: Fred. Meine Mutter behauptet immer, alle Dinge kämen im Dreierpack – die angenehmen genauso wie die unangenehmen. Nach Joes Abgang und dem Telefon-Fiasko mit Fred müsste das demnach das fehlende Drittel sein. Vielleicht sollte ich die Nachricht lieber erst am Abend lesen, wenn ich mich mit einem ordentlichen Schluck Rémy Martin dagegen wappnen kann. Nichts da. Wenn es wirklich der dritte Flop der Woche ist, dann habe ich es wenigstens hinter mir, wenn ich die SMS jetzt lese.

»Friede – heute in der ›Grotta azzurra‹, 20 Uhr? Fred«, sagt das Display. Ich grinse vor mich hin. Endlich verstehe ich, was hier vorgegangen ist. Irgendwann in den letzten Tagen muss Fred draufgekommen sein, dass er genauso wenig heiraten will wie ich, aber das hat er sich nicht sagen getraut. Deshalb hat er sich nicht gerührt und war so komisch. Und jetzt, wo er weiß, dass ich seinen Antrag ablehne … In nur drei Anläufen habe ich meine Antwort verfasst: »Super – Anna«.

Endlich habe ich eine Gelegenheit, mein paillettenbesetztes kleines Schwarzes anzuziehen: Die »Grotta azzurra« ist eines von Wiens teuersten italienischen Restaurants. Außerdem habe ich mir die Haare gewaschen, mir die Beine und Achselhöhlen rasiert, mich dezent einparfümiert, geschminkt und mir sogar die Nägel lackiert. Kurz – ich bin bereit für ein Abendessen in exquisiter Umgebung und anschließendes Unterhaltungsprogramm.

Fred ist schon da. »Gut siehst du aus«, meint er, nachdem er mich keusch auf die Wange geküsst hat. Bei der Mühe, die ich mir gegeben habe, hätte ich mir zwar etwas mehr Enthusiasmus erwartet, aber vielleicht ist er im Grunde doch ein bisschen beleidigt, dass ich ihn nicht heiraten will. Ich lasse mich elegant auf meinem Sessel nieder und bin erstaunt, dass Fred stehen bleibt. Noch überraschter bin ich, dass er starr zum Eingang blickt und sich langsam, aber sicher ein Ausdruck ungeheurer Begeisterung auf seinem Gesicht ausbreitet (ungefähr so, wie ich mir das bei meinem Eintreten erhofft hatte). Verwirrt folge ich seinem Blick. Na schön, das blonde Fräuleinwunder, das gerade hereinkommt, ist hübsch, aber so hübsch auch wieder nicht.

Zu meinem tiefen Erstaunen steuert das Mädlein (ich gebe ihr nicht mehr als 18) direkt auf unseren Tisch zu, wobei sie begeistert die Zähne bleckt. Sie küsst den immer noch stehenden Fred auf den Mund, dann reicht sie mir die Hand und sagt: »Ich freue mich so, dich kennen zu lernen.«

Ich schaue hilfesuchend Fred an, doch der ist im Moment außer Gefecht. Zeit, ihn auf den Teppich zu bringen: »Ich wusste gar nicht, dass du eine Tochter hast.«

Während er sich mit einem entsetzten »Was?« an mich erinnert, bricht Blondie in helles Lachen aus: »Aber ich bin doch nicht seine Tochter«, erklärt sie mir. Irgendwie habe ich mir das schon gedacht, die Frage ist nur: Was ist sie dann?

»Hast du es ihr noch nicht erzählt?«, fragt sie Fred, als endlich alle sitzen.

»Ich hatte noch keine Gelegenheit«, grummelt er. Er wirkt noch immer angeschlagen von der vermeintlichen Vaterrolle. Ganz ehrlich, wenn er mit diesem Kind öfter unterwegs ist, wird er sich daran gewöhnen müssen.

»Na dann also jetzt«, fordert Blondie, schon nicht mehr so glockenhell.

»Natürlich. Entschuldige«, murmelt Fred. »Anna, das ist Claudia, meine Verlobte. Claudia, das ist Anna.«

»Aber das weiß ich doch«, kichert Claudia.

Hat er Verlobte gesagt? »Seit wann seid ihr denn verlobt?«, frage ich.

Fred hat den Anstand, peinlich berührt dreinzusehen, aber das Problem hat Claudia nicht. »Seit heute Nachmittag«, vertraut sie mir mit großen Augen an.

»Und was sagen deine Eltern dazu?«, frage ich, was mir einen strafenden Blick Freds einträgt. Er sorgt sich jedoch unnötig. »Die sind begeistert«, erklärt mir Goldlöckchen. Klar, ein Arzt!

»Na, dann gratuliere ich.« Ich hebe mein Sektglas, das der diskrete Kellner nach einem entsprechenden Wink Freds vor mir abgestellt hat. Ich wünsche euch viel Glück.« Ganz besonders Fred. Er wird es brauchen.

»Danke«, strahlt Claudia. Fred nickt. Zu strahlen beginnt er erst, als er seine Liebste anschaut. Was immer er dort sieht, es muss etwas anderes sein als das, was ich sehe. »Du bist Krankenschwester?«, frage ich, einer Eingebung folgend.

Claudia ist entgeistert. »Woher weißt du das?«

Ich zucke bescheiden die Achseln, während ich meine verblüffende Intelligenz darauf verwende zu überlegen, wie ich diese Abendgesellschaft verlassen kann, ohne das Gesicht zu verlieren. Doch das Schicksal hat offenbar befunden, dass ich für heute gestraft genug bin, und lässt in diesem Moment mein Handy klingeln. Es ist Viktor.

»Hi, wie geht's?«, fragt er.

»Hallo – was?«, frage ich entsetzt.

»Was ist los?«, fragt Viktor.

»O nein, das ist ja furchtbar! Ich komme, so schnell ich kann«, versichere ich ihm. »Rühr dich nicht. Ich bin gleich da.« Ich lege auf, stopfe das Handy in meine Handtasche und stehe hektisch auf. »Tut mir Leid, aber meine Mutter ist gestürzt und kann sich nicht bewegen. Ich muss sofort zu ihr. Danke für den Sekt.«

Beim Ausgang werfe ich einen verstohlenen Blick über meine Schulter. Fred und Claudia halten Händchen und schauen einander in die Augen. Ich wette, sie haben schon vergessen, für wen der dritte Sessel war.

Zu Hause ziehe ich mein kleines Schwarzes aus, stecke mir die Haare auf und lasse mir ein Bad ein. Jeder weiß, dass ein wohltemperiertes Bad die letzte Zuflucht frustrierter (weiblicher) Singles ist. Wahrscheinlich, weil es eine männerlose Möglichkeit ist, sich zumindest körperlich rundum mit Wärme zu umgeben. Ich habe allerdings keine Ahnung, warum die Frauen in den Filmen immer in einem Meer von Kerzen baden – außer dass es ein schönes Licht gibt für die romantischen Szenen, die sich im Anschluss an das Single-Frust-Bad immer völlig überraschend ergeben. Ich verzichte auf die Kerzen – erstens habe ich nur ein paar Teelichter und die brauche ich, um Tee warm zu halten, und zweitens besteht keine Gefahr, dass irgendein verlorengeglaubter Lover an meiner Tür läutet. Meine Lover sind alle wirklich verloren.

Ich tauche gerade vorsichtig eine große Zehe ins Wasser und stelle fest, dass es wie immer zu heiß ist, als es tatsächlich an der Tür läutet. Es ist neun Uhr vorbei – wer kann das sein? Mit einiger Sicherheit irgendein jugendlicher Spaßvogel, der jede Klingel im Haus drückt, in der pubertären Hoffnung, eine Nackte an die Tür zu locken. Am besten ignorieren. Als ich die Zehe zum zweiten Mal ins Wasser stecke, läutet es noch einmal, diesmal mit großem Nachdruck. Normalerweise läuten so nur Briefträger und Polizisten – beides Berufe, die von Amts wegen oft an Türen klingeln und deshalb immer gleich Vorsorge treffen, auch von Halbtauben gehört zu werden.

Da kommt mir ein schrecklicher Gedanke: Melanie ist etwas passiert! Und die Polizei kommt, um mich persönlich davon in Kenntnis zu setzen. Ich habe irgendwo gehört, dass die Polizei solche Nachrichten nicht am Telefon übermitteln darf. Bis jetzt hatte ich keine Ahnung, ob das wahr ist. Jetzt weiß ich es. Mit zitternden Händen werfe ich mir einen Bademantel über und stürze zur Tür. Ich schaue nicht durch den Spion, ich frage nicht, wer da ist, nichts – ich will so schnell wie möglich wissen, was los ist. »Was ist passiert?«, brülle ich, noch während ich die Tür aufreiße.

Daniel wankt einen Schritt zurück, sodass mich seine Fahne nur streift.

»Was ist mit Melanie?«, schreie ich ihn an, bevor

mein Hirn den Sprung von der Erwartungshaltung in die Realität vollziehen kann.

»Melanie?«, wiederholt er verständnislos. Dann erinnert er sich offensichtlich, warum er hier ist. »Lass mich rein«, verlangt er.

Einerseits sind die Dinge viel besser als noch vor zehn Sekunden – Daniel ist nicht die Polizei, die mir mitteilen muss, dass meine Tochter im Wagrainer Freibad ertrunken, vom Sessellift gestürzt oder einfach beim Koma-Trinken verunglückt ist. Andererseits ist es Daniel. »Du bist betrunken«, stelle ich fest.

»Lass mich rein. Muss mit dir reden.«

Der Adrenalinstoß, den mir meine ausufernde Fantasie beschert hat, ist wie ein homöopathisches Spitzenprodukt: wirkungslos verpufft, aber doch teuer bezahlt. Meine Knie werden weich und ich bin schlagartig todmüde. Ich halte mich an der Türschnalle fest. »Geh weg«, sage ich.

In dem Moment geht die Nachbarstür einen Spaltbreit auf. »Ist alles in Ordnung?«, fragt Frau Maier.

»Ja, ja«, versichere ich eilig. Widerwillig zieht sie sich zurück.

Daniel lächelt. »Wenn du mich nicht reinlässt, schreie ich durch die Tür«, droht er. Super. Da würde sich Frau Maier sicher freuen, wo heute sowieso nichts im Fernsehen ist. Ich mache einen Schritt zurück und lasse ihn eintreten. Dann bugsiere ich ihn in die Küche, wo er sich brav auf einen meiner beiden Kaffeehaussessel setzt. Während ich den Kaffee braue, den wir beide bitter nötig haben, legt er den Kopf auf die Tischplatte und murmelt ununterbrochen »Alles aus, alles aus«.

Wortlos stelle ich ihm einen großen Becher schwarzen Kaffee hin, den er in einem Zug leert. Danach jammert er zwar, dass er sich den Mund verbrannt hat, ist aber nur noch halb so betrunken. »Was willst du?«, frage ich ihn. Das wirft ihn ein bisschen aus der Bahn. Sein Anliegen scheint eines von diesen gewesen zu sein, die außergewöhnlich sinnvoll und logisch erscheinen, bis sich der Alkoholnebel zu lichten beginnt. Ein Weilchen sieht er ratlos drein, dann erinnert er sich: »Es ist alles aus.«

Wäre ich fünfzehn Jahre jünger, würde ich vielleicht fragen, was denn »aus« ist und ob es wirklich gleich als »alles« bezeichnet werden kann. Mittlerweile kann ich mich beherrschen. »Und?«, frage ich stattdessen.

»Du bist schuld«, erklärt er mir.

Etwas verspätet fallen mir die E-Mails ein, die ich »Giacomo« geschickt habe. Gleichzeitig hebt eine Miniaturversion von schlechtem Gewissen ihr hässliches Haupt. »Haben sie dich rausgeschmissen?«, frage ich vorsichtig.

Daniel ist verwirrt. »Wo?«

»Bei deinem Männermagazin.«

»Nein. Ich hab gekündigt.« Kurzes Nachdenken. »Woher weißt du das?«

Das überhöre ich geflissentlich. »Warum hast du gekündigt?«

Er macht eine wedelnde Bewegung mit der Hand. »Lauter Idioten dort. Die waren in letzter Zeit so komisch«, murmelt er. »Haben immer gelacht, wenn ich reingekommen bin, und die Kleine an der Rezeption hat mich immer gefragt, ob ich meine Bindungsängste schon überwunden habe und so Scheiß …«

Ich erinnere mich an das Telefonat mit der Rezeptionistin. Ich muss zugeben, über das hässliche Haupt des schlechten Gewissens zieht ein fettes Grinsen. »Und warum haben die anderen gelacht?«, frage ich mitfühlend.

Daniel zuckt die Achseln. »Irgendwelche Ärsche haben mir Mails geschickt. Richtig blöde Mails, aber die anderen haben sie lustig gefunden.« Dann wird er plötzlich laut: »Ich kann dir sagen, was die waren: Neidisch waren die! Weil ich jede abstaube, die ich will! Die Wichser können was lernen von mir, das sage ich dir! Und das wissen die auch, deswegen waren sie neidisch! Da freuen sie sich natürlich, wenn mir einer ans Bein pinkelt – aber nicht mit mir! Sollen sie doch ihre One-Night-Stands selber machen, ha! Wenn alle zusammensteuern, gibt das glatt jedes Jahr einen Artikel! Ha!«

Während ich mich redlich bemühe, kein Wort dieses Ausbruchs zu vergessen, damit ich Angelika und Viktor später treulich davon berichten kann, vermerke ich doch, dass es offenbar nicht sein beruflicher Misserfolg ist, für den er mich verantwortlich macht. Ich warte ein bisschen, für den Fall, dass er von selbst wieder zu seinem ursprünglichen Thema kommt. Und tatsächlich: »Du bist schuld an meinem Unglück«, behauptet er nach einer Weile sinnlosen In-die-Luft-Starrens.

Ich wüsste beim besten Willen nicht, wie, es sei denn … Ist er etwa meinetwegen in diesem Zustand? »Was soll ich denn verbrochen haben?«, frage ich, sanfter und vor allem ein Gutteil interessierter als bisher.

»Du hast ihre Scheiß-Ehe gekittet und dann auch noch so getan, als hätte ich dir von uns erzählt! Das verzeiht sie mir nie, hat sie gesagt. Dabei habe ich niemandem ein Sterbenswort erzählt – und dir am allerwenigsten!«

Jetzt im Ernst: Er schmachtet nach Inge? Das ist nicht wahr.

Ist es doch. Unter vielen »Du bist schuld« und »Es ist alles aus« entrollt sich vor mir die erbärmliche Geschichte vom Möchtegern-Casanova, der eigentlich nur auf der Jagd nach einer neuen Kolumnen-Mitwirkenden war und sich dabei verliebt hat. Ausgerechnet in eine verheiratete Frau, die von ihm nicht mehr wollte als Munition gegen ihren sie vernachlässigenden Mann.

»Und warum hast du bei uns angefangen?«, frage ich dazwischen. Das tut zwar nichts zur Sache, aber es interessiert mich.

Er zuckt die Achseln. »Als Überbrückung, bis ich was Festes habe. Außerdem …« Seine Stimme erstirbt.

»Ja?«, frage ich hellhörig.

»Ich dachte, ich könnte über dich ein Auge auf Joe halten. Wie es ihm geht und so.« Hä? »Na, wenn es ihm schlecht gegangen wäre, hätte ich gewusst, dass er irgendwas von uns gemerkt hat«, führt er auf meinen verständnislosen Blick ungeduldig aus.

»Und das wolltest du?«

»Natürlich! Ich hab doch gehofft, dass man es ihr anmerkt! Mir merkt man es doch auch an«, fügt er leise hinzu.

Das kann er laut sagen. Er sieht so zerknautscht aus, dass ich einen Moment versucht bin, ihm tröstend durch die zerwühlten Haare zu streichen. »Du musst jetzt gehen«, sage ich abrupt und marschiere ihm voraus ins Vorzimmer.

Er trapst hinter mir her. An der Tür fragt er: »Sag mir nur noch eins: Wer hat dir von uns erzählt?«

Ich halte ihm die Tür auf. »Niemand. Ich habe geraten.«

Gut, dass das Bad mittlerweile kalt ist. Ich hätte sowieso nicht mehr die nötige Energie, um in die Wanne zu klettern.

Ich liege ganz steif da und sehe schön aus. Sie haben

mir mein cremefarbenes Kostüm angezogen und meine Haare ansprechend drapiert – »Schneewittchen-Style«, höre ich Viktor seinem neuesten Lover zuflüstern.

Die Kerzenflammen kommen jedes Mal ein bisschen in die Waagrechte, wenn jemand hereinkommt, aber sonst verhalten sie sich sehr feierlich. Wie alle übrigens, da kann man nicht meckern.

»Sie sieht aus, als würde sie schlafen«, sagt Joe traurig.

»Das kommt daher, dass sie einmal im Leben den Mund hält«, behauptet Inge und schlägt sich gleich darauf die Hand vors Gesicht, weil das selbst für ihre Verhältnisse außergewöhnlich geschmacklos ist.

Daniel steht ein bisschen verloren in der Gegend herum, dann tritt er nah an mich heran und flüstert: »Es tut mir Leid.« Tja, jetzt ist es zu spät. Das hat er jetzt davon.

Der Apotheker ist auch da – immer noch (oder schon wieder?) mit einem Blumenstrauß, aus dem ein Aronstab hervorschaut.

»Ich hab sie eigentlich nie richtig kennengelernt«, sinniert Fred, aber Claudia tröstet ihn: »Sie war eben schon alt.«

Das Handy läutet. »Ich bin's!«, schreit Melanie, kaum dass ich abhebe, vor einer ohrenbetäubenden Geräuschkulisse. »Es ist super!« Ich frage noch ein bisschen nach dem Essen (»okay«), der Landschaft (»überall geht's bergauf«), den Zimmerkolleginnen (»Mama!«), dann muss sie Schluss machen. Im letzten Moment fragt sie: »Und was machst du so?« »Nichts Besonderes«, sage ich. Ich kann einer Pubertierenden unmöglich erklären, dass ich mir gerade ausgemalt habe, wie es wäre, tot zu sein. Das ist eigentlich mehr was für ihr Alter.

»Du hast also Todesfantasien?«, fasst Eva zusammen. Zugegeben, wie sie das sagt, klingt das schon bedenklich.

»Naja, so würde ich es nicht sagen«, wende ich deshalb vorsichtig ein.

»Wie dann?«

»Erstens ist es nur *eine* Fantasie ...«

»Die du seit drei Tagen in jeder freien Minute hast«, wirft meine Therapeutin ein.

Was soll das? Ich bin sicher, irgendwo gelesen zu haben, dass man Patienten nicht unterbricht. Außerdem: Was heißt »in jeder freien Minute«? Nur weil ich mir die Szene ab und zu ausmale, wenn ich beim Frühstück sitze oder in irgendeiner Warteschleife in der Redaktion oder beim Fernsehen, kann man doch nicht von »in jeder freien Minute« reden. »So oft ist es auch wieder nicht«, wende ich ein.

»Und wie oft hattest du diese Fantasien, als du noch das Gefühl hattest, Joe, Daniel und Fred würden sich um dich reißen? Nie, oder?«

Na und? Die meisten Ideen entstehen von einer Minute auf die andere. Müssen Fantasien einen jahrzehntelangen Stammbaum vorweisen können, um salonfähig zu sein? Wäre ich weniger auffällig, wenn ich sie schon seit meiner Kindheit hätte? Ich beschließe, ihren Einwurf als rhetorischen zu betrachten. »... und zweitens ist es mehr eine Totsein-Fantasie«, schließe ich endlich mein angefangenes Argument ab.

»Wo ist da der Unterschied?«

Tja, das ist eine gute Frage. Ich lege mich auf der Couch zurecht und starre an die Decke, um besser nachdenken zu können. Der Unterschied? Der Unterschied ist, dass Sterben eine aufwändige Sache ist – mit vielen aufrührenden Emotionen verbunden, mit Unsicherheit, Angst, vielleicht Schmerzen ... Das will ich mir nicht vorstellen, davon hatte ich in letzter Zeit genug. Aber Totsein, das ist doch was anderes. Einfach nur daliegen und für nichts und niemanden mehr zuständig sein. Nicht einmal für mich. Das hat was.

Erleichtert fühle ich, wie mein Kopf leicht wird. Alles Schwere verlässt ihn. Ich denke an Joe und er ist da, traurig wie immer (aber nun ohne Inge). Ich denke an Daniel und er ist auch da, reuig wie immer. Der Apotheker mit seinem absurden Blumenstrauß … Halt, da ist jemand Neuer: Eva. Das ist nett, dass sie auch gekommen ist. Was sie wohl sagen wird? Sie beugt sich über mich und faucht: »Hörst du sofort auf!«

Beleidigt setze ich mich auf. Herrgott, nicht einmal in Ruhe tot sein kann man hier.

Auf die Frage des Apothekers nach meinem Befinden zucke ich die Achseln. »Meine Therapeutin will, dass ich Anti-Depressiva nehme.«

Er verschluckt sich an seinem morgendlichen kleinen Braunen und hustet eine Weile. »Schon wieder?«, fragt er, als er sich beruhigt hat. »Warum?«

Ich bin nicht sicher, dass ihn das was angeht. Das heißt: Eigentlich bin ich mir ziemlich sicher, dass es ihn gar nichts angeht. Andererseits: Was soll's. »Sie meint, ich hätte Todesfantasien«, erkläre ich und rühre in meinem Espresso.

»Und? Hast du welche?«

Ich winke ab. »Natürlich nicht.«

»Wie kommt sie dann darauf?«

»Keine Ahnung. Wahrscheinlich, weil ich mir ab und zu vorstelle, ich wäre tot.«

Er macht ein nachdenkliches Gesicht. »Hm. Das könnte es sein.«

Was wird das hier? Glaubt er, das ist witzig? »Ich habe keine Todesfantasien. Ich stelle mir nie vor, wie es wäre zu sterben. Das ist krank«, stelle ich ein für allemal fest.

»Aber du stellst dir vor, du bist tot, ja?«

»Ja.«

»Du hast also quasi Totsein-Fantasien?«

Endlich einer, der es kapiert. »Ich sollte dir das Geld geben statt meiner Therapeutin«, merke ich an. Dann rühre ich noch ein bisschen in meinem Espresso. Faszinierende Tätigkeit, wie's aussieht, oder warum würde er mich sonst so anglotzen?

»Es ist nur … Du nimmst gar keinen Zucker«, erklärt er, als er meinen Blick bemerkt.

»Na und?«

»Nichts«, sagt er eilig. Dann druckst er ein bisschen herum. Wetten, als nächstes fragt er mich, seit wann ich diese Vorstellungen habe. Er macht den Mund auf und ich mache mich bereit zum Gehen. Den Kaffee kann man sowieso nicht mehr trinken, er ist kalt. »Ich bin heute Abend auf einem Gartenfest. Warum kommst du nicht hin?«, sagt er.

Was?

»Komm«, wiederholt er. »Wenn das nicht hilft, kannst du immer noch die Anti-Depressiva nehmen.«

»Okay«, sage ich. Warum auch nicht.

»Sollen wir heute Abend essen gehen?«, fragt Viktor zwei Stunden später am Telefon.

»Nein. Ich bin schon verabredet.«

»Wirklich?«

»Warum sollte ich dich anlügen?«

»Vielleicht, weil du deine Ruhe haben willst? So richtig still?«

Ich hätte es besser wissen sollen, als Viktor von mei-

196

nen Aufbahrungsvorstellungen zu erzählen. »Nein, ich habe wirklich was vor.«

»Eine Verabredung mit einem Bestatter?«, vermutet Viktor.

»Nein. Mit einem Apotheker.«

»Ehrlich? Wow.«

»Ja, wow.«

»Na dann, schönen Abend. Vielleicht hat er ja ein Helfersyndrom, dann unterhält er sich sicher prächtig.«

Bis zum frühen Nachmittag ist der Teufel los in der Redaktion – in unserem Bezirk wurde allen Ernstes eine Bank überfallen –, sodass ich kaum zum Denken komme. Aber dann ist alles im Kasten und langsam aber sicher fangen alle an einzupacken. Immerhin ist Freitag. Erst jetzt fällt mir auf, dass heute mein letzter freier Abend ist, bevor Melanie heimkommt. Sicher hat Viktor deshalb angerufen. Nett von ihm, das muss man schon sagen. Auch nett von dem Apotheker, obwohl der meine Angst, Gelegenheiten zu versäumen, nicht kennen kann. Andererseits, so wie mein Leben derzeit läuft, kreuzt er dort sicher mit seiner Freundin auf.

Je länger ich darüber nachdenke, desto sicherer werde ich, dass er eine Freundin hat. Oder eine Frau. Zwei bis drei Kinder, schätze ich. Obwohl: Würde er sich dann in der Öffentlichkeit mit mir zeigen? Also doch nur eine Freundin. Die garantiert auf dem Fest ist. Eigentlich hat er mir das so gut wie gesagt. Er hat mir die Adresse gegeben und gesagt, ich soll direkt hinkommen, weil er noch bei den Vorbereitungen helfen muss. Wem hilft man bei Vorbereitungen zu einem Fest, wenn nicht der eigenen Freundin? Na also. Ich gehe dort sicher nicht hin.

Sicherheitshalber rufe ich Angelika an. »Klar gehst du hin«, verfügt sie. »Das wird sicher lustig.«

»Ich bin in den letzten Tagen von drei Männern abserviert worden«, erinnere ich sie. »Mein Bedarf an Spaß ist gedeckt.«

»Na bitte: dreimal Pech. Jetzt hast du's hinter dir. Jetzt fangen die drei guten Dinge an.« Sie huldigt demselben Aberglauben wie meine Mutter.

»Und wenn nicht?«

»Kannst du immer noch nach Hause gehen und tot sein spielen.«

»Oder Psychopharmaka nehmen«, murmle ich.

»Auch das. Also sprich mir nach: Ich gehe heute auf das Gartenfest.«

Den wirklichen Ausschlag gibt letzten Endes das Wetter: Es ist traumhaft. Haargenau die Witterung, bei der man sich wünscht, zu einem Gartenfest eingeladen zu sein (ich wünsche mir das eigentlich jeden lauen Sommerabend, aber ich kenne so wenige Leute mit Garten).

Bleibt nur noch ein Problem: Was soll ich anziehen? Das cremefarbene Kostüm scheidet irgendwie aus und das paillettenbesetzte kleine Schwarze auch … Das ist auch so ein Vorteil am Totsein: Sogar über die Kleiderwahl müssen sich dann andere die Sorgen machen. Ich rufe noch einmal Angelika an. »Nimm das geblümte Mini-Kleid, das ist lässig und du siehst trotzdem super drin aus.« Jawohl, geblümtes Mini-Kleid. Ich fühle mich immer noch ferngesteuert, aber immerhin besser als die letzten drei Tage. Das merke ich auch daran, dass ich zum ersten Mal wieder Hunger kriege.

Die Adresse, die mir der Apotheker genannt hat, liegt schon etwas außerhalb von Wien, wird aber noch von den städtischen Bussen angefahren (wenn auch im Halbstunden-Takt). Als ich endlich aussteige, klebt mir das Kleid am Rücken – und der Weinflasche, die ich mitgebracht habe, fehlt nur noch das Gewürzsäckchen zum Glühwein. Die eine Seite des »Akazienweges« nimmt ein Reitstall ein, die andere ist eine durchgehende Mauer. Die marschiere ich ein paar Minuten entlang, bis sie sich in Gartenzäune auflöst. Das Tor mit der Nummer 56 ist mit Ballons geschmückt und steht offen. Ein paar Stufen führen hinunter zu einem Bungalow, hinter dem wohl der Garten liegen dürfte, aus dem bereits Stimmengewirr und Gelächter zu hören sind. Ich bin zwanzig Minuten zu spät.

Was jetzt? Soll ich einfach reingehen? Ich stelle mir vor, wie sich aller Augen auf mich richten, und mich keiner kennt. Außer dem Apotheker natürlich, aber was ist, wenn er noch nicht da ist? Oder schon da ist, aber in der Küche mit seiner Freundin knutscht und daher quasi doch nicht da ist? Ich könnte natürlich auch läuten – in der Hoffnung, dass er sich denken kann, wer blöd genug ist, bei offenem Tor zu klingeln, und mich holen kommt. Während ich mich in fruchtlosen Überlegungen ergehe, bleibt ein Motorrad neben mir stehen. Der lange Typ, der mit vorschriftsmäßigem Helm, aber sonst in Jeans und T-Shirt davon absteigt, wirft einen kurzen Blick auf mich, mein Kleid, meine Beine und meine Weinflasche, dann streckt er mir die Hand entgegen: »Hallo, ich bin Klaus.« Und während ich »Anna« murmle, fragt er: »Gehst du nicht rein?«

»Doch, ich war gerade dabei.« Eigentlich würde ich lieber auf ihn warten, aber das traue ich mich nicht, also überlasse ich ihn seinen Machenschaften – Packtaschen, Maschine, Helm … – und stöckle allein die paar Stufen hinunter und an dem Häuschen vorbei in den Garten, wo schon etliche Leute mit Gläsern herumstehen und sich unterhalten. Erst jetzt begreife ich, warum ich eine Mauer entlang marschieren musste, um hierher zu kommen: Das Grundstück liegt an einem Baggerteich, der an der Seite zur Durchzugsstraße entsprechend abgeschirmt ist. Während ich dümmlich lächelnd herumstehe, habe ich Gelegenheit zu bemerken, dass die meisten Anwesenden rund zehn Jahre jünger sind und irgendwie alle cooler aussehen als ich.

Wo ist der verdammte Apotheker? Bevor ich gehe, würde ich gerne meine Glühweinflasche an seinem Kopf zertrümmern. Auch, weil ich nicht weiß, was ich sonst damit machen soll. »Hallo!«, sagt es plötzlich hinter mir. »Schön, dass du da bist.« Der Apotheker küsst mich auf die Wange. »Hast du gleich hergefunden?« Dann dreht er sich um und schreit in Richtung des Hauses: »Verena!«

Ich wusste es. Jetzt kommt gleich seine super-nette Freundin, die schon von mir gehört hat, aber sich große Mühe geben wird, so zu tun, als wäre ich nicht der neueste Sozialfall ihres medizinisch geschulten Liebsten. Und da kommt sie auch schon aus dem Bungalow. Ich habe gelesen, dass sich Paare mit den Jahren anfangen, ähnlich zu sehen. Wenn das wahr ist, müssen die beiden schon eine Ewigkeit zusammen sein. Verena ist etliche Jahre jünger und blond, während der Apotheker dunkel ist, aber davon abgesehen sehen sich die beiden teuflisch ähnlich. »Das ist Verena, meine Schwester«, sagt der Apotheker. Ich lächle, was das Zeug hält. »Und das ist Anna.«

»Hallo«, sagt Verena. »Soll ich die vielleicht ein bisschen kühl stellen?«, fragt sie mit Blick auf die Weinflasche, die ich immer noch in meiner verkrampften Hand halte. Ich will irgendwas Witziges à la »Ach nein, die ist nur für den Eigenbedarf« sagen, lasse es aber vorsichtshalber und übergebe das Mitbringsel widerstandslos an Verena, die damit ins Haus verschwindet.

»Nettes Häuschen«, stelle ich schließlich fest.

»Gehört unseren Eltern, aber sie stellen es uns ab und zu für ein Fest zur Verfügung. Das ist heute eigentlich Verenas Party, ich bin mehr der Grillmeister«, erklärt er. »Die Leute sind aber sehr nett«, beeilt er sich hinzuzufügen, als er meinen entsetzten Blick sieht. »Und es ist nicht so, dass ich die ganze Zeit am Griller stehe. Außerdem ist das Wasser schon ganz gut zum Schwimmen.«

»Super. Wenn ich das gewusst hätte, hätte ich mir einen Badeanzug mitgenommen.«

»Ah, verdammt. Ich bin ein Idiot. Aber Verena hat sicher was, was sie dir borgen kann. Komm!« Er nimmt mich an der Hand und macht Anstalten, mich zum Bungalow zu schleppen, doch ich leiste Widerstand. Ich borge mir doch nicht von einer Frau, die ich seit zehn Sekunden kenne, Schwimmsachen aus. »Später vielleicht«, wiegle ich ab. »Jetzt hab ich eigentlich nur Durst – und deine Schwester hat mir meine Flasche weggenommen.«

»Natürlich! Heute ist wirklich nicht mein Tag. Was möchtest du: Wasser, Bier, Wein, Sekt?«

»Ihr habt Sekt?«

»Nein, aber es gibt einen Billa in der nächsten Ortschaft.« Er grinst. »Doch, wir haben Sekt. Irgendwer hat sogar eine Flasche Champagner mitgebracht, aber die ist noch nicht kalt.«

Macht mir gar nichts, ich mag Champagner sowieso nicht besonders. Sekt hingegen liebe ich. Auf die Gefahr hin, als Luxusgeschöpf rüberzukommen, entscheide ich mich also für Sekt. »Kommt sofort«, verspricht mein Cortison-Ritter und will schon gehen, da fällt ihm etwas ein: »Aber zuerst stelle ich dich noch schnell den anderen vor.« Sehr umsichtig. Innerhalb der nächsten Minute höre ich neun Namen, die ich in derselben Sekunde vergesse, in der ich sie mir zu merken versuche. So ausgerüstet, lässt mich der Apotheker mit der Meute allein.

»Bist du Roberts neue Freundin?«, fragt mich eine kleine Blonde, die Sabine oder Annika heißt, direkt heraus.

»Nein, wir kennen uns aus der Apotheke«, erkläre ich.

»Ui, romantisch«, meint ein Typ, in dem ich erst bei näherem Hinsehen Klaus, den Motorradfahrer, erkenne. Er hat seinen Helm abgenommen und darunter sind Haare zum Vorschein gekommen, für die viele Frauen leichten Herzens einen Finger opfern würden: schulterlang, dunkel und glänzend. Und die ganze Pracht umrahmt ein markantes Gesicht mit amüsierten Augen. Oha.

»Ja, stimmt. Schon irgendwie romantisch«, behaupte ich. »Er hat mich gerettet.«

»Ah ja? Und wovor?«

Gut gemacht, Anna. Willst du in dieser Runde wirklich die Geschichte von deinen unbotmäßigen Ohrläppchen erzählen? »Das ist …« Tja, was denn? »… intim«, rutscht es mir in meiner Not heraus. Brüllendes Gelächter, ich lache gezwungenermaßen mit. Ich hätte es wissen können: Der Apotheker steht neben mir. Er ist schuld. Nur in seiner Gegenwart passieren mir diese sprachlichen Hoppalas. Wie zum Ausgleich hält er mir ein von Kälte beschlagenes Sektglas hin und meint: »Lacht nicht. Ohrläppchen können sehr intim sein.«

»Keine Angst«, meint Klaus. Und mit einem anzüglichen Blick auf mein Ohr: »Wir sind gerade dabei, uns die Szene auszumalen.«

Im Verlauf der nächsten paar Stunden merke ich mir nicht nur die Namen der meisten Gäste, sondern gewöhne mich auch daran, an den Apotheker als »Robert« zu denken.

Als die ersten Gäste sich ans Gehen machen, helfe ich ihm, das Geschirr ins Haus zu tragen. »Und? Wie sieht's aus mit den Psychopharmaka?«, fragt er.

»Bleiben vorläufig in der Lade. – Danke, dass du mich eingeladen hast. Es war lustig.«

»Verena und ich haben gewettet, ob du kommst: Ich habe verloren.«

»Du hast nicht an mich geglaubt?«

Er zuckt die Achseln. »Ich wollte sicher gehen, dass ich auf jeden Fall etwas habe, worüber ich mich freuen kann. Wenn du nicht gekommen wärst, hätte ich eine Flasche Sekt gewonnen.«

»Ah, verdammt. Das tut mir Leid.«

»Ach, manchmal gewinnt man, manchmal verliert man.«

Er lächelt, ich lächle zurück. Dann fragt er: »Hast du eigentlich noch einen Bus?«

»Ich weiß nicht genau, aber ich habe gesehen, es gibt einen Nachtbus.«

»Der fährt doch durch die halbe Stadt. Du kannst hier bleiben, wenn du willst. Es gibt ein Gästezimmer«, beeilt er sich hinzuzufügen.

»Das ist lieb«, sage ich, »aber ich kann nicht. Meine Tochter kommt morgen Mittag von der Schullandwoche und ich muss noch einkaufen«.

»Du hast eine Tochter?«, fragt er. Ist das nur Überraschung auf seinem Gesicht oder doch eher Entsetzen?

»Ja, Melanie. Sie ist zwölf. Ich bin seit 8 Jahren geschieden.« Ich weiß nicht, warum ich hier meine Personalien abspule wie auf dem Finanzamt.

»Na, dann bringe ich dich zumindest zur Bushaltestelle«, erklärt er. »Und warte mit dir, bis einer kommt.« Doch das braucht er nicht, denn als ich mich verabschiede, macht sich Klaus erbötig, mich mitzunehmen. Ich darf sogar seinen Helm haben. Ein Angebot, das ich nicht ablehnen kann, da kann der Apotheker noch so traurig dreinschauen.

Als ich den Helm vor meinem Haus zurückgebe, betrachtet Klaus aufmerksam mein linkes Ohrläppchen. Dann beugt er sich vor und küsst es sachte. »Robert hat Recht«, stellt er fest. »Sehr intim.«

Gott sei Dank ist eine der Straßenlampen ausgefallen. In dem schummrigen Licht sieht er vielleicht nicht, dass ich rot werde. Ganz ehrlich: Ich bin vierzig. Vierzigjährige, sexuell erfahrene Frauen werden nicht rot, nur weil irgendein dahergelaufener Typ ihnen einen Schmatz aufs Ohr drückt, da kann der Typ noch so attraktiv sein. Sie werden nicht rot und sie stehen auch nicht à la Salzsäule herum und bringen kein Wort heraus. Und geben dem Typen dadurch Gelegenheit, sich noch einmal vorzubeugen und dasselbe Ohrläppchen noch einmal in seine Gewalt zu bekommen. Diesmal ist eine Idee Zunge dabei.

Er setzt sich auf seinem Motorrad zurück und schaut mich an. Immer noch amüsiert, wie's aussieht. »Schade, dass Robert dich zuerst kennengelernt hat«, meint er lächelnd.

Was wird das hier? Ich komme mir vor wie die letzte Aktionsdose Inzersdorfer Rindsgulasch: Wer mich als erster sieht, darf mich einpacken, oder was? Ärger macht die Salzsäule vorübergehend lebendig. »Schau, schau, und ich dachte, wir hätten die Zeiten hinter uns, in denen der Jäger, der das Mammut zuerst gesehen hat, den Vortritt bei seiner Erlegung hat.«

Er schwingt ein Bein über den Tank und stellt sich dicht vor mich. Legt die Hände ganz leicht auf meine Hüften. »Haben wir doch. Heutzutage darf sich das Mammut seinen Jäger aussuchen.« Knabbert ein bisschen an meinen Lippen, grinst plötzlich und setzt seinen Helm auf. »Gute Nacht, Anna. Träum was Schönes.« Und weg ist er.

Das letzte Mal, dass ich so durcheinander war, ist ungefähr zwanzig Jahre her. Aber das war damals locker im Vergleich: Da hatte ich nur meine Geldbörse mit Bankomat-Karte und allen Ausweisen verloren.

Das Wochenende bringt Melanie zurück – in Empfang genommen von Mami und Papi, die sich zwei Minuten davor am Bahnsteig treffen und nur die nötigsten Banalitäten austauschen, sich vor dem Kind aber tadellos benehmen – und es gibt Schwänke von der Schullandwoche in fünfminütigen Abständen, unterbrochen von Kuscheln, weil »ich dich die ganze Woche nicht umarmt habe«. Als ob ich weggefahren wäre und nicht sie. Aber ich bin dankbar, noch nicht zu den Unberührbaren zu gehören, und lasse mich gern knuddeln.

Robert und Klaus begegne ich nur in meinen durchwegs wirren Träumen, aber das ist schon okay. Speziell ein Typ wie Klaus wäre mir im Moment zu viel. Die Party war schön und alles, aber im Licht des Alltags lassen meine Energiereserven doch sehr zu wünschen übrig. Ich habe zwar nicht mehr das Bedürfnis, mich totzustellen, aber viel mehr als Zombietum ist nicht drin. Mein Kind und mich mit Essen zu versorgen und die basalen Hygiene-Vorschriften westlicher Zivilisationen einzuhalten, erschöpft schon einen guten Teil meiner Ressourcen, ganz zu schweigen davon, am Montag wieder in die Arbeit zu gehen.

Um mich ein bisschen aufzupäppeln, gehe ich vor der Redaktion noch in das Espresso gegenüber. Robert ist allerdings nicht da. Ob er auf beleidigt macht, nachdem ich mit einem anderen in die Nacht gefahren bin? Unwahrscheinlich. Das Verhalten von Männern ist gewöhnlich frei von Signalen (abgesehen von denen, die in direkter Abstammungslinie von »Auf-die-Brust-Trommeln« entstanden sind), und die Frage »Was hat er sich wohl dabei gedacht« ein Widerspruch in sich. Sofern sie sich trauen, tun sie im Allgemeinen genau das, was sie tun wollen. Und um ein Weibchen, das sie selbst gerne hätten, streiten sie sich schon auch einmal mit einem anderen Männchen.

Es ist also plausibler, dass er nicht mehr interessiert ist. Ich erinnere mich an sein überraschtes Gesicht, als ich ihm gesagt habe, dass ich ein Kind habe. Sieht so aus, als wäre es nicht nur eine Überraschung gewesen, sondern ein echter Schreck. Tja, Pech. Im Laufe von vierzig Jahren kann man schon einmal schwanger werden, da hilft alles nichts. Schade trotzdem. Er war nett.

Sogar Hugo fällt auf, dass ich nicht ganz auf der Höhe bin.

»Was ist los mit dir?«, fragt er. Nicht, dass er deswegen gleich auf Empathie machen würde: »Eigentlich kann man sich in Wien erst ab fünfzig für ein Altersheim anmelden, aber vielleicht machen sie ja für dich eine Ausnahme.«

Ich weiß gar nicht, was er will. Ich schreibe, was ich schreiben soll, telefoniere, lese Korrektur – kurz, ich funktioniere tadellos. Soll ich singen und tanzen zu seiner Belustigung, oder was?

»Du bist eine wandelnde Depression«, behauptet mein Chef. »Wie eine Giftwolke: Wo du hinkommst, verwelken die Blumen und die Vögel fallen von den Bäumen.«

»Sehr poetisch«, bemerke ich säuerlich. Dann gebe ich zu: »Ich bin ein bisschen schlapp.«

»Männer sind schlapp«, behauptet Hugo, der Clown, »Frauen sind frigide«.

»Ich beuge mich deiner zweifellos enormen Erfahrung.« Aber schmunzeln muss ich doch.

»Na, geht doch, wenn man dich ein bisschen tritt.«

»Danke, Hugo, du mich auch.«

Da fällt sein Blick auf einen Flugzettel, der mit der Post gekommen ist. »Kannst du dich an die Typen erinnern, die voriges Jahr eine Wedekind-Lesung in einer mit Marmelade gefüllten Badewanne auf einer Wiese gehalten haben?«, fragt er.

Wie könnte ich diese Irren vergessen? Die Gurken waren damals wirklich extrem sauer, sodass ich mich von Hugo hatte überreden lassen, der Veranstaltung tatsächlich beizuwohnen – jedenfalls die erste Viertelstunde. Nicht, dass ich vorher ein Wedekind-Fan gewesen wäre, aber seitdem kann ich seinen Namen nicht hören, ohne dass mir graust. »Sag nicht, sie lesen heuer Rilke oder Shakespeare!«

Meine Angst erweist sich als unbegründet. Dieses Jahr steht etwas anderes auf dem Programm: Unter dem Titel »Versunken« wird sich derselbe Typ, der voriges Jahr die Wanne besetzt hat, nackt in ein mannstiefes Loch stellen und selbst verfasste Liebesgedichte deklamieren. Nur die Wiese ist dieselbe wie voriges Jahr – offenbar gehört das Grundstück ihm. Selbstverständlich hat das Ganze auch eine tiefere Bedeutung: »Wer liebt, entledigt sich seiner schützenden Hülle und vergräbt sich im schmerzhaften Selbst, aus dem er ohne das geliebte Du nicht mehr heraus findet«, oder so.

»Mir gehen diese Kulturheinis so auf den Sack«, grummelt Hugo, und trotz gewisser anatomischer Einschränkungen kann ich ihm nur recht geben. »Ich fürchte, da habe ich keine Zeit«, erkläre ich, »aber Daniel vielleicht?« Mit etwas Glück fühlt er sich sogar verstanden dabei.

Den Abend, nachdem Melanie schlafen gegangen ist, verwende ich zur Meditation, sprich: Ich spiele Minesweeper (für alle Uneingeweihten: Das ist das Uralt-Computerspiel, das auf jedem PC zu finden ist, und bei dem man bis zu 99 verborgene Minen entschärfen muss). Im Ernst, für mich ist Minesweeper das, was für katholische Frauenbewegungen der Rosenkranz ist: Ich spiele es schon so lange, dass es mich befähigt, an etwas völlig anderes zu denken. Dabei fällt mir die »Versunken«-Geschichte wieder ein.

Wenn man die Gedichte und das Nacktsein weglässt, ist die Idee gar nicht so schlecht. Ich meine, wie würde sich die Welt ausnehmen, wenn man bis zum Hals in einem Loch steckt? Der Blickwinkel würde sich zwangsläufig ändern, oder? Aber erstens hat nicht jeder eine Wiese, in die er ein Loch graben kann, und zweitens möchte ich nicht in den Geruch kommen, diese Typen zu kopieren ... Eigentlich müsste sich derselbe Effekt im Liegen erzielen lassen. Keine schlechte Idee. Ganz zu schweigen davon, dass es seit Wochen die erste ist.

Drei Tage später treffe ich Robert wieder im Kaffeehaus. »Lange nicht gesehen«, stelle ich fest.

»Hast du mich vermisst?«

Ich überrasche uns beide, indem ich »Ein bisschen« sage. Dann wärmen wir eine Weile das Fest auf, bis er beiläufig fragt: »Hat Klaus dich erreicht?«

»Das wäre ein Wunder. Er hat gar keine Nummer von mir.«

Doch wie sich herausstellt, hat er die schon. Robert selbst hat sie ihm gegeben. So viel dazu, dass er eifersüchtig sein könnte. Ich bin sicher, kein Gorilla, der etwas auf sich hält, zeigt einem Konkurrenten das Nest, in dem sich ein begehrtes Weibchen aufhält.

»Er hat mich danach gefragt. Schon am Montag.«

Da kommt mir eine Idee. »Vielleicht hast du ihm ja eine falsche Nummer gegeben?« Ein einfacher Zahlensturz zum Beispiel und schon läutet ein fremdes Handy. Doch das lehnt er kategorisch ab. Ich zucke die Achseln. Dann eben nicht.

»Ich habe dir sogar schöne Grüße ausrichten lassen«, erklärt er. Sehr höflich. Soll ich jetzt beeindruckt sein? »Und Melanie«, setzt er hinzu. Ich fasse ihn scharf ins Auge. »Melanie?«, frage ich.

»Deine Tochter, wenn ich nicht irre«, erklärt er liebenswürdig.

»Weiß Klaus das auch?«

Seine engelsgleiche Unschuldsmiene kommt schwer ins Wanken – offenbar kämpft er gegen zuckende Mundwinkel. »Jetzt schon.«

Ich versuche, ihn böse anzuschauen, er bemüht sich, zerknirscht zu wirken – stattdessen sind wir nahe dran, in unseren Kaffee zu prusten. »Du bist ein Ekel, weißt du das?«, bringe ich schließlich heraus.

»Du solltest mir dankbar sein. Klaus ist noch ein viel größeres Ekel, glaub's mir.«

»Wirklich?«

»Frag Verena.«

»Oh. Warum hat sie ihn dann eingeladen?«

»Es wäre sehr auffällig gewesen, wenn sie es nicht getan hätte. Keiner weiß, dass da was war.«

»Die Arme.«

Er zuckt die Achseln. »Das Leben ist ungerecht.«

»Inwiefern?«

»Die Männer, auf die die meisten Frauen fliegen, sind gewöhnlich die größten Ärsche.«

Ich nicke verständig. »Keine netten Menschen.«

»Was?«

»Nichts. Ein Insider-Witz. Vielleicht erzähl ich ihn dir einmal.«

»Ja?«, frage ich ins Telefon, statt mich mit meinem Namen zu melden. Ich hasse es, wenn Leute das machen, aber ich bin ein bisschen abgelenkt. Im Geiste habe ich mich gerade auf ein Outfit geeinigt: dunkelblaues Seidennachthemd, das knapp überm Knie endet, mit Spaghettiträgern, aber ohne Spitzen und sonstigen Firlefanz – nichts, was die Sicht auf die Welt verstellt.

»Anna?«, fragt das Gegenüber.

»Nein, ich bin nur die Geiselnehmerin. Ich kann Anna kurz ans Telefon holen, aber ich muss Sie warnen: Sie hat einen Knebel im Mund.«

»Hör auf mit dem Schwachsinn«, verlangt Joe.

»Hallo, Joe«, sage ich artig. »Was kann ich für dich tun?«

Jetzt lacht er doch ein bisschen. »Du bist eine Irre.«

»Rufst du deswegen an?«

»Nein. Eigentlich wollte ich nur schauen, wie's dir geht.«

»Mir geht's gut«, erkläre ich wahrheitsgemäß. »Und dir?«

»Auch.«

»Wie geht's mit Inge?«

»Gut.«

»Gib mir mal *deinen* Geiselnehmer.«

»Was? Welchen Geiselnehmer?«

»Na, du klingst, als würde dir jemand eine Pistole ans Ohr halten.«

»Ich wollte einfach nur wissen, wie's dir geht«, regt sich Joe auf.

»Super, jetzt weißt du's.« Das mag inhaltlich ziemlich patzig klingen, aber vom Tonfall her bin ich ganz gelassen. Die Wirkung auf Joe ist entsprechend verheerend.

»Anna, stehst du unter Drogen?«, fragt er besorgt.

»Nein.« Obwohl ich das könnte. Selbst meine Therapeutin hat mich vor nicht allzu langer Zeit für irre genug gehalten, mir welche zu verschreiben. Nur genommen habe ich sie nie.

»Bist du böse auf mich?«

Ich hole tief Luft. »Nein, Joe«, sage ich so sanft wie möglich. »Ich schwöre, ich bin nicht böse auf dich.« Und das Schöne ist: Es ist wahr. Jetzt lasst uns hoffen, dass er nicht auf die Idee kommt, die Frage auf Inge auszudehnen.

»Na dann. Ciao, Anna!«

»Warte!«

»Ja?«

»Warum hast du angerufen?«

»Ich habe mir Sorgen um dich gemacht.«

»Und das war alles?«

»Ich wollte dir nicht von meiner Ehe vorweinen, wenn du das meinst. Ich wollte wirklich nur hören, ob es dir gut geht.«

»Das ist lieb, Joe. Es geht mir gut. Pass auf dich auf.«

»Du auch.«

Ein Bett? Lieber nur eine Pritsche. Oder überhaupt nur eine Matte. Ich will nicht wie eine Schlafwandlerin aussehen. Ganz im Gegenteil. Alles soll sagen: Ich bin ein bisschen herausgetreten aus meinem Kopf, aber sonst bin ich aufgewacht. Hellwach sozusagen. Ich bin nicht sicher, ob ich das hinkriege, aber immerhin bin ich zuversichtlich. Meiner Ansicht nach hat das zwischenzeitliche Totsein eine Menge damit zu tun. Eva kann sagen, was sie will – manchmal hilft es, sich aus allem auszuklinken. Und es hätte schlimmer sein können. Ich hätte Todesfantasien haben können. – Mega-destruktiv so was.

»Gehst du mit mir essen?«, fragt Robert im Café.

»Weiß nicht. Ich bin sehr beschäftigt im Moment.«

»Mit Wimpernzupfen oder Fußnägel lackieren? – Ein simples Nein hätte genügt«, mault er.

»Du missverstehst mich …«

»Das glaube ich nicht. Ich muss gehen.« Er legt das Geld für seinen kleinen Braunen auf den Tisch, und weg ist er. Wie soll ich ihm erklären, dass ich mich in einem prekären Zustand befinde? Dass ich auf einem schmalen Grat wandere, von dem es links und rechts runter geht ins tägliche Leben, in das ich nicht will. Noch nicht. Nicht, bevor ich fertig bin. Was soll ich sagen: Warte noch ein bisschen – ich kehre bald wieder zurück in die Normalität? Klingt wie etwas, das von den Marmelade-Heinis sein könnte. Da halte ich lieber den Mund.

Das kann ich im Moment überhaupt erstaunlich gut: Mundhalten. Wie ich vermute, wird das nicht ewig so gehen, also muss ich es ausnutzen, solange es anhält. Im Gegenzug fällt mir nämlich allerhand ein, und auf das will ich nicht verzichten.

Ich stelle mir eine Pritsche auf der Mariahilfer Straße

vor: eine Insel mitten im Shopping-Gewimmel. Wie die Leute reagieren würden? Die meisten würden einen Bogen machen, denke ich, maulend und meckernd natürlich, kopfschüttelnd sowieso, aber einen Bogen, weil nicht nur Pferde nicht freiwillig auf Leute steigen, die am Boden liegen. Ein gewisser Prozentsatz freilich würde – Handy am Ohr oder sonstwie abgelenkt – drüber stolpern und ein ganz kleiner Teil würde absichtlich draufsteigen. Schätze ich jedenfalls. Und ich als die auf der Pritsche? Wie sieht man die Welt, wenn man den Kopf nur rund dreißig Zentimeter vom Boden weg hat? Ziemlich sicher anders, aber wie? Leicht möglich, dass man die Leute vor lauter Beinen nicht sieht.

Abgesehen davon, dass man schätzungsweise ab der dritten Reihe nichts mehr von mir sieht. Nicht so gut also. Hm.

Melanie kommt aus der Nachmittagsbetreuung heim und platzt fast, weil sie mir etwas erzählen muss: »Wir haben heute so was Perverses in Religion gehört! Weißt du, was ein Säulenheiliger ist?«

Klar weiß ich, was das ist, ich meine, jedenfalls habe ich den Begriff schon gehört. Was ich jetzt nicht so genau weiß, ist, ob das die steinernen Typen neben den Brücken sind oder echte Leute, die eine Weile auf einer Säule stehen, oder ob das nur übertragen gebraucht wird. Bei der »Millionenshow« würde ich jetzt den Publikumsjoker nehmen. Ist aber nicht nötig, weil meine Tochter die Frage sowieso rein rhetorisch gemeint hat. »Die haben auf einer Säule gelebt – so richtig: da oben gegessen, geschlafen … nur wie sie aufs Klo gegangen sind, hat der Professor nicht gewusst.« Oder jedenfalls nicht gesagt.

»Wie kann man auf einer Säule schlafen?«, frage ich.

»Die haben sich eine hölzerne Plattform drauf machen lassen – mit einem Geländer, dass sie nicht herunterfallen«, erklärt Melanie begeistert.

»Und das ist nicht nur eine Legende?«, erkundige ich mich vorsichtig.

»Nein, der Huber hat gesagt, dass die früher ziemlich verbreitet waren – vor hundert Jahren, glaub ich. Und die Säulen waren richtig hoch: Hundert Meter oder so.«

Ich sage immer wieder, wie gelungen meine Tochter ist, und ich stehe dazu. Was sie allerdings wirklich nicht hat, ist ein Kopf für Zahlen. Wie sich auf Wikipedia wenig später herausstellt, lag die Hochblüte der Säulenheiligen im 4./5. Jahrhundert und die Säulen waren bis zu zwanzig Meter hoch. Immer noch viel zu viel, wenn man mich fragt, aber der Blickwinkel ist spannend. Außerdem wäre gleichzeitig das Problem meiner Sichtbarkeit aus den hinteren Reihen gelöst.

Ich habe Glück: Er hat nicht nur Dienst, sondern ist auch frei. Ich hatte mir schon vorgestellt, wie ich möglichst liebenswürdig ablehne, wenn mir seine Kollegen und Kolleginnen bedeuten, ich könnte auch zu ihnen kommen. Ich könnte schwören, dass er mich bemerkt hat, aber er kritzelt irgendwas und schaut nicht auf, als ich an die Theke trete. Wortlos schiebe ich ihm den alten Rezeptschein meiner Psychopharmaka hin. Die Medikamente habe ich durchgestrichen und drübergeschrieben: »Essen mit dem nettesten Apotheker von Wien, einmal abends mit reichlich Flüssigkeit einzunehmen«.

Jetzt schaut er mich doch an. »Ich weiß nicht, ob wir das lagernd haben«, sagt er.

Ich zucke die Achseln. »Ich warte gerne ein bisschen.«

Er mustert mein Gesicht, dann meine Hände. »Keine Augenbrauen gezupft, keine Nägel lackiert – was hast du in den vergangenen zwei Wochen eigentlich gemacht?«

Ich deute auf das Rezept. »Das sage ich dir, wenn ich meine Medizin kriege.« Ein Herr hinter mir räuspert sich ungeduldig.

Er lächelt – nur ein bisschen, aber doch. – »Ich ruf dich an, wenn die Medizin fertig ist.«

»Du bist also zwei Wochen auf einer Säule gestanden?«, fragt er zweifelnd, als ich ihm vier Tage später über den Tisch der »Goldenen Rose« den Handzettel zuschiebe.

»Quasi.«

»Und du wirst es wieder tun – diesmal öffentlich?«

»Genauer gesagt werde ich auf einer Säule liegen – auf einer Plattform, weißt du?«

»Klingt spannend.« Er wirkt skeptisch.

Eine kalte Hand greift mir ans Herz: Will er keine Frau, die öffentlich auftritt? Das wäre schlimm, denn obwohl mir selbst bei dem Gedanken mulmig wird, mich vor anderen Leuten zu produzieren, will ich keinen Mann, der damit nicht leben kann, wenn ich es möchte. Oder vielleicht klingt das mit der Säule für ihn wie das mit der Marmelade-Wanne für mich. In jedem Fall habe ich auf dem Sektor viel zu viel Angst, um große Nachsicht aufzubringen. »Du musst nicht kommen«, entgegne ich patzig.

»Was wirst du anhaben?«, fragt er, als hätte er mich gar nicht gehört.

»Ein Nachthemd.«

»Das kann ich unmöglich versäumen.« Dann wedelt er mit dem Handzettel. »Wenn du mir mehr von denen bringst, lege ich sie in der Apotheke auf.«

Ich könnte ihn küssen, halte mich aber zurück. Wir wollen nichts überstürzen.

Das Licht ist so hell, dass ich praktisch nichts sehen kann. Na super, ich bin sicher, die millimeterdicke Creme-Schicht auf meinen Ohrläppchen reflektiert bis in die letzte Reihe. Aber wenn ich die Augen fest zusammenkneife, kann ich ein bisschen was wahrnehmen.

O verdammt! Wieso ist es so voll hier? Wo kommen all die Leute her? Robert wird doch die Handzettel nicht wirklich in der Apotheke aufgelegt haben? Blödsinn, ich habe ihm gar keine gegeben. Vielleicht haben sie sich im Tag geirrt und warten eigentlich auf jemand anderen? Peinlich, wenn sie jetzt nur mich zu sehen kriegen. Oder habe ich etwa den falschen Tag …? Mir ist schlecht. Ich muss sofort von dieser Scheiß-Plattform runter. Wessen Schnaps-Idee war das überhaupt mit der Säule? Wäre ich flach auf dem Boden statt eineinhalb Meter darüber, könnte ich jetzt diskret auf selbigen kotzen. Aber so?

Es hilft alles nichts. Ich muss die Vorstellung absagen. Ich richte mich ein wenig auf, um besser gehört zu werden, wenn ich alle heimschicke, da fangen alle an zu klatschen.

Da steckt bestimmt Viktor dahinter. Viktor, der, wie ich erst jetzt erfahren habe, den Löwenanteil an diesem vermaledeiten Geburtstagsgeschenk geleistet hat, und der jetzt natürlich etwas sehen will um sein Geld, und sei es nur meine öffentliche Hinrichtung.

Trotzdem ist es schwer, einem klatschenden Publikum zu erklären, dass es lieber gehen soll, weil man es sich anders überlegt hat (und einem speiübel ist). »Klatschen Sie nicht«, sage ich stattdessen. »Jeder Idiot kann sich auf eine Säule setzen. Nur die wenigsten Idioten tun es. Sonst würde sich die Akropolis über die ganze Welt erstrecken.« Zu meiner eigenen Überraschung klingt es, als wäre mir das gerade eingefallen, dabei ist es – bis auf die Aufforderung, nicht zu klatschen – mein Eröffnungssatz, über den ich viel Schweiß vergossen habe. Er soll das Publikum nur ein bisschen positiv stimmen, quasi zum Aufwärmen, aber die Leute lachen richtig. Ich kann jedem, der eine Kabarettisten-Karriere plant, nur raten, seinen ersten Auftritt vor Freunden hinzulegen. Sogar der Brechreiz ist weg. Wer weiß, am Ende wird das hier noch richtig lustig.

In der Pause mische ich mich unters Volk, und erst jetzt kann ich sehen, dass wirklich alle gekommen sind. Bei manchen frage ich mich allerdings ernsthaft, woher sie von meinem Auftritt wissen, weil ich habe sie sicher nicht eingeladen.

»Wer hätte gedacht, dass Todesfantasien so witzig sein können«, lächelt Eva, und weil der Abend bis jetzt so gut gelaufen ist, sehe ich großzügig davon ab, sie zu korrigieren.

Stattdessen zucke ich die Achseln und werde bescheiden rot. Jedenfalls hoffe ich, dass es bescheiden aussieht, aber eigentlich ist es egal. Sie denkt sich ja doch dazu, was sie will, schätze ich. Wenn ich jetzt so darüber nachdenke, könnte das sogar bei der Berufsentscheidung von Psychotherapeuten eine nicht unerhebliche Rolle spielen: Ich meine, fürs Richteramt und den Lehrerberuf ist nicht jeder geschaffen, und wo sonst hat man automatisch immer Recht?

»Vielleicht ist das für dich die bessere Therapie«, meint meine Therapeutin mit einer Handbewegung in Richtung Bühne.

»Ah, aber du hast einen unschätzbaren Beitrag dazu geleistet«, versichere ich ihr.

»Ja, das habe ich befürchtet«, nickt sie, gratuliert mir liebenswürdig und ist weg.

»Ich hab so gelacht«, schreit mir Siegfried ins Ohr, dass ich fast meinen Sekt ausschütte. »Du warst wirklich toll«, bestätigt Gaby in dem extra-flauschigen Tonfall, den sie immer zum Ausgleich entwickelt, wenn Siegfried besonders laut ist. Dabei müsste sie das heute gar nicht. Zu meiner Schande vertrage ich Siegfrieds tollpatschige Art viel leichter, wenn er lauthals mein Loblied singt.

Dann trifft mich fast der Schlag. »Beachte mich gar nicht«, murmelt jemand an meinem linken Ellbogen. »Ich bin rein beruflich hier.«

»Was machst du denn hier?«, frage ich Hugo entsetzt.

»Du weißt doch: Saure-Gurken-Zeit«, lacht er. Das ist natürlich gelogen. Seit drei Wochen ist wieder Schule und damit sind der Sommer und die Saure-Gurken-Zeit längst zu Ende. »Du wirst doch nicht etwa was schreiben?«

»Mach dir nichts draus, wir bringen es ausnahmsweise unter Kultur. Da stecken wir es zwischen das Tonkünstler-Konzert gestern und die ›Carmina burana‹ morgen – dann kriegst du es sowieso nicht mit«, behauptet mein Chef zuversichtlich.

»Danke, Hugo, ich kann dich auch nicht leiden.«

Er schickt mir eine Kusshand, obwohl er nur einen Meter von mir entfernt steht. »Für dich immer.« Dann verschwindet er Richtung Klo.

Das brauche ich übrigens nicht. Ich gehe davon aus, dass die echten Säulenheiligen sich früher oder später so weit an ihr exponiertes Dasein gewöhnt haben, dass sie einen normalen Stoffwechsel hatten, aber für mich stellt sich die Frage, die Melanie so beschäftigt hat, momentan nicht. Alle überschüssige Flüssigkeit, die ich zu Beginn der Vorstellung noch in mir gehabt haben mag, habe ich in der vergangenen Dreiviertelstunde über die Haut abgegeben. Da ist es wirklich gut, mit einem Apotheker liiert zu sein. »Du bist ja durchgeschwitzt«, erklärt er, sobald er einen Blick auf mich geworfen hat, und hängt mir sein Sakko um.

In dem Moment taucht noch ein Gesicht aus dem Gewühl auf, mit dem ich nicht gerechnet habe. »Ich hab gewusst, dass du das kannst«, behauptet Joe, nachdem er mich auf beide Wangen geküsst hat.

»Ich nicht, aber ich fange langsam an, es zu glauben«, gebe ich zu.

»Hallo«, sagt Robert aufgeräumt und streckt Joe die Hand hin. »Ich bin Robert.«

»Ah. Joe«, sagt Joe und schüttelt die ihm dargebotene Rechte.

»Ist Inge nicht da?«, fragt Robert, als wären er und Joe – samt den dazugehörigen Frauen – seit Jahren befreundet.

»Nein. Sie wollte kommen, aber dann hat sie so Kopfweh gekriegt.«

»Ah ja, darunter leiden zurzeit viele Leute. Muss das Wetter sein«, erklärt Robert fachkundig. »Vor allem die Trockenheit macht vielen zu schaffen«, mische ich mich mit meinem leeren Sektglas ein. »Holst du mir noch was zu trinken – aber vielleicht besser Mineralwasser, sonst falle ich nach der Pause von meiner Plattform.«

»Klar.« Robert wirft sich in Richtung Bar.

»Das ist also dein Neuer«, bemerkt Joe hellsichtig. Ich nicke. »Ist es was Ernstes?«, fragt er.

»Ich weiß noch nicht genau. Aber bitte sei auf jeden Fall nett zu ihm, wenn er um meine Hand anhält, Papa.«

»Weißt du was? Mir ist es lieber, wenn du von der Bühne herunter redest. Da stehe ich zumindest nicht direkt im Schussfeld.«

Vielleicht ist es ja die Euphorie über den bislang so geglückten Auftritt. Ziemlich sicher sogar. Aber es ist schon auch Joe selbst. Jedenfalls kann ich mir nicht helfen. Ich beuge mich vor und küsse ihn auf die Nase. »Danke, dass du gekommen bist, Joe.« Er ist völlig verdattert, und da bewahrheitet sich wieder, was seine ultra-katholische Tante immer behauptet: Kinder sind ein Gottesgeschenk. »Papa!«, brüllt Melanie, die gerade vom Klo kommt, und stürzt sich in seine Arme.

»Hast du deiner Mutter schon gratuliert?«, fragt Joe, nachdem er sie entsprechend geherzt hat.

»Was, jetzt schon? Wer weiß, wie die zweite Hälfte wird«, sagt meine gelungene Tochter ungnädig.

»Mama!«, brüllt meine Tochter durch die Wohnung. »Telefon!« Als ich herbeistürze, hält sie mir den Hörer entgegen. »Weiß nicht, wer dran ist. Irgendein Typ. Weiß nicht, was er will«, sagt sie laut und vernehmlich, sodass es der unbekannte Typ am anderen Ende nicht überhören kann. In solchen Fällen ist es immer gut, sich so professionell wie möglich zu melden. »Winter«, sage ich deshalb forsch ins Telefon.

»Hier Adamcik«, sagt jemand am anderen Ende der Leitung. »Ich leite das ›Taschenspiel‹, wo Sie letztens einen Auftritt hatten.«

Oh, verdammt. Ich habe mir gleich gedacht, dass sie irgendwann merken werden, dass Viktor auf der Couch zu heftig mit seinem Whisky-Glas gestikuliert hat. Die Couch war zwar schon ziemlich abgewetzt, aber nach

Whisky hat sie bis dahin nicht gestunken. Wie hoch kann die Putzrechnung für ein altes Sofa sein? Oder vielleicht hat jemand einen Bühnenscheinwerfer mitgehen lassen und ich bin die Einzige, die sie nicht kennen und daher als erste verdächtigen. »Ja bitte?«, frage ich vorsichtig.

»Ich habe Ihren Auftritt gesehen.«

»Das ist schön«, murmle ich lahm, weil ich nicht weiß, was ich sonst murmeln soll.

»Hätten Sie Interesse daran, Ihr Programm noch öfter zu spielen?«

Und jetzt die Preisfrage: Will er mir einen günstigen Zehnerblock dafür andrehen oder will er mich engagieren? »Ich weiß nicht. Bis zu meinem nächsten runden Geburtstag ist es noch zehn Jahre hin, und selbst dann bin ich nicht sicher, ob meine Freunde wieder in die Tasche greifen werden.«

Herr Adamcik lacht höflich. »Ich meinte eigentlich, ich würde Sie gerne in mein Programm aufnehmen. Vielleicht können wir uns nächste Woche einmal treffen.«

Ausgezeichnete Idee. Ich hasse es, mit Fremden am Telefon über wichtige Dinge zu reden. Unter anderem, weil ich unter großem Stress dazu neige, auf Verhaltensmuster zurückzugreifen, die mir meine Oma beigebracht hat: »Es wäre mir ein Vergnügen«, sage ich deshalb.

»Und? Wie war's?«, fragt Robert, als wir uns in seiner Pause zum Mittagessen treffen.

Ich schaue ihn flehentlich an. »Versprich mir, mich nie zu verlassen.«

Ein bisschen gehetzt schaut er zurück. »Äh, naja … natürlich …«

221

»Oder wenn du mich verlassen solltest, versprich mir, dass wir gute Freunde bleiben«, unterbreche ich ihn.

»Was ist passiert?«, fragt er, langsam ernsthaft besorgt.

Ich ziehe den Vertrag, den mir Adamcik zum Durchlesen mitgegeben hat, aus der Tasche und wedle damit vor seinem Gesicht herum. »Oder versprich mir zumindest, mir ein Dauerrezept für meine Cortison-Creme auszustellen. Ich werd sie brauchen.«

ENDE